PADRE

PADRE

Perdão porque pequei

SIERRA SIMONE

TRADUÇÃO
CAROLINA CAIRES COELHO

AMORE

TÍTULO ORIGINAL *Priest*

VR AMORE é um selo da VR Editora.

GERENTE EDITORIAL Tamires von Atzingen
EDITORA Marina Constantino
EDITORA-ASSISTENTE Michelle Oshiro
PREPARAÇÃO Alessandra Miranda de Sá
REVISÃO Letícia Nakamura, Luana Negraes e Juliana Bormio
DESIGN DE CAPA Emily Wittig Designs
COORDENAÇÃO DE ARTE E ADAPTAÇÃO DE CAPA Pamella Destefi
DIAGRAMAÇÃO Malu Francini
PRODUÇÃO GRÁFICA Alexandre Magno

AVISO DE CONTEÚDO:
Este livro contém menções a abuso sexual recorrente e ao suicídio da irmã de um dos personagens.

Dados Internacionais de Catalogação na Publicação (CIP)
(Câmara Brasileira do Livro, SP, Brasil)

Simone, Sierra
Padre: perdão porque pequei / Sierra Simone; tradução Carolina Caires Coelho. – São Paulo: VR Amore, 2025. – (Padre)

Título original: Priest
ISBN 978-65-84047-01-3

1. Ficção norte-americana I. Título II. Série.

25-298615.0 CDD-813

Índices para catálogo sistemático:
1. Ficção: Literatura norte-americana 813
Livia Dias Vaz - Bibliotecária - CRB-8/9638

Todos os direitos desta edição reservados à
VR Editora S.A.
Av. Paulista, 1337 — Conj. 11 | Bela Vista
CEP 01311-200 | São Paulo | SP
vreditora.com.br | editoras@vreditoras.com.br

NOTA DA AUTORA

Passei a maior parte da minha vida na fé católica e, embora não professe mais essa religião, ainda tenho enorme carinho e respeito pela Igreja Católica. Embora a cidade de Weston seja real (e encantadora), a paróquia St. Margaret e o padre Bell são invenções da minha imaginação e totalmente fictícios. Dito isso, este romance é sobre um padre católico que se apaixona. Tem sexo, mais sexo e, sem dúvida, um pouco de blasfêmia (mas do tipo divertido).

Você foi avisado.

PRÓLOGO

EXISTEM MUITAS REGRAS que um padre não pode violar.

Um padre não pode se casar. Um padre não pode abandonar seu rebanho. Um padre não pode macular a sagrada confiança que sua paróquia tem nele.

Regras que parecem óbvias. Regras das quais me lembro enquanto amarro meu cíngulo. Regras pelas quais juro viver enquanto visto minha casula e ajeito minha estola.

Sempre fui bom em seguir regras.

Até ela aparecer.

Meu nome é Tyler Anselm Bell. Tenho vinte e nove anos. Tenho um bacharelado em línguas clássicas e um mestrado em teologia. Estou nesta paróquia desde que fui ordenado, há três anos, e amo este lugar.

Há vários meses, quebrei meu voto de celibato no altar da minha própria igreja, e que Deus me perdoe, mas eu faria isso de novo.

Sou padre, e esta é a minha confissão.

UM

NÃO É NENHUM SEGREDO QUE A CONFISSÃO é o menos popular dos sacramentos. Eu tinha muitas teorias para explicar isso: orgulho, inconveniência, perda de autonomia espiritual. Mas minha teoria predominante no momento era esse maldito confessionário.

Eu o odiei desde o momento em que o vi, uma coisa antiquada e robusta dos tempos sombrios pré-Concílio Vaticano II. Quando eu era criança, minha igreja em Kansas City tinha uma *sala* de confissão, limpa, bem iluminada e de bom gosto, com cadeiras confortáveis e uma janela alta com vista para o jardim paroquial.

O confessionário era a antítese daquela sala — opressivo e formal, feito de madeira escura, e desnecessariamente ornamentado. Não sou claustrofóbico, mas esse confessionário poderia mudar isso. Uni as mãos em prece e agradeci a Deus pelo sucesso de nossa última arrecadação de fundos. Faltavam dez mil dólares para conseguirmos reformar a igreja St. Margaret de Weston, no Missouri, e torná-la algo que remeta a uma igreja moderna. Tiraríamos os painéis de madeira falsa do hall de entrada. Tiraríamos o tapete vermelho, que, verdade seja dita, é ótimo para esconder manchas de vinho, mas terrível para a ambientação. Teríamos janelas, luz e modernidade. Eu tinha sido designado a esta paróquia devido ao passado doloroso dela… e ao meu. Superar o passado exigiria mais do que uma reforma no prédio, mas queria mostrar aos meus paroquianos que a igreja era capaz de mudar. De crescer. De seguir rumo ao futuro.

— Qual é a minha penitência, padre?

Havia me distraído. Uma de minhas falhas, admito. Algo por cuja mudança eu orava diariamente (quando me lembrava).

— Não acho que isso seja necessário — falei.

Embora não conseguisse enxergar muita coisa através do padrão decorativo da tela, havia reconhecido meu penitente no momento em que ele entrara no confessionário. Rowan Murphy, professor de matemática de meia-idade e entusiasta de radioescuta policial. Ele era meu único penitente assíduo durante todo o mês, e seus pecados iam de inveja (o diretor concedera estabilidade a outro professor de matemática) a pensamentos pecaminosos (a recepcionista da academia em Platte City). Mesmo sabendo que alguns clérigos ainda seguiam as antigas regras de penitência, eu não era do tipo que dizia "reze duas ave-marias e volte a falar comigo amanhã". Os pecados de Rowan vinham de sua inquietação, estagnação, e, mesmo que rezasse o rosário sem parar, nada mudaria se ele não abordasse a raiz do problema.

Digo isso por experiência própria.

Além disso, gostava muito de Rowan. Ele era engraçado, de um modo inteligente e surpreendente, e era o tipo de rapaz que convidava mochileiros para dormirem em seu sofá e garantia que partissem na manhã seguinte com uma mochila cheia de comida e um cobertor novo. Queria vê-lo feliz e tranquilo. Queria vê-lo canalizar todas aquelas grandes coisas na construção de uma vida mais plena.

— Sem penitência, mas tenho uma pequena tarefa — falei. — Você deve pensar na sua vida. Tem uma fé forte, mas não tem direção. Além da igreja, o que desperta seu interesse? O que o faz sair da cama de manhã? O que dá sentido às suas atividades diárias e aos seus pensamentos?

Rowan não respondeu, mas pude ouvi-lo suspirar. Pensar.

Após as orações finais e uma última bênção, Rowan se foi, voltando para a escola onde passaria o resto da tarde. E, assim como a hora do almoço dele estava quase acabando, também chegava ao fim meu tempo no confessionário. Verifiquei o celular para ter certeza do horário e me preparei para abrir a porta, mas parei quando ouvi o confessionário se abrir ao meu lado. Alguém se acomodou e eu voltei a me sentar, disfarçando um suspiro. Tinha a tarde livre naquele dia, algo raro, e estava ansioso por isso. Ninguém além de Rowan vinha se confessar. Ninguém. E bem no dia em que eu não via a hora de sair mais cedo com meu skate, para aproveitar o clima perfeito...

Concentre-se, dei a ordem a mim mesmo.

Alguém pigarreou. Uma mulher.

— Eu, hum... Nunca fiz isso. — A voz dela era baixa e sedutora, o luar em forma de som.

— Ah. — Sorri. — Uma novata.

Ouvi uma risadinha.

— Sim, acho que sou. Só vi isso nos filmes. É agora que eu digo: "Perdoa-me, padre, pois pequei"?

— Quase. Primeiro fazemos o sinal da cruz. *Em nome do Pai, do Filho e do Espírito Santo*... — Eu a ouvi repetindo as palavras comigo. — Agora você me diz há quanto tempo foi sua última confissão, que foi...

— Nunca — ela completou para mim. A voz era de alguém jovem, mas não muito. Da minha idade, talvez um pouco mais nova. E em sua voz percebia-se a agilidade sem sotaque da cidade grande, não o sotaque indolente que às vezes eu ouvia aqui na zona rural do Missouri. — Eu... hum. Vi a igreja enquanto estava na vinícola do outro lado da rua. E queria... É que algumas coisas estão me incomodando. Nunca fui particularmente religiosa, mas pensei que talvez... — Ela parou por um minuto e inspirou de maneira abrupta. — Fui idiota ao vir aqui. Preciso ir. — Eu a ouvi levantar.

— Pare — mandei, e fiquei chocado comigo mesmo. Nunca dava ordens como essa. Bem, pelo menos não em muito tempo.

Concentre-se.

Ela se sentou e pude ouvi-la mexendo na bolsa.

— Você não é idiota — completei em um tom mais gentil. — Isto não é um contrato. Você não está prometendo vir à missa toda semana pelo resto da vida. Este é um momento para ser ouvida. Por mim... por Deus... talvez até por você mesma. Veio aqui porque estava em busca deste momento, e posso proporcioná-lo a você. Então, por favor, fique.

Ela soltou um longo suspiro.

— É só que... As coisas que estão me preocupando, não sei se devo contá-las a alguém. Muito menos para o senhor.

— Por eu ser homem? Você se sentiria mais confortável conversando com uma irmã pastoral antes de falar comigo?

— Não, não por isso. — Percebi o sorriso em sua voz. — Mas porque o senhor é padre.

Decidi tentar adivinhar.

— As coisas que a preocupam são de natureza carnal?

— Carnal. — Ela riu, e seu riso era um sopro de sonoridade. De repente percebi minha curiosidade para saber como ela era: se tinha a pele clara ou bronzeada, se era curvilínea ou esbelta, se seus lábios eram delicados ou carnudos.

Não. Eu precisava manter o foco. E não no fato de como a voz dela me fez, de repente, me sentir muito mais homem do que sacerdote.

— Carnal — ela repetiu. — Isso é um baita eufemismo.

— Pode falar da maneira mais genérica que desejar. Não deve se sentir desconfortável aqui.

— A tela ajuda — ela admitiu. — É mais fácil não ver o senhor com... sabe, a batina e outras coisas enquanto estou falando.

Nesse momento, eu ri.

— Não usamos batina o tempo todo, sabia?

— Ah. Bem, lá se vai a minha imagem mental. O que o senhor está vestindo, então?

— Uma camisa preta de mangas compridas com gola branca. Sabe como é. Do tipo que aparece na TV. E jeans.

— *Jeans*?

— Isso é tão surpreendente assim?

Eu a ouvi encostar na lateral do confessionário.

— Um pouco. É como se você fosse uma pessoa normal.

— Somente nos dias de semana, entre nove da manhã e cinco da tarde.

— Que bom. Fico feliz que eles não o conservem em uma geladeira fora dos domingos.

— Eles tentaram. Mas sou rebelde. — Fiz uma pausa. — Mas não rebelde a ponto de sair pelado.

— Não esperaria menos de um padre. — Fez-se um longo silêncio. — E se... O senhor conhece pessoas que fizeram coisas bem ruins?

Considerei minha resposta com cautela.

— Somos todos pecadores aos olhos de Deus. Até eu. A questão não é fazê-la se sentir culpada nem categorizar a magnitude do pecado, mas sim...

— Não me venha com essas bobagens de seminário — ela respondeu bruscamente. — Estou trazendo uma dúvida real. Fiz algo ruim. Muito ruim. E não sei o que vai acontecer agora.

A voz dela ficou embargada na última palavra, e, pela primeira vez desde que fui ordenado, senti vontade de ir para o outro lado do confessionário e envolver a penitente em meus braços. O que teria sido possível em uma sala de confissão moderna, mas provavelmente assustador e estranho na Antiga Cabine da Morte.

Mas na voz dela havia dor, incerteza e confusão reais. Eu queria tornar as coisas melhores para aquela mulher.

— Preciso saber que tudo vai ficar bem — ela continuou em voz baixa. — Que serei capaz de viver com isso.

Senti uma pontada no peito. Quantas vezes tinha sussurrado essas mesmas palavras olhando para o teto da casa paroquial, deitado na cama e insone, consumido por pensamentos sobre como a minha vida poderia ter sido? *Preciso saber que tudo vai ficar bem.*

Não é assim com todos nós? Não é esse o grito silencioso das nossas almas despedaçadas?

Quando voltei a falar, não me dei ao trabalho de dizer nenhuma das palavras de conforto ou chavões espirituais. Apenas respondi com honestidade:

— Não sei se tudo vai ficar bem. Pode ser que não fique. Você pode achar que está no fundo do poço agora e um dia perceber que ficou ainda pior. — Olhei para as minhas mãos, as mãos que tinham libertado minha irmã mais velha de uma corda depois de ela se enforcar na garagem dos meus pais. — Talvez nunca mais consiga sair da cama de manhã com essa segurança. Esse momento de ficar bem pode nunca chegar. O que você pode fazer é tentar encontrar um novo equilíbrio, um novo ponto de partida. Reúna o amor que resta na sua vida e agarre-se a ele com força. E um dia as coisas se tornarão menos cinzentas, menos sem graça. Um dia, poderá redescobrir que tem uma vida. Uma vida que a faz feliz.

Consegui ouvir a respiração dela, curta e profunda, como se tentasse não chorar.

— Eu… Obrigada — respondeu. — Obrigada.

Não havia dúvida de que ela estava chorando agora. Pude ouvi-la puxar os lenços de papel da caixa colocada dentro do confessionário exatamente com esse propósito. Consegui perceber um leve movimento pela tela, que parecia ser de cabelos escuros brilhantes e um rosto pálido.

Um lado meu bem vil e tenebroso queria ouvir a confissão dela ainda, não para que pudesse lhe dar um conselho mais específico ou acolhimento, mas para saber em detalhes por quais coisas carnais aquela moça tinha de pedir perdão. Queria ouvi-la sussurrar aquelas coisas com sua voz ofegante, queria tomá-la em meus braços e beijar cada uma de suas lágrimas.

Meu Deus, eu queria tocá-la.

O que diabos havia de errado comigo? Havia três anos que eu não desejava uma mulher com tanta intensidade assim. E nem sequer tinha visto o rosto dela. Nem sequer sabia seu nome.

— Melhor eu ir agora — disse ela, voltando às palavras ditas pouco antes. — Obrigada pelo que o senhor disse. Foi… foi irritantemente certeiro. Obrigada.

— Espere… — chamei, mas a porta do confessionário se abriu e ela se foi.

Pensei na minha misteriosa penitente o dia todo. Pensei nela ao preparar a homilia para a missa de domingo. Pensei nela enquanto dirigia o estudo bíblico para homens e durante as orações da noite. Pensei naquele vislumbre de cabelos escuros, naquela voz rouca. Havia algo nela… O que era? Não que eu tivesse morrido desde o dia em que começara a vestir a batina… Ainda era muito homem. Um homem que, antes de receber o chamado, gostava bastante de foder.

E ainda notava as mulheres, com certeza, mas havia me tornado bem hábil em desviar os pensamentos sexuais. O celibato tinha se tornado um peso do sacerdócio nos últimos anos, mas ainda o mantinha cuidadosamente. Em particular depois do que acontecera com minha irmã. E do que acontecera com esta paróquia antes de eu chegar.

Era fundamental que eu fosse um exemplo de controle. Que fosse o tipo de sacerdote que inspira confiança. E isso envolvia ser bastante circunspecto, tanto em público quanto sozinho, em se tratando de sexualidade.

Então, apesar de a risada rouca dela ecoar em meus ouvidos pelo resto do dia, firme e deliberadamente, reprimi a lembrança daquela voz e segui com meus deveres, a única coisa diferente sendo rezar um ou dois rosários extras por aquela mulher, pensando em seu apelo. *Preciso saber que tudo vai ficar bem.*

Esperava que, onde quer que ela estivesse, Deus estivesse com ela, confortando-a, assim como tinha me confortado tantas vezes.

Adormeci com as contas do rosário na mão, como se fossem um amuleto para afastar pensamentos indesejados.

Na minha pequena paróquia, normalmente frequentada por pessoas mais velhas, costuma haver um ou dois velórios por mês, quatro ou cinco casamentos por ano, missa quase todos os dias e, aos domingos, mais de uma. Três vezes por semana, conduzo estudos bíblicos; uma noite por semana, ajudo com o grupo de jovens; e todos os dias, exceto às quintas-feiras, atendo os paroquianos em visita. Também corro vários quilômetros todo dia de manhã e me forço a ler cinquenta páginas de qualquer coisa não relacionada à igreja ou à religião.

Ah, e passo muito tempo no Reddit de *The Walking Dead*. Muito tempo mesmo. Ontem à noite, fiquei acordado até as duas da madrugada discutindo com um cara qualquer para determinar se dá para matar um zumbi com a coluna vertebral de outro zumbi.

É evidente que isso não é possível, dada a taxa de decomposição óssea entre zumbis.

A questão é que, para um clérigo de uma cidadezinha tranquila no Meio-Oeste dos Estados Unidos, sou bem ocupado, então dá para me perdoar por ter ficado surpreso na semana seguinte, quando a mulher voltou ao meu confessionário.

Rowan tinha acabado de sair, e eu também me preparava para me levantar e ir embora quando ouvi a porta se abrir e alguém entrar no confessionário. Pensei que pudesse ser Rowan de novo — não teria sido a primeira vez que ele voltava por ter se lembrado de algum outro pecado leve que tinha se esquecido de me contar.

Mas não. Era aquela voz rouca e sugestiva, a voz que me fizera rezar mais do que o habitual na semana anterior.

— Sou eu de novo — avisou a mulher, com uma risada nervosa. — A não católica…

Minhas palavras saíram mais graves do que eu pretendia, mais sérias. Um tom que eu não usava com uma mulher há muito tempo:

— Lembro de você.

— Ah — disse ela. Parecia um pouco surpresa, como se não esperasse que eu me lembrasse dela. — Que bom, acho.

Ela se remexeu um pouco, e através da tela tive vislumbres da mulher que ali estava — cabelos escuros, pele clara, um batom vermelho.

Também me remexi um pouco, sem perceber, o corpo repentinamente consciente de tudo. As calças sob medida (um presente dos meus irmãos empresários), a madeira do banco, a gola que de súbito ficou apertada, apertada demais.

— O senhor é o padre Bell, certo? — perguntou ela.

— Eu mesmo.

— Vi sua foto no site. Depois da semana passada, pensei que talvez fosse mais fácil se eu soubesse seu nome e visse seu rosto. Sabe como é, mais para sentir que estava falando com uma pessoa e não com uma parede.

— E é mais fácil, mesmo?

Ela hesitou.

— Não muito. — Ela parou por aí e não a pressionei, sobretudo porque estava tentando me manter distante do conjunto de desejos implausíveis que tomavam minha mente.

Não, não pode perguntar o nome dela.

Não, não pode abrir a porta para ver como ela é.

Não, não pode pedir que ela conte sobre seus pecados carnais.

— Está pronta para começar? — perguntei, tentando direcionar os pensamentos de volta ao assunto em questão: a confissão.

Siga o roteiro, Tyler.

— Sim — ela sussurrou. — Sim, estou pronta.

DOIS

Poppy

BOM, EU TRABALHO EM UM LUGAR. Trabalhei, devo dizer, porque faço algo diferente agora, mas, até um mês atrás, trabalhava em um lugar que poderia ser considerado... pecaminoso. Acho que é essa a palavra certa, embora nunca tenha me sentido pecadora ao trabalhar lá. O senhor deve achar que é por isso que estou aqui — e de certa forma é —, mas é mais porque sinto que deveria confessar isso a alguém, já que não *sinto vontade de confessar nada. Isso faz sentido? Como se devesse me sentir péssima pelo que fiz e pela maneira com que ganhava dinheiro, embora não me sinta nem um pouco mal, e sei que isso está errado de certa forma.*

E não sou prostituta, se é isso que o senhor está pensando.

Sabe por que mais eu deveria me sentir culpada? Pelo fato de ter desperdiçado o tempo e o dinheiro de todos. Dos meus pais, em especial, até mesmo do senhor, a quem não conheço; estou tomando seu tempo e fazendo com que escute todas as minhas merdas e, assim, desperdiçando seu tempo e o dinheiro da sua igreja. Viu? Sou um desastre, aonde quer que eu vá.

Parte do problema é que existe um lado meu que sempre esteve comigo, ou talvez não seja um lado, é mais uma camada, como a casca de uma árvore. E, aonde quer que eu vá e o que quer que eu faça, continua lá. E isso não combinava com minha antiga vida em Newport, e não se encaixava na minha nova vida em Kansas City, e agora percebo que isso não se encaixa em lugar nenhum, então, o que significa? Significa que não me encaixo em lugar nenhum? Que estou destinada a ficar sozinha e ser detestável porque carrego esse demônio nas costas?

O engraçado é que sinto que há outra vida, uma vida sombria que me foi oferecida, onde esse demônio pode correr solto e eu posso deixar esse lado, essa camada, me consumir. Mas o preço para isso é o que resta de mim. É como se o universo — ou Deus — estivesse dizendo que posso fazer do meu jeito, mas à custa do meu amor-próprio, da minha independência e dessa imagem de pessoa que almejo ser. Mas qual é o custo desse meu *jeito? Devo fugir para uma cidade pequena e passar os dias trabalhando em um emprego ao qual não dou importância e depois passar as noites sozinha? Tenho autorrespeito, faço coisas boas, mas vou dizer, padre, boas ações não enchem barriga, e sou tomada por um tipo de desespero terrível, porque não posso ter os dois, e eu quero os dois.*

Quero uma vida boa, e também *paixão e romance. Mas fui criada para ver a paixão como perda de tempo e o romance como desagradável, e, por mais que tente, não consigo parar de sentir que "Poppy Danforth" se tornou sinônimo de perda de tempo e desgosto, mesmo que tenha feito tudo o que podia para afastar esse sentimento…*

— Talvez seja melhor continuarmos na semana que vem.

Ela ficou em silêncio por um longo tempo depois daquela última frase, respirando ofegante. Não precisava espiar dentro do confessionário para saber que ela estava lutando para se controlar, e, se estivéssemos em um confessionário *moderno*, eu poderia ter segurado a mão dela, tocado seu ombro ou *algo assim*. Mas, ali, não podia oferecer conforto algum além das minhas palavras, e senti que ela já não tinha mais capacidade de absorver palavras no momento.

— Oh. Certo. Eu… demorei muito? Me desculpe, não estou muito acostumada com as regras.

— De jeito nenhum — respondi com delicadeza. — Mas acho que é bom ir com calma, não acha?

— Sim — ela murmurou. Pude ouvi-la juntando suas coisas e abrindo a porta enquanto falava. — Sim, acho que o senhor está certo. Então… não há penitência ou algo que eu deva fazer? Quando pesquisei "confissão" no Google, na semana passada, vi que às vezes há penitência, como rezar uma ave-maria ou coisa assim.

Eu me debatia com essa questão, e também saí do confessionário, pensando que seria mais fácil explicar o que era penitência e contrição olhando para ela do que através daquela tela idiota, e então congelei.

A voz dela era sexy. Sua risada era ainda mais sexy. Mas nada disso se comparava a *ela*. Tinha cabelos longos e escuros, quase pretos, e pele bem clara, realçada pelo batom vermelho brilhante que usava. Seu rosto era delicado, com malares bem marcados e olhos grandes, o tipo de rosto que vemos em capas de revistas de moda. Mas foi sua boca que me atraiu, com lábios exuberantes entreabertos, e pude ver os dois dentes da frente ligeiramente maiores que o restante, uma imperfeição que por algum motivo a tornava ainda mais sensual.

E, sem conseguir me conter, pensei: *Quero meu pau nessa boca.*

Quero essa boca gritando meu nome.

Quero…

Olhei para a parte da frente da igreja, para o crucifixo.

Me ajude, orei silenciosamente. *Isso é um tipo de teste*?

— Padre Bell? — ela chamou.

Respirei fundo e mais uma vez rezei baixinho para que ela não notasse que eu estava paralisado por causa de sua boca… ou para que não notasse que a parte da frente da minha calça havia ficado volumosa de uma hora para outra.

— Não há necessidade de fazer penitência agora. Na verdade, acho que voltar aqui para conversar é um pequeno ato de contrição em si, não acha?

A mulher esboçou um sorriso, o que me deu vontade de beijá-la até que o corpo dela se pressionasse contra o meu e ela me implorasse para comê-la.

Puta merda, Tyler. Que porra é essa?

Rezei uma ave-maria mentalmente enquanto ela ajustava a alça da bolsa no ombro.

— Então devo voltar na próxima semana?

Minha nossa. Eu conseguiria mesmo passar por isso de novo em sete dias? Mas depois me lembrei de suas palavras, tão cheias de dor e sombria confusão, e mais uma vez senti vontade de confortá-la. De lhe fornecer um pouco de paz, uma chama de esperança e força que ela pudesse levar consigo para se nutrir rumo a uma vida nova e plena.

— Claro. Estou ansioso por isso, Poppy.

Não tive a intenção de dizer o nome dela, mas disse, e, quando o fiz, foi com *aquela* voz, aquela que eu não usava mais, que costumava fazer as mulheres caírem de joelhos e abrirem meu cinto sem que eu tivesse de pedir.

E a reação dela fez meu pau latejar. Seus olhos se arregalaram, as pupilas se dilataram, e vi seu corpo reagir com a surpresa. Não fui o único a ter uma reação sem precedentes a ela; Poppy tinha sido igualmente afetada por mim.

De algum modo, isso piorava tudo, porque agora era apenas a linha tênue do meu autocontrole que me impedia de colocá-la de quatro no banco da igreja e espancar aquela bunda por me deixar duro quando eu não queria ficar, por me fazer pensar em sua boca sexy quando deveria estar pensando em sua alma eterna.

Pigarreei, três anos de disciplina inabalável sendo a única coisa a manter minha voz calma.

— E fique sabendo…

— S-sim? — ela perguntou, mordendo aquele lábio inferior carnudo.

— Não precisa vir de Kansas City só para se confessar. Tenho certeza de que qualquer padre poderia ouvir você. Meu próprio confessor, padre Brady, é muito bom, e ele mora no centro de Kansas City.

Ela inclinou a cabeça levemente, como um pássaro.

— Mas eu não moro mais em Kansas City. Moro aqui, em Weston.

Merda.

Terça-feira. O pior dia.

Celebrei a missa matinal para quase ninguém — só Rowan e duas senhorinhas usando chapéu — e depois fui correr, pensando em todas as coisas que eu queria fazer naquele dia, entre elas, a elaboração de um informativo para nossa viagem com o grupo de jovens na próxima primavera e escrever a homilia da semana.

Weston é uma cidade de rios azuis, uma topografia de campos inclinando-se em direção ao rio Missouri, pontuada por colinas bem íngremes. As corridas aqui são intensas e difíceis, além de esclarecedoras. Após os primeiros dez quilômetros, estava empapado de suor e ofegante, e aumentei o volume da música para que a voz de Britney abafasse todo o resto.

Dobrei a esquina na rua principal da cidade, as calçadas quase sem pessoas à procura de antiguidades e lojas de arte, já que era dia de semana. Só precisei desviar de um casal de idosos ao me forçar a seguir na subida, os músculos da coxa e da panturrilha gritando. O suor escorria por meu pescoço, ombros e costas, os cabelos estavam encharcados, cada respiração parecendo um castigo, enquanto o sol da manhã me fazia ser saudado por ondas do calor de agosto vindo do asfalto.

Adorava isso.

Todo o resto desapareceu: a reforma da igreja que logo começaria, as homilias que eu precisava escrever, Poppy Danforth.

Principalmente Poppy Danforth. Principalmente ela, e o fato de que só pensar nela já me deixava duro.

Eu me odiei um pouco pelo que acontecera no dia anterior. Sem dúvida, ela era uma mulher bem-educada, inteligente e interessante, e havia me procurado, apesar de não ser católica, buscando palavras de auxílio. E, em vez de vê-la como um cordeiro precisando de orientação, não era capaz de pensar em mais nada além de sua boca enquanto conversávamos.

Eu era padre. Tinha jurado por Deus não conhecer o corpo de outra pessoa enquanto vivesse, nem mesmo meu próprio corpo, para colocarmos de maneira técnica. Não era certo ter o tipo de pensamentos que eu vinha tendo sobre Poppy.

Deveria ser o pastor do rebanho, não o lobo.

Não o lobo que acordou de manhã se esfregando no colchão por ter tido um sonho muito intenso protagonizado por Poppy e seus pecados carnais.

A culpa me invadiu ao me lembrar disso.

Vou para o inferno, pensei. *Não tem como não ir para o inferno*. Porque, por mais culpa que eu sentisse, não sabia se conseguiria me controlar se a visse de novo.

Não, não era bem isso. Eu sabia que poderia me controlar, mas não queria fazer isso. Não queria nem mesmo desistir do direito de levar sua voz, seu corpo e suas histórias em minha mente. E isso era um problema. Quando cheguei aos últimos quilômetros da corrida, perguntei-me o que diria a um paroquiano na mesma situação. O que ofereceria como percepção honesta do que Deus teria desejado.

A culpa é um sinal da consciência de que nos desviamos do Senhor.

Confesse seu pecado a Deus aberta e sinceramente. Peça perdão e força para vencer a tentação caso ela surja mais uma vez. E, por fim, afaste-se da tentação por completo.

Pude ver a igreja e a casa paroquial a poucos passos de distância. Agora eu sabia o que faria. Tomaria um banho e depois passaria uma hora inteira rezando e pedindo perdão. E força. Sim, também pediria força. E, da próxima vez que Poppy aparecesse, teria de encontrar uma maneira de lhe dizer que não poderia continuar sendo seu confessor. O pensamento me deixou deprimido por algum motivo, mas eu era sacerdote há tempo suficiente para saber que às vezes as melhores decisões eram as que traziam mais infelicidade a curto prazo.

Parei em um cruzamento, esperando o semáforo abrir, sentindo-me mais leve agora que tinha um plano a seguir. Isso seria muito melhor; tudo ficaria bem.

— Britney Spears, hein?

Aquela voz. Embora só a tivesse escutado duas vezes, ela ficara gravada em minha memória.

Foi um erro, mas me virei mesmo assim enquanto tirava os fones de ouvido.

Ela estava correndo também, e, pelo que parecia, tinha se empenhado tanto quanto eu. Usava um top esportivo e shorts de corrida curtos, curtíssimos, que cobriam *apenas* sua bunda perfeita. O suor escorria por seu corpo também, e ela estava sem o batom vermelho, mas a boca parecia ainda mais incrível sem ele, e a única coisa que me impediu de olhar para seus lábios com desejo foi o fato de as coxas torneadas, a barriga chapada e os seios empinados estarem tão à mostra.

O sangue correu para minha virilha.

Ela ainda sorria para mim, e me lembrei de que havia dito algo.

— Desculpe, o que disse? — Minhas palavras saíram sérias, entrecortadas. Estremeci, mas ela não pareceu se importar.

— Jamais imaginaria que você fosse fã da Britney Spears — disse ela, apontando para o meu iPhone preso ao meu bíceps, que exibia na tela a capa de *Oops!... I Did It Again*. — E as antigas da Britney, ainda por cima.

Se eu já não estivesse pegando fogo por causa da corrida e do calor, teria enrubescido. Levei a mão ao celular e tentei trocar a música discretamente.

Poppy riu.

— Tudo bem. Vou fingir que vi você ouvindo... o que os homens de Deus ouvem quando correm? Louvor? Não, não me diga, vou adivinhar. Monges entoando mantras.

Dei um passo para mais perto dela, e seus olhos percorreram meu torso sem camisa, descendo até o short. Quando ela encontrou meus olhos de novo, seu sorriso havia diminuído. E os mamilos apareciam sob o top como pequenos pontos duros. Fechei os olhos por um instante, torcendo para meu pau inchado se acalmar.

— Ou talvez seja totalmente o oposto, como death metal sueco ou algo assim. Não? Death metal estoniano? Death metal filipino?

Tentei pensar em coisas nada sensuais quando abri os olhos. Pensei na minha avó, no tapete puído perto do altar, no sabor do vinho sem graça da eucaristia.

— O senhor não gosta muito de mim, não é? — ela perguntou, e isso me trouxe de volta ao presente. Ela era maluca? Achava que minhas ereções incontroláveis na presença dela eram sinal de antipatia? — O senhor foi tão gentil na primeira vez em que apareci. Mas sinto que o perturbei de alguma forma. — Ela olhou para os pés, um movimento que só evidenciava como seus cílios eram longos e espessos.

Os *cílios* dela me deixavam duro. Era uma novidade para mim, tive de admitir.

— Você não me perturbou — falei, aliviado por perceber que minha voz parecia mais normal, controlada e gentil. — Sou grato por você ter encontrado valor suficiente em sua experiência para voltar à igreja. — Estava prestes a pedir que encontrasse um novo lugar para fazer suas confissões, mas ela falou antes de mim.

— Encontrei valor mesmo, surpreendentemente. Na verdade,

estou feliz por ter encontrado o senhor. Vi no site da igreja que o senhor tem horário de atendimento apenas para conversar, e queria saber se poderia consultá-lo algum dia. Não necessariamente para uma confissão…

Graças a Deus.

— … mas, não sei, acho que para falar de outras coisas. Estou tentando iniciar uma nova fase na vida, mas continuo com a sensação de que há algo faltando. Como se o mundo em que vivo estivesse, de algum modo, desbotado. E, depois que falei com o senhor aquelas duas vezes, me senti… mais leve. Fico me perguntando se não é de religião que eu preciso, mas, sinceramente, não sei se é o que quero.

Vê-la admitir aquilo despertou em mim o instinto sacerdotal. Respirei fundo e contei algo que havia dito a muitas pessoas, mas que continuava tão real quanto na primeira vez em que tinha falado:

— Eu acredito em Deus, Poppy, mas também acredito que a espiritualidade não é para todos. Você pode encontrar o que procura em uma profissão pela qual seja apaixonada ou em uma viagem, ou em uma família, ou em muitas outras coisas. Ou pode descobrir que outra religião é melhor para você. Não quero que se sinta pressionada a se unir à Igreja Católica por qualquer motivo que não seja interesse ou curiosidade genuínos.

— E um padre absurdamente gostoso? É uma boa razão para me unir à igreja?

Devo ter feito cara de horrorizado, em especial porque as palavras dela estavam minando meu fraco autocontrole, mas ela riu. O som foi ridiculamente luminoso e agradável, o tipo de risada criada para ecoar em salões de baile ou à beira de uma piscina nos Hamptons.

— Relaxa — disse ela. — Eu estava brincando. Quero dizer, você é absurdamente gostoso, mas não é por isso que estou interessada. Pelo menos — ela me olhou de novo de cima a baixo, provocando em mim um calor como se minha pele estivesse em chamas —, não é o único motivo. — O semáforo abriu, e ela saiu correndo, acenando brevemente.

Eu estava fodido.

TRÊS

FUI DIRETO PARA CASA E TOMEI O BANHO mais frio que pude, permanecendo debaixo d'água até meus pensamentos se acalmarem e minha ereção enfim — enfim! — ceder. Mas, se os acontecimentos recentes fossem um indício, ela retornaria assim que eu visse Poppy de novo.

Certo, então talvez eu não fosse capaz de arrancar esse desejo de mim, mas poderia exercer mais autocontrole. Sem fantasias. Sem acordar e descobrir que estava me esfregando no colchão, sonhando com ela. E talvez conversar com ela fosse exatamente do que eu precisava — eu a veria como uma pessoa, um cordeiro perdido em busca de seu Deus, e não apenas como uma tentação sobre pernas.

Pernas perfeitas.

Vesti uma calça por cima da cueca boxer e uma camisa preta limpa, enrolando as mangas compridas até os cotovelos, como costumava fazer. Não hesitei em levar as mãos à clérgima. Seria um lembrete mais do que necessário. Um lembrete para praticar a autoabnegação e também do *motivo* de praticá-la, para começo de conversa.

Faço isso pelo meu Deus.

Faço isso pela minha paróquia.

Faço isso pela minha irmã.

E era por isso que Poppy Danforth era tão perturbadora. Eu queria ser o epítome da pureza sexual para minha congregação. Queria que voltassem a confiar na Igreja; queria apagar as máculas feitas em nome de Deus por homens horríveis.

E queria um modo de me lembrar de Lizzy sem meu coração ficar dilacerado pela culpa, pelo arrependimento e pela impotência.

Sabe de uma coisa? Estava fazendo tempestade em copo d'água. Tudo ia ficar bem. Passei a mão pelos cabelos, respirando fundo. Uma mulher, por mais gostosa que fosse, não iria estragar tudo o que considero sagrado sobre o sacerdócio. Não iria destruir tudo o que eu tinha trabalhado tanto para criar.

Nem sempre vou para casa nas quintas-feiras de folga, embora meus pais morem a menos de uma hora de distância, mas fui nessa semana, mental e fisicamente tenso por evitar encontrar Poppy durante minhas corridas matinais e também por tomar aproximadamente vinte banhos frios no espaço de dois dias.

Só queria ir a algum lugar — sem a batina —, jogar videogame e comer a comida da minha mãe. Queria tomar uma cerveja (ou seis ou sete) com meu pai e ouvir meu irmão adolescente se lamentando sobre qualquer garota que o estivesse deixando na *friendzone* no momento. Algum lugar onde a igreja, Poppy e o resto da minha vida fossem silenciados e eu pudesse apenas relaxar.

Meus pais não decepcionaram. Meus outros dois irmãos também estavam lá — embora todos tivessem casa e vida próprias —, atraídos pela culinária e por aquele conforto de estar em casa, um conforto que não tem preço.

Depois do jantar, Sean e Aiden me deram uma surra no mais novo *Call of Duty* enquanto Ryan mandava mensagem para sua mais recente *crush*, a casa ainda cheirando a lasanha e pão de alho. Uma foto de Lizzy nos observava acima da televisão, uma garota bonita imortalizada em 2003 com franja lateral, cabelos tingidos de loiro e um sorriso largo que escondia todas as coisas que só descobrimos quando já era tarde demais.

Fiquei olhando para aquela foto por muito tempo enquanto Sean e Aiden falavam sobre o emprego deles — ambos trabalhavam na área de investimentos — e meus pais jogavam *Candy Crush* em suas poltronas reclináveis, lado a lado.

Sinto muito, Lizzy. Sinto muito por tudo.

Logicamente, sabia que não havia nada que eu pudesse ter feito naquela época, mas a lógica não apagava a lembrança dela pálida, os lábios azulados, ou dos vasos sanguíneos rompidos em seus olhos.

Nem de mim entrando na garagem à procura de pilhas para a lanterna e encontrando o corpo frio da minha única irmã.

A voz baixa de Sean penetrou em meu devaneio sombrio, e aos poucos voltei ao presente, ouvindo o rangido da poltrona reclinável do meu pai e as palavras do meu irmão.

— ... apenas convidados — dizia ele. — Ouvi rumores sobre isso há anos, mas só quando recebi a carta é que percebi ser verdade.

— Você vai? — Aiden falava baixinho também.

— Claro que sim, eu vou.

— Vai para onde? — perguntei.

— Você não iria gostar de ir, cara da batina.

— É uma festinha no McDonald's para convidados? Estou muito orgulhoso de você.

Sean revirou os olhos, mas Aiden se inclinou para a frente.

— Talvez Tyler devesse saber. Provavelmente ele precisa queimar um pouco do excesso... de energia.

— É *apenas para convidados*, idiota — rebateu Sean. — E isso significa que ele não pode ir.

— Parece que é a melhor casa de strip do mundo — Aiden continuou, imperturbável com o insulto de Sean. — Mas ninguém sabe como se chama nem onde é até ser convidado. Dizem que não dá para receber um convite antes de começar a ganhar um milhão por ano.

— Então por que Sean foi convidado? — perguntei.

Embora fosse três anos mais velho que eu, Sean ainda galgava uma boa posição na empresa. Ele recebia um belo salário (belo pra caralho, na minha opinião), mas não chegava nem perto de um milhão de dólares por ano. Ainda não.

— Porque, idiota, eu tenho contatos. Ter bons contatos é uma forma de garantir uma boa renda, além do salário.

A voz de Aiden saiu um pouco alta quando ele falou:

— Especialmente se isso lhe der a chance de escolher entre muitas boce…

— *Meninos* — meu pai interveio naquele momento, sem tirar os olhos do celular. — A mãe de vocês está aqui.

— Desculpa, mãe — falamos em uníssono.

Ela só balançou a mão. Mais de trinta anos com quatro filhos homens a haviam deixado imune a praticamente tudo.

Ryan entrou na sala, murmurando algo para meu pai sobre querer as chaves do carro, e Sean e Aiden se inclinaram para a frente mais uma vez.

— Vou na próxima semana — confidenciou Sean. — Vou contar tudo pra vocês.

Aiden, alguns anos mais novo que eu e ainda um iniciante no mundo dos negócios, suspirou.

— Quero ser como você quando crescer.

— Melhor querer ser como eu do que como o sr. Celibato aqui. Diga aí, Tyler, já está com tendinite na mão direita?

Joguei uma almofada na cabeça de Sean.

— Está se oferecendo para me ajudar?

Sean se esquivou da almofada com facilidade.

— Quando quiser, querido. Aposto que posso dar uma boa utilidade àquele óleo de unção.

Soltei um resmungo.

— Você vai para o inferno.

— Tyler! — meu pai disse. — Não diga ao seu irmão que ele vai para o inferno. — Ele continuou olhando para o celular.

— De que servem todas aquelas noites solitárias se não puder condenar alguém de vez em quando? — Aiden perguntou, pegando o controle remoto.

— Olha, Tinker Bell, talvez eu *devesse* encontrar um jeito de levar você para a balada. Não há nada errado em olhar o cardápio, desde que não peça nada para comer, certo?

— Sean, não vou a uma casa de strip com você. Não importa se é chique ou não.

— *Beleza*. Acho que você e sua imagem de Santo Agostinho podem passar a próxima sexta-feira à noite a sós. De novo.

Joguei outra almofada nele.

Os Irmãos Investidores saíram por volta das dez, voltando para os porta-gravatas e as máquinas de café expresso, e Ryan foi fazer o que tanto precisava fazer com o carro. Meu pai dormia em sua poltrona reclinável, e eu estava estirado no sofá, assistindo ao programa de Jimmy Fallon e pensando em que filme escolher para a turma de ensino médio no mês seguinte, quando ouvi a água da torneira da cozinha.

Minha testa se franziu. Os Irmãos Investidores e eu (e Ryan, reclamando) tínhamos lavado toda a louça depois do jantar para que minha mãe não precisasse fazer isso. Mas, quando cheguei para ver se poderia ajudar, vi que ela estava esfregando o aço inoxidável com movimentos vigorosos, o vapor subindo ao seu redor.

— Mãe?

Ela se virou, e na mesma hora percebi que tinha chorado. Minha mãe me deu um sorriso rápido e depois fechou a torneira, enxugando as lágrimas.

— Desculpe, querido. Só estou esfregando as panelas.

Era por causa de Lizzy. Eu sabia que era. Sempre que estávamos todos juntos, toda a patota Bell, eu via aquele olhar em minha mãe, percebia que ela estava imaginando a mesa posta com mais um lugar, a pia com mais um jogo de louça suja.

A morte de Lizzy quase me matou. Mas *realmente* matou minha mãe. E em todos os dias que se sucederam era como se tivéssemos mantido minha mãe viva artificialmente com abraços, piadas e visitas, agora que estávamos mais velhos, mas, de vez em quando, dava para ver que parte dela nunca havia sido totalmente curada, nunca tinha ressuscitado, e nossa igreja tivera um grande papel naquilo, a princípio por levar Lizzy a se matar e, depois, por nos virar as costas quando a história se tornou pública.

Às vezes eu sentia que estava lutando do lado errado. Mas quem tentaria consertar as coisas se eu não o fizesse?

Puxei minha mãe para um abraço, e seu rosto se contraiu enquanto a envolvia em meus braços.

— Ela está com Deus agora — murmurei, meio padre, meio filho, uma mistura de ambos. — Deus está com ela, juro.

— Eu sei, eu sei. Ela fungava. — Mas às vezes me pergunto...

Sabia do que ela estava falando. Eu também me perguntava a mesma coisa, nos meus momentos mais sombrios: que sinais eu tinha perdido, o que eu deveria ter notado, todas as vezes que ela pareceu prestes a me dizer alguma coisa, mas decidiu se calar.

— Acho que não há como não pensarmos nisso — falei com calma. — Mas não precisa sentir essa dor sozinha. Quero compartilhá-la com você. Sei que o pai também quer.

Ela acenou com a cabeça contra meu peito e ficamos assim por muito tempo, balançando juntos, os pensamentos nos acontecimentos de doze anos antes e em um cemitério situado logo ao fim da rua.

Só quando eu estava voltando para casa, ouvindo meu mix habitual de inquietantes músicas hipster e Britney Spears, fiz a conexão entre a casa de strip de Sean e a confissão de Poppy. Ela havia mencionado um lugar de trabalho, dito que a maioria das pessoas o classificaria como pecaminoso. Poderia ser isso?

Fui tomado por ciúme, mas me recusei a reconhecê-lo, tensionando a mandíbula enquanto guiava minha caminhonete pela estrada. Não me importava com que Sean fosse àquele lugar, aquele lugar onde Poppy possivelmente havia exposto seu corpo. Não, não me importava.

E esse ciúme não tinha nada a ver com a repentina decisão de encontrá-la no dia seguinte e concordar com seu pedido para conversar durante o meu horário de atendimento. Era porque estava preocupado com ela, garanti a mim mesmo. Era porque queria recebê-la em nossa igreja e lhe dar conforto e orientação, porque sentia que ela era alguém que não se perdia com facilidade, que não se deixava vencer com facilidade, e para algo fazê-la entrar naquele confessionário e ser levada às lágrimas... bem, ninguém deveria suportar esse tipo de fardo sem ajuda.

Muito menos alguém tão sexy como Poppy.

Pare com isso.

Não foi muito difícil encontrar Poppy. Na verdade, não fiz absolutamente nada além de passar correndo na frente do galpão de tabaco aberto durante a corrida matinal, e dei de frente com ela virando a esquina. Ela tropeçou, mas consegui impedi-la de cair, prendendo-a entre meu peito e meu braço.

— Merda — falei, arrancando os fones de ouvido. — Me desculpe! Você está bem?

Ela assentiu, erguendo a cabeça e abrindo um sorriso sutil que me deixou arrepiado; era tão perfeitamente imperfeito com os dois dentes da frente se destacando e uma camada de suor cobrindo seu rosto. Ao mesmo tempo, nós dois percebemos como estávamos: meus braços segurando-a, ela só de top esportivo, e eu, sem camisa. Eu me desvencilhei, logo sentindo falta de sua presença ali. Sentindo falta dos seios dela contra meu peito nu.

No futuro: só abraços laterais, disse a mim mesmo. Já estava sentindo a necessidade de tomar outro banho frio.

Ela apoiou a mão no meu peito, habitual e inocentemente, ainda sorrindo.

— Eu teria caído se o senhor não tivesse me segurado.

— Se eu não estivesse aqui, você não teria corrido o risco de cair.

— E, ainda assim, eu não mudaria nada. — Seu toque, suas palavras, aquele sorriso... Ela estava *flertando* comigo? Mas então o sorriso se alargou, e vi que ela estava só brincando, daquele jeito seguro e divertido com que algumas mulheres brincam com seus amigos gays. Ela se sentia segura para brincar comigo, e como poderia ser diferente? Eu era um religioso, afinal, obrigado por Deus a ser um cuidador de seu rebanho. Claro, Poppy presumia que podia me provocar, me tocar, sem incomodar minha compostura de sacerdote. Como ela poderia saber o que suas palavras e sua voz faziam comigo? Como poderia saber que sua mão estava marcando a fogo o contorno dela em meu peito?

Seus olhos âmbar brilharam fitando os meus, piscinas em tons de verde e marrom repletas de curiosidade, energia e inteligência; piscinas em tons de verde e marrom que refletiam tristeza e confusão quando observadas por tempo suficiente. Reconhecia aquele olhar porque o carregara por anos após a morte de Lizzy, mas, no caso de Poppy, acreditava que a pessoa por quem ela sofria, a pessoa que havia perdido, era ela mesma.

Deixe-me ajudar esta mulher, orei em silêncio. *Deixe-me ajudá-la a encontrar seu caminho.*

— Estou feliz por tê-la encontrado — falei, endireitando o corpo quando sua mão se afastou de minha pele. — Você disse no início da semana que quer marcar uma conversa?

Poppy assentiu com entusiasmo.

— Sim, quero.

— Pode ser na minha sala, dentro de meia hora?

Ela fingiu bater continência.

— Até já, padre.

Tentei não observar enquanto ela se afastava, tentei mesmo, mas juro que só olhei por um segundo, um segundo bem longo, o suficiente para registrar a camada de suor e protetor solar nos ombros bem desenhados, os movimentos provocantes de sua bunda.

Estava mesmo na hora de tomar um banho gelado.

QUATRO

MEIA HORA DEPOIS, EU VESTIA O UNIFORME DE NOVO: calças pretas, cinto Armani (um acessório de segunda mão de um dos Irmãos Investidores), camisa preta de mangas compridas com os punhos enrolados até os cotovelos. E minha clérgima, é claro. Santo Agostinho olhava de modo austero para o escritório, fazendo-me lembrar que estava ali para ajudar Poppy, não para sonhar acordado com tops esportivos e shorts de corrida. E queria estar ali para ajudá-la. Lembrei-me dela chorando baixinho no confessionário e senti um aperto no peito.

Eu a ajudaria, mesmo que isso acabasse comigo.

Poppy chegou com um minuto de antecedência, e o modo fácil, mas preciso, com que entrou pela porta me dizia que estava acostumada a ser pontual, sentia prazer nisso; era o tipo de pessoa que não conseguia entender por que os outros não chegavam na hora certa. Eu, no entanto, mesmo depois de três anos acordando às sete horas, ainda não tinha me habituado a começar o dia cedo e, na maioria das vezes, dava início à missa às 8h10, em vez de às oito em ponto.

— Oi — ela cumprimentou enquanto eu indicava uma cadeira ao meu lado na qual pudesse se sentar. Havia escolhido as duas cadeiras estofadas no canto do escritório, dado que odiava falar com as pessoas sentado à minha mesa, como se fosse um diretor de escola.

E, no caso de Poppy, queria ser capaz de acalmá-la, tocá-la se fosse preciso, mostrar-lhe uma experiência mais pessoal da igreja do que a da Antiga Cabine da Morte.

Ela se sentou na cadeira em seu estilo elegante e gracioso, tão hipnotizante quanto... observar uma bailarina amarrar as sapatilhas ou uma gueixa servir o chá. De novo, ela usava aquele batom chamativo, vermelho, e vestia shorts de cintura alta e uma blusa frente única, mais preparada para um sábado de passeio de iate do que para uma reunião no meu sóbrio escritório. Mas os cabelos dela estavam molhados, e as bochechas, ainda afogueadas depois de correr, e senti uma pontinha de orgulho possessivo por ter visto aquela mulher polida ligeiramente sem produção, o que foi um impulso inadequado. Eu me forcei a escondê-lo.

— Obrigada por se encontrar comigo — ela disse, cruzando as pernas ao tirar a bolsa do ombro. Não era uma bolsa, e sim uma sacola elegante para notebook, repleta de pastas coloridas. — Faz tempo que tenho pensado em procurar algo assim, mas nunca fui religiosa, e parte de mim ainda hesita um pouco diante da ideia...

— Não pense no assunto como algo religioso — aconselhei. — Não estou aqui para convertê-la. Por que não conversamos, apenas? E talvez haja algumas atividades ou grupos aqui que correspondam ao que você precisa.

— E se não houver? Vai me indicar aos metodistas?

— Eu nunca faria isso. — Fingi estar falando sério. — Sempre indico os luteranos primeiro.

Isso me fez ganhar outro sorriso.

— E então, como foi parar em Kansas City?

Ela hesitou.

— É uma longa história.

Recostei-me na cadeira, exagerando no movimento para me acomodar.

— Tenho tempo.

— A história também é chata — ela me alertou.

— Meu dia se resume a leis litúrgicas que datam da Idade Média. Posso lidar com o tédio. Juro.

— Certo. Bem, não sei por onde começar, então acho que é melhor começar do começo, não? — Seu olhar deslizou para a parede de livros à medida que ela mordia o lábio inferior, como se tentasse decidir qual era o começo. — Não costumo fugir das coisas — explicou ela depois de um minuto. — Não escapava pela janela quando tinha dezesseis anos nem pegava o carro do meu pai para ir até a praia mais próxima. Fui obediente e a filha favorita do meu pai até me formar em Dartmouth e receber oficialmente meu diploma de MBA. Na cerimônia, olhei para meus pais do palco do teatro e enfim percebi o que eles viam quando olhavam para mim: mais um trunfo, outra pasta no portfólio. *Ali está ela, nossa caçula*, eu os imaginava dizendo aos parentes que estavam ali. *Formada com honra ao mérito, estudou sempre nos melhores colégios. Passou os últimos três verões como voluntária no Haiti. Ela era uma promessa da dança na Juilliard, mas é claro que escolheu seguir administração, sensata como é.*

— Você foi voluntária no Haiti? — eu a interrompi.

Poppy assentiu.

— Sim, em uma instituição de caridade chamada Maison de Naissance. É um lugar para mães haitianas de áreas rurais fazerem pré-natal gratuito, e também para darem à luz. Foi o único lugar, além da casa de verão em Marselha, onde vi utilidade para o francês que aprendi no internato.

Dartmouth. Marselha. Internato. Tinha notado que Poppy era sofisticada, e, quando mencionara Newport, havia notado que ela soubera o que era privilégio e riqueza em algum ponto na vida, mas agora conseguia ver até que ponto iam o privilégio e a riqueza. Observei seu rosto. Havia confiança ali, uma inclinação para a etiqueta e a boa educação, mas não havia pretensão nem elitismo.

— Gostou de trabalhar lá?

Seu rosto se iluminou.

— Adorei! É um lugar lindo, cheio de gente bonita. Ajudei a dar à luz sete bebês no meu último verão lá. Dois deles eram gêmeos... Eram muito pequenos, e a parteira me disse mais tarde que, se a mãe não tivesse feito o pré-natal, era provável que ela e os bebês tivessem morrido. A mãe até me deixou ajudá-la a escolher os nomes para os filhos. — Sua expressão beirou a timidez, e percebi que aquela era a primeira vez que ela compartilhava aquela alegria genuína com alguém. — Sinto saudades de lá.

Sorri para ela. Não pude evitar; raramente via alguém tão entusiasmada com a experiência de ajudar pessoas carentes.

— A ideia de caridade da minha família é organizar um evento político para arrecadar fundos — contou, sorrindo como eu sorrira, mas era um sorriso irônico. — Ou doar certa quantia para uma ONG que cuida de animais para que eles possam tirar uma foto com um cheque gigante. E depois quase passam por cima dos moradores de rua da cidade. É constrangedor.

— É comum.

Ela balançou a cabeça com veemência.

— Não deveria ser. Eu, pelo menos, me recuso a viver assim.

Que bom para ela. Eu também me recusava, mas cresci em uma casa em que havia religião e voluntariado. Havia sido fácil para mim, mas achava que essa convicção não fora fácil para Poppy. Senti vontade de interrompê-la naquele momento, saber mais sobre o período dela no Haiti, apresentar todas as formas com as quais poderia ajudar as pessoas ali na paróquia St. Margaret. *Precisávamos* de pessoas como ela, pessoas que se importavam, pessoas que pudessem ser voluntárias e que dedicassem seu tempo e seus talentos — não apenas dinheiro. Na verdade, quase deixei escapar tudo isso. Quase caí de joelhos e lhe implorei que nos ajudasse com a arrecadação de alimentos ou o café da manhã com panquecas que servíamos, mas que sofria com a falta de voluntários, porque precisávamos da ajuda dela, e (para ser honesto) eu a queria em tudo, queria vê-la em todos os lugares.

Mas talvez aquela não fosse a melhor maneira de agir. Levei-nos de volta ao tópico da conversa anterior, mais seguro.

— Você estava falando de sua formatura...

— A formatura. Certo. E percebi, olhando para os meus pais, que eu era tudo o que eles queriam. Tudo para o que tinham me preparado. Eu era o pacote completo, o pacote embrulhado com elegância e requinte.

Ela era todas essas coisas. Ela era mesmo o pacote perfeito por fora... mas, por dentro, senti que era muito mais. Confusa e apaixonada, selvagem e criativa — um ciclone forçado a se conter dentro de uma casca de ovo. Não era de se surpreender que a casca tivesse rachado.

— Eu enfeitava a vida que já tinha carros demais, quartos demais, almoços e eventos para arrecadação de fundos demais. Uma vida que já incluía outros dois filhos que também tinham se formado em Dartmouth e depois se casado com conhecidos ricos e tido bebês lindos. Estava destinada a trabalhar em algum lugar com um saguão envidraçado e dirigir um Mercedes Classe S, pelo menos até me casar, e depois eu reduziria gradualmente a carga de trabalho e aumentaria o envolvimento com caridade, até que, claro, tivesse lindos bebezinhos para completar os retratos da família. — Ela olhou para as próprias mãos. — Isso deve soar ridículo. Parece um romance moderno de Edith Wharton ou algo assim.

— Não tem nada de ridículo — assegurei. — Sei exatamente de que tipo de pessoa você está falando. — E eu sabia mesmo, não estava dizendo por dizer. Tinha crescido em meio a uma bela vizinhança e, em uma escala muito menor, visto as mesmas coisas acontecerem. As famílias com suas casas chiques e sua média de 2,5 filhos que tiravam as melhores notas e também jogavam lacrosse no time do colégio, as famílias que faziam questão que todos soubessem quão bem-sucedidos e perfeitamente estadunidenses seus filhos eram.

— Eu rejeitei toda essa realidade — ela confessou. — A vida de aparências. Não queria fazer parte disso. Não *conseguia*.

Claro que ela não conseguia. Estava muito além daquela vida. Será que era capaz de perceber isso sobre si mesma? Seria capaz de sentir isso, mesmo que não conseguisse perceber? Porque eu havia acabado de conhecer aquela mulher, e até eu sabia que ela era o tipo de gente que não poderia viver sem um sentido, um propósito forte e real em sua vida. E ela não encontraria isso depois de se formar em Dartmouth.

— Fiquei com o coração partido por causa de Sterling, sim — ela continuou, ainda estudando as mãos —, mas também fiquei com o coração partido por causa da minha vida… e ela ainda nem tinha começado. Peguei o diploma falso que eles nos dão antes de enviarem o verdadeiro, saí daquele anfiteatro e depois do campus, não ficando para o lançamento do capelo, para as fotos, tampouco para o jantar requintado que meus pais insistiriam que tivéssemos. E então fui para o meu apartamento, deixei uma mensagem de voz definitiva no telefone do meu pai, enfiei minhas coisas no carro e fui embora. Não haveria mais estágios para mim. Não haveria mais arrecadação de fundos com pratos a dez mil dólares. Não haveria mais encontros com homens que não fossem Sterling. Deixei aquela vida para trás, com todos os cartões de crédito do meu pai. Recusei-me a mexer no meu fundo fiduciário. Ou me sustentaria pelos meus próprios meios, ou de forma nenhuma.

— Isso foi corajoso — murmurei. Quem era esse Sterling que ela sempre mencionava? Um ex-namorado? Um ex-ficante? Devia ser um idiota por ter deixado Poppy escapar, fosse ele quem fosse.

— Corajoso ou burrice — ela disse rindo. — Joguei fora uma vida inteira de estudos, e estudos caros. Acho que meus pais ficaram arrasados.

— Você não tem certeza?

Ela suspirou.

— Nunca falei com eles diretamente depois que parti. Até hoje. Já se passaram três anos, e sei que devem estar furiosos…

— Você não tem como saber com certeza.

— Você não entenderia — ela falou, suas palavras destoando do tom amigável anterior. — Você é um *padre*, pelo amor de Deus. Aposto que seus pais ficaram em êxtase quando contou que se tornaria padre.

Olhei para os meus pés.

— Na verdade, minha mãe chorou quando contei a ela, e meu pai ficou seis meses sem falar comigo. Eles nem compareceram à minha ordenação. — Não era uma lembrança que eu gostasse de reviver.

Quando olhei para ela, seus lábios vermelhos estavam contraídos.

— Que horrível. Parece algo que meus pais fariam.

— Minha irmã… — Parei e pigarreei. Tinha mencionado Lizzy inúmeras vezes em homilias, em conversas com pequenos grupos, em sessões de aconselhamento. Mas, de alguma forma, explicar a morte dela para Poppy era mais íntimo, mais pessoal. — Minha irmã sofreu abusos do padre de nossa paróquia durante anos. Nunca soubemos, nunca suspeitamos…

Poppy colocou a mão sobre a minha. A ironia de *ela* prestar conforto a *mim* era profundamente palpável, mas, ao mesmo tempo, me fez bem. Foi bom. Não havia ninguém para me confortar quando aconteceu; estávamos todos, cada um de nós, em seu próprio mundo de dor. Não havia alguém para *apenas* ouvir, alguém que demonstrasse se importar com como eu me sentia em relação ao ocorrido. Que demonstrasse se importar com como eu *ainda* me sentia.

— Ela se matou quando tinha dezenove anos — continuei, como se o toque de Poppy tivesse desencadeado a necessidade de compartilhar, e eu não pudesse me conter. — Ela deixou um bilhete com o nome de outras crianças que ele machucou. Conseguimos detê-lo, e ele foi levado a julgamento e condenado a dez anos de prisão.

Respirei fundo, parando por um momento, porque era impossível não sentir aqueles dragões gêmeos que eram a raiva e a tristeza guerreando em meu peito, fervendo o sangue. Sentia uma fúria tão profunda sempre que pensava naquele homem, e eu acreditava ser capaz de matá-lo, sendo bem sincero. Por mais que eu orasse para que esse ódio fosse tirado de mim, por mais que me forçasse a repetir *eu te perdoo eu te perdoo* imaginando o rosto dele, essa raiva e essa dor nunca tinham ido embora de verdade.

Enfim me recompondo, prossegui:

— As outras famílias da paróquia, não sei se não queriam acreditar ou se por acaso se sentiram humilhadas por terem confiado nele, mas, fosse como fosse, ficaram furiosas conosco por pedirmos sua prisão, furiosas com Lizzy por ser a vítima, por ter a ousadia de ter deixado um bilhete descrevendo em detalhes nojentos o que havia acontecido e com quem mais acontecia. Os diáconos tentaram impedi-la de ter um velório e um enterro católicos, e mesmo o novo padre nos ignorou. Minha família toda parou de ir à igreja na época: meu pai e meus irmãos deixaram de acreditar em Deus completamente. Só minha mãe ainda acredita, mas ela nunca mais vai voltar para a igreja. Tirando as visitas que me faz aqui em cima, ela não entra em uma igreja desde o enterro de Lizzy.

— Mas você entrou — Poppy pontuou. — Você ainda acredita.

A mão dela permaneceu na minha, quente no ar-condicionado intenso do escritório.

— Por muito tempo, não acreditei — admiti.

Ficamos sentados em silêncio por um momento, pensando em meninas mortas, pais descontentes e tragédias que recendiam a folhas secas em uma floresta.

— Então — disse ela depois de um tempo —, suponho que saiba como é enfrentar a desaprovação dos pais.

Consegui esboçar um sorriso, tentando evitar que ele desaparecesse quando ela afastou a mão.

— O que fez depois que saiu de Dartmouth? — perguntei, precisando falar sobre outra coisa, qualquer coisa além de Lizzy e daqueles anos dolorosos após sua morte.

— Bem — continuou ela, remexendo-se na cadeira —, fiz muitas coisas. A verdade é que consegui encontrar muito trabalho sozinha. Trabalhei usando meu MBA, mas como poderia ter certeza de que eram minhas dezenas de estágios sofisticados e meu diploma caro que eles queriam, e não ter uma Danforth trabalhando no escritório? Depois de seis meses em um escritório de Nova York, sentindo-me como se tivesse DANFORTH tatuado na testa, saí de lá tão abruptamente quanto saí de Nova Hampshire, e dirigi até não poder mais. Foi assim que acabei em Kansas City.

Ela respirou fundo. Eu esperei.

— Nunca quis acabar na casa de strip — disse ela por fim, sua voz ficando baixa. — Pensei que talvez encontrasse uma organização sem fins lucrativos para trabalhar, ou talvez fizesse algo prosaico, como ser garçonete. Mas ouvi um barman dizer que havia um local assim em algum lugar desta cidade: privado, exclusivo, discreto. E estavam procurando garotas. Garotas requintadas.

— Garotas como você?

Poppy não ficou ofendida. Deu aquela sua risada rouca novamente, a risada que esquentava meu corpo sempre que eu a ouvia.

— Sim, garotas como eu: brancas, cristãs e de famílias influentes. Do tipo que os ricos gostam. E quer saber? Foi perfeito. Eu conseguia dançar, coisa que não fazia desde meu último baile de gala, muito tempo antes. Era, no geral, um lugar bem elegante. Para entrar, o valor desembolsado era de quinhentos dólares. Por mesa, setecentos e cinquenta. Para uma dança privativa, mil dólares. O cliente não podia me tocar. Era permitido o consumo máximo de duas bebidas. Eu atendia uma clientela muito específica, então me vi me despindo para os mesmos homens que, em outra vida, teriam me dado emprego, casado comigo, feito doações para minhas instituições de caridade. Adorei.

— Você adorou?

Safada.

O pensamento surgiu do nada, espontaneamente, mas não foi embora; permaneceu, com insistência, em minha mente. *Safada demais.*

Ela voltou aqueles olhos âmbar para mim.

— Isso é errado? É pecado? Não, não responda, não quero saber, na verdade.

— Por que você gostava? — Estava perguntando só por curiosidade, é claro. — Se não se incomodar com essa pergunta.

— Por que eu me incomodaria? Afinal, eu me dispus a contar. — Ela se endireitou, o short expondo mais daquelas pernas firmes. Pernas de dançarina, agora eu sabia. — Gostei da sensação. Ter homens me observando com os olhos semicerrados, querendo a mim e apenas a mim, não minha educação, meu sobrenome ou os contatos de minha família. Mas, ainda mais do que isso, em um nível bruto e selvagem, adorei ver como os homens reagiam ao meu corpo. Adorava deixá-los duros.

Adorava deixá-los duros.

Quase engasguei, minha mente se dividindo em duas... Por um lado, estava determinado a conduzir aquele encontro com bondade e compaixão e, por outro, determinado a mostrar como ela *me* deixava duro.

Ela não fazia ideia da minha luta interior.

— Adorava que beirassem a selvageria pela necessidade de me tocar, tanta selvageria que me ofereceriam somas surpreendentes para eu ir para casa com eles, para deixar aquele trabalho e me tornar amante deles. Mas nunca aceitei. Apesar de muitos serem bonitos, e embora eu não estivesse na posição de poder fingir que dinheiro não era importante. Mas algo nisso era antiético à minha própria natureza; não pude me imaginar aceitando nenhuma daquelas ofertas. Não é uma ideia ridícula? Uma stripper insistindo em preservar sua virtude?

Ela não parecia esperar uma resposta e continuou:

— O triste é que eu estava realmente faminta por sexo enquanto recusava todas aquelas ofertas. Tenho certeza de que o senhor conhece essa sensação, padre, como se o mais leve estímulo fosse suficiente para fazer você perder o controle, como se sua pele fosse inflamável.

Meu Deus, eu conhecia muito bem a sensação. Estava sentindo isso naquele exato momento. Ofereci um sorriso discreto, que foi correspondido.

— Eu era muito inflamável, padre Bell. Ficava molhada observando os homens se acariciando por cima do tecido das calças feitas sob medida. Nas salas privadas, puxava a calcinha para o lado e os deixava observar enquanto eu me masturbava. Eles gostavam disso, gostavam quando eu me tocava, me esfregava e me penetrava com os dedos até estremecer e gozar.

Percebi que minhas mãos passaram a segurar os braços da cadeira com muita força, e tentei expulsar todas as imagens que as palavras de Poppy me traziam, mas não consegui e ela prosseguiu, alheia ao meu súbito desconforto, sentindo-se inocentemente segura pela noção equivocada de que eu era apenas um receptor de informação, um emissor de conselhos, e não um homem de vinte e nove anos.

— Mas não era a mesma coisa gozar assim — prosseguiu ela. — Eu queria que me *fodessem*, que me penetrassem e me usassem. Queria sentir o pau de um homem dentro de mim, queria ter dedos na minha boca e na minha boceta. E no meu cu. — Ela respirou fundo.

Eu, por outro lado, não era capaz de respirar.

— Qual é esse pecado? Sei que tem de ser pecado. É apenas luxúria... ou é algo pior? Que tipo de oração devo fazer pra isso? E se eu não me sentir mal com o que fiz, com as coisas que queria fazer? Mesmo agora, mesmo depois do que aconteceu no mês passado, ainda quero. Ainda me sinto sozinha, ainda quero que me comam. E isso é muito confuso, porque não tenho ideia de mais nada que eu queira na vida.

Apesar de tudo, eu ainda queria responder à sua última frase, o motivo pelo qual ela estava ali na sala. Queria pegar sua mão para lhe dar conselhos sábios e tranquilos, mas não havia nada de tranquilo dentro de mim no momento.

As palavras dela.

As malditas palavras.

Já tinha sido bem ruim ouvi-la falar sobre trabalhar naquela casa de strip, mas, quando ela descreveu como se tocava, como levava sua boceta ao orgasmo, eu me imaginei como um daqueles empresários famintos que assistiam, oferecendo tudo o que tivessem na carteira só para ver aquela xoxota reluzente de úmida pulsar de prazer. Aposto que poderia vê-la agora se quisesse. Poderia prensá-la contra a parede e arrancar aquele short, abrir as pernas dela para que ficasse exposta para mim...

Não havia como eu continuar mais um minuto naquela reunião.

Deus deve ter ouvido minha prece silenciosa, porque o celular dela tocou naquele minuto, um tom discreto e profissional, e Poppy o tirou da bolsa.

— Me desculpe — murmurou enquanto atendia a chamada.

Fiz sinal de que estava tudo bem, tentando resolver o problema maior de como me levantar sem revelar o que aquelas palavras tinham feito comigo.

Ela encerrou a ligação com rapidez.

— Sinto muito — ela se desculpou de novo. — Algumas coisas de trabalho surgiram e...

Levantei a mão.

— Não se preocupe com isso. Tenho uma reunião da paróquia daqui a pouco, na verdade.

Era mentira. A única reunião que estava prestes a acontecer era entre minha mão e meu pau. Mas provavelmente não seria de bom-tom contar isso a alguém da comunidade. (Fiz uma anotação mental para pedir perdão por aquela mentira, e também pelo que estava prestes a fazer.)

— Eu, hã, espero vê-la em breve.

Poppy me dirigiu um sorriso lindo enquanto se levantava e pegava sua bolsa.

— Eu também. Tchau, padre.

Não pude esperar sequer até ter certeza de que ela tinha saído da igreja. Assim que Poppy foi embora, levantei-me e tranquei a porta, indo até minha mesa para poder apoiar uma das mãos na superfície enquanto abria o cinto. Não houve tempo para me sentir culpado nem para questionar meus motivos ou para qualquer coisa que envolvesse pensar. Nem desci muito as calças, só o suficiente para libertar o pau, e depois passei a me masturbar com força e rapidez, sem pensar em nada além de gozar.

Tentei pensar em outra pessoa, qualquer outra pessoa, que não fosse a mulher que veio até mim em busca do perdão de Deus e conselhos. Mas minha mente se voltava para ela, imaginando-a na casa de strip, só que se remexendo para mim e só para mim, puxando a calcinha de lado para me mostrar o que eu mais desejava.

Que Deus me ajudasse.

Senti aumentar a pressão em minha pélvis, e fiz movimentos ainda mais vigorosos, desejando estar metendo em Poppy Danforth: sua boca, boceta ou cu, não importava o quê, e depois gozei em cima da mesa, pulsante, jorrando e imaginando que cada gota de mim estava sendo derramada sobre sua pele clara.

Minha mão se deteve, minha respiração desacelerou, e a realidade pesou sobre mim. Ali estava eu, com o pau na mão, gozando sobre o calendário litúrgico de mesa, Santo Agostinho me olhando com reprovação de seu quadro na parede.

Merda.

Merda.

Entorpecido, fechei o zíper da calça e puxei a primeira folha do calendário, jogando-a no lixo. O barulho do papel sendo amassado ressoou alto, quase em tom acusatório e... Que merda eu tinha feito?

Sentei-me na cadeira e olhei para Santo Agostinho.

— Não finja que não sabe como é — murmurei. Apoiei os cotovelos na mesa e pressionei as palmas das mãos contra meus olhos.

Poppy Danforth não iria embora. Ela morava na cidade. Ela voltaria, e não tinha dúvidas de que tínhamos apenas começado a tratar de suas confissões "carnais". Eu teria de ouvi-las sem ficar excitado como se fosse um adolescente. Mais do que ouvir, teria de responder com bondade, empatia e compaixão, quando tudo em que conseguia pensar era naquela boca com dentes ligeiramente imperfeitos.

Estrelas dançavam sob meus olhos fechados, mas não afastei as mãos. Não queria ver aquela sala agora, nem Santo Agostinho. Não queria ver meu calendário sem uma folha nem o papel dentro do cesto de lixo.

Queria orar em completa escuridão. Não queria nada entre meus pensamentos e Deus, entre aquela mulher e minha vocação. Queria que meu pecado e aquele mal-estar desaparecessem.

Sinto muito, rezei. *Eu sinto muito.*

Lamentei ter traído a confiança de alguém do rebanho de Deus. Lamentei ter traído a santidade daquele lugar e da minha vocação por cobiçar alguém em busca de acolhimento e orientação. Lamentei não ter conseguido controlar meu desejo por tempo suficiente para tomar um banho frio ou sair para correr, ou qualquer outro truque que havia aprendido nos últimos três anos para reprimir esses impulsos.

Mas, acima de tudo...

Acima de tudo, lamento por não lamentar.

Droga, eu não estava nem um pouco arrependido.

CINCO

— E EU PENSANDO QUE OS PADRES só bebiam vinho da eucaristia.

Olhei para cima e vi Poppy parada diante da minha mesa. Estava no pequeno café em frente à igreja, tentando cuidar do orçamento da reforma, mas sem sucesso, basicamente não conseguindo nada além de ler os fóruns de *The Walking Dead* e acabar com o estoque de café do estabelecimento.

Queria pensar em uma resposta espirituosa à saudação de Poppy, mas ela estava usando outro vestido, desta vez de cor creme em estilo vintage, com mangas três-quartos e uma saia que alcançava a metade das coxas, e, embora não fosse revelador nem muito apertado, não escondia a cintura perfeita nem a curva suave formada pelos seios. Ela estava perto o suficiente para que eu pudesse segurar seu quadril e puxá-la para mim; perto o suficiente para eu poder enterrar a minha cara no paraíso que ela guardava ali embaixo.

(Além disso, havia o fato perturbador de que, na última vez em que a vira, eu havia gozado em cima da minha mesa toda.)

Felizmente, ela ocupou a cadeira à minha frente antes de eu perder o controle e quebrar meus votos diante de todos no café.

— O que o senhor está fazendo? — perguntou ela, acenando com a cabeça para o computador.

Agradeci mentalmente a Deus por ela não ter reparado na ausência de resposta, ou pelo menos por ter decidido ignorá-la, e depois agradeci de novo pelo assunto bastante seguro de planilhas de orçamento.

— Estamos tentando arrecadar fundos para reformar a igreja — respondi. — E já recebemos algumas propostas para o trabalho, então é apenas uma questão de alocar os fundos aos lugares certos, depois de atingirmos o nosso objetivo inicial.

— Posso dar uma olhadinha? — perguntou ela.

Antes mesmo de eu concordar, ela já tinha deslizado o computador para o seu lado da mesa, analisando as planilhas. Um sorrisinho ergueu os cantos de sua boca vermelha, deixando-a com um ar sexy, de quem sabia o que fazia, e malicioso, tudo ao mesmo tempo.

— O que o senhor estudou na faculdade, padre Bell? — perguntou ela, ainda observando a tela, fazendo uma pausa e depois clicando de poucos em poucos segundos.

— Antes do meu mestrado em teologia? Línguas clássicas. *Si vis amari, ama.*

— Estou vendo que o senhor não aprendeu muito sobre fórmulas em planilhas nas aulas de latim.

— Normalmente, estava mais ocupado com línguas. — Pensei que fosse soar com uma piadinha leve, mas minha voz saiu mais grave do que eu pretendia, mais intensa. Como se fosse um aviso.

Não. Como se fosse uma *promessa.*

Seus olhos âmbar fitaram os meus, e ela inspirou quando viu a minha cara.

Porra, o que estava acontecendo comigo? Por que eu não conseguia manter nenhuma interação normal com ela sem insinuar sexo?

— Você estava falando de fórmulas…

— Hum, certo. — Os olhos de Poppy se voltaram para a tela, e ela hesitou. Engoliu em seco, e desejei aquele pescoço arqueado e pronto para mim. Desejava todo aquele corpo arqueado e pronto para mim.

— A igreja não tem um software de contabilidade? — ela perguntou, parando para consertar uma linha de dados que eu tinha duplicado por acidente.

— Sim, o gerente do escritório tem, mas não sei usá-lo.

— Então o senhor pode citar Sêneca, mas não sabe usar o Quicken.

— Sabe quem foi Sêneca? — Sorri, mesmo sem querer. Não conhecia muitas pessoas que soubessem quem era Sêneca, muito menos que fossem capazes de reconhecer uma citação de uma de suas cartas.

— Meus pais investiram pesado na minha infância para que eu aprendesse todo tipo de coisas inúteis.

— Acha que é inútil? *Non scholae sed vitae*. Aprendemos não para a escola, mas para a vida.

— Mas *si vis amari, ama*? "Se deseja ser amado, ame"? Tentei fazer isso uma vez. Não deu muito certo. — Seu tom era amargo.

Coloquei a mão em seu punho. Foi apenas por instinto, para confortar alguém em sofrimento, mas não esperava sentir o calor que emanava da mão dela, a forma como meu toque causaria arrepios que subiriam por seu braço. Não contava com a sensação perfeita que sua pele teria em contato com meus dedos, como se Deus a tivesse feito com o único propósito de receber meu toque.

Deveria me afastar. Deveria me desculpar.

Mas não pude. E não pude deixar de dizer:

— Talvez você tenha amado a pessoa errada.

Porque quem não amaria aquela linda criatura? Aquela mulher bem-educada, superprovocante e que esbanjava inteligência e sensualidade? Aquela mulher de pele branca e lábios vermelhos, e com um cérebro feito para administrar impérios financeiros?

Poppy voltou a olhar para mim.

— Talvez o senhor esteja certo — ela sussurrou.

Ficamos assim por um momento, nossos olhos fixos, minha mão segurando seu braço, e depois, *Deus me perdoe*, passei o polegar lenta e delicadamente na parte interna de seu pulso, um movimento que ninguém podia ver, mas que ela sentiu, pois soltou um suspiro trêmulo.

Porra, ela era tão macia, tinha a pele tão sedosa. Queria beijar aquela parte do seu braço, pressionar os lábios contra o ponto de pulsação antes de amarrá-lo com uma corda. Na verdade, cheguei a levantar o braço dela da mesa, até que o assobio da máquina de café expresso me trouxe de volta à realidade. Que diabos eu estava fazendo?

Soltei a mão dela e fechei o notebook, ficando de pé bruscamente.

— Desculpe. Isso não me diz respeito.

— O senhor é um conselheiro espiritual — disse ela, olhando para mim. — Não acha que tudo lhe diz respeito?

Estava muito ocupado enfiando tudo dentro da bolsa do computador para responder, desesperado para ir embora, tentando me convencer de que estava tudo bem, de que estava tudo *certo*, de que tinha acabado de confortá-la e de que não tinha feito nada além de segurar sua mão, algo que eu não hesitaria em fazer com qualquer outro paroquiano.

Estava tudo *certo*.

Mas, quando me virei, Poppy estava ao meu lado, pronta para sair.

— Posso voltar com o senhor para a igreja? — ela perguntou. — Minha casa fica no mesmo quarteirão.

Claro que ficava.

— Tudo bem — respondi, esperando ter agido com naturalidade, e não como um padre se esforçando para esconder uma ereção em público. — Sem problemas.

Saímos no forte calor do verão, atravessando a rua. O silêncio entre nós estava esquisito, carregado da estranheza do que acabara de acontecer, por isso eu disse, tentando afastar as fantasias que continuavam a se aglomerar na minha mente:

— Há quanto tempo mora aqui?

— Não faz muito tempo — respondeu ela. — Fechei a compra da casa há duas semanas, na verdade. Quando o proprietário do lugar em que eu trabalhava descobriu que eu tinha um MBA e muita experiência, pediu que eu entrasse na equipe como consultora de marketing e finanças, o que eu poderia fazer remotamente e recebendo um salário… bem, um salário muito alto. E então, no mês passado, quando *ele* me encontrou…

Sua voz ficou embargada e ela olhou para a calçada, como se analisasse algo. Não tinha certeza do que a havia perturbado, mas lhe dei um momento para se recompor.

Andamos alguns metros antes de ela continuar:

— Então, agora eu ganho um bom dinheiro, trabalho para um cara legal e tenho a liberdade de começar de novo em uma cidadezinha adorável. Era o que eu queria antes de Sterling aparecer.

Sterling. Reconheci o nome de nossa conversa sobre o passado dela, e isso me causou uma pontada ridícula de ciúme, como se houvesse algum universo em que eu pudesse me sentir possessivo em relação a Poppy Danforth.

Chegamos à igreja.

— Foi bom encontrá-lo, padre — disse ela com outro daqueles sorrisos discretos, como se quisesse continuar andando.

— Qual é a sua casa? — Eu estava protelando. Sabia que estava, mas não fui capaz de evitar. Precisava de apenas mais um vislumbre daqueles lábios vermelhos, mais uma palavra com aquela voz ofegante.

— Aquela ali. — Poppy apontou para uma bela casa do outro lado do parque, com uma grande árvore no quintal da frente e um jardim coberto de vegetação nos fundos. Conseguiria vê-la da casa paroquial. Poderia ver se suas luzes estavam acesas, se seu carro estava na garagem, se ela estaria na cozinha de manhã, fazendo seu café.

Aquilo não me pareceu uma oportunidade muito saudável.

— Bem, se precisar de ajuda para mudar os móveis de lugar ou qualquer coisa do tipo…

Droga. Por que tinha me oferecido para isso? Como se ficar sozinho com ela, em sua casa, fosse uma coisa ótima para fazer.

Mas então seu rosto se iluminou e meu estômago se contraiu quando vi. Porque ela era linda o tempo todo, mas feliz? Feliz ela era *radiante*.

— Isso seria incrível — respondeu Poppy. — Eu não conheço... Não conheço ninguém aqui e meus amigos na cidade estão todos tão longe... Sim, com certeza vou avisá-lo se precisar de ajuda.

— Tudo bem — falei, ainda cativado por seu sorriso e seus olhos repentinamente brilhantes. — Quando quiser.

Ela se inclinou para a frente, na ponta dos pés, e eu não tinha ideia do que estava fazendo até sentir seus lábios macios pressionados contra minha bochecha. Fiquei paralisado, cada detalhe, cada sensação gravando-se em minha alma, imprimindo-se nela enquanto Poppy imprimia em minha pele seu batom vermelho.

— Obrigada — ela murmurou, as palavras e a respiração perto do meu ouvido, e depois ela mordeu o lábio e se afastou, caminhando em direção à sua casa.

Entrei na casa paroquial para tomar outra ducha fria de vinte minutos.

Estaria mentindo se dissesse que não temia, mas também ansiava pelas horas de confissão às segundas-feiras.

Havia passado a missa de domingo procurando Poppy nos bancos, e, quando não a vi, esperança e desespero tomaram conta da minha mente. Talvez ela não voltasse mais, talvez seu breve flerte com a religião tivesse se esgotado, e talvez aquele teste para o meu autocontrole tivesse chegado ao fim.

Talvez ela tenha se cansado de mim, era o que eu pensaria, e sentiria alívio.

Talvez ela tenha se cansado de mim, eu pensaria novamente, e, então, só sentiria pesar.

E assim, quando Rowan enfim deixou o confessionário naquela segunda-feira e outra pessoa entrou, minha pulsação começou a acelerar (não sabia dizer se de ansiedade ou excitação).

— Padre Bell? — perguntou uma voz baixa.

— Olá, Poppy — falei, tentando fingir que a voz dela não exercera efeito nenhum no meu pênis.

Ela soltou uma risada, breve e de alívio, e o som evocou seu sorriso da sexta-feira anterior, e a maneira como ela tinha sorrido para mim quando me ofereci para ajudá-la a se instalar em sua casa.

— Não sei o que eu esperava. É que às vezes parece bom demais para ser verdade. Saí de Kansas City em busca de um novo começo, algum sentido em minha vida sem sentido, e aí encontro este padre incrivelmente bonito, quase no meu quintal, disposto a ouvir todos os meus problemas.

— É o meu trabalho — respondi com rispidez, tentando ignorar a felicidade de adolescente que senti quando ela me chamou de bonito. — Estou aqui para todos.

— Sim, eu sei. Mas, neste momento, estou incluída nesse "todos", e não sei como expressar como sou grata por isso.

Diga a ela que não pode atendê-la, minha consciência exigiu, pensando no outro dia em meu escritório. *Ajude-a a encontrar outra pessoa, qualquer outra pessoa, com quem se confessar.*

Sim, eu deveria fazer isso. Porque ela estava deixando claro que confiava em mim, enquanto eu estava traindo essa confiança repetidas vezes em minha mente. (Em várias posições. E em várias superfícies da minha casa.)

Mas, assim que resolvi agir e lhe dizer como deveria ser, ela perguntou:

— O senhor está pronto? — E nenhuma outra palavra me veio à mente, exceto:

— Sim.

Poppy

As coisas continuaram assim por cerca de um ano e meio. Entre ajudar Mark com os negócios e a dança, estava ganhando quase tanto dinheiro quanto ganharia em um daqueles escritórios em Nova York. Adorava o fato de poder dançar, adorava mesmo. Mesmo que não fosse balé ou jazz, ainda eram meu corpo, ritmo e música. E adorava o tanto de sexo que o trabalho envolvia. Mesmo que ninguém fizesse sexo lá, ele pairava por toda parte, uma névoa de desejo, e eu não conseguia me cansar disso.

Mas eu me sentia solitária. Os clientes imploravam para me levar para casa, oferecendo muito mais do que apenas uma noite, oferecendo coberturas, iates e mesadas, mas eu me recusava a ser uma amante. Posso gostar de sexo, mas também tenho uma mente e uma alma. Um dia, quero ter um marido, filhos e netos, todas essas coisas... Não suportaria ter algo que substituísse isso, por melhor que fosse, por mais que isso me fizesse sentir bem temporariamente.

Mas, para manter esse autorrespeito, o preço era uma cama fria e um vibrador usado em excesso, e a situação começou a ficar insustentável. Sem mencionar as coisas que acabei de falar: marido, filhos etc. Passei a sentir falta de minha antiga vida. Não da monotonia nem da hipocrisia, mas pelo menos da garantia. Se tivesse permanecido nela, jamais teria ficado sozinha. Já estaria casada agora, provavelmente grávida. E se eu tivesse tomado a decisão errada? E se tivesse arruinado minhas chances de ter uma vida feliz? Porque, convenhamos, que homem se casaria com uma stripper — não importa de onde ela tivesse vindo ou quem fosse?

E foi então que Sterling chegou ao meu trabalho.

Sterling Haverford III. *Sim, sei que é um nome ridículo, mas, de onde viemos, era normal (especialmente se em sua propriedade houvesse um campo de golfe).*

Desde que me lembro, eu rabiscava o nome "Sra. Sterling Haverford" em meus diários trancados com cadeado. Ele foi o primeiro garoto que beijei, com quem fumei meu primeiro cigarro, com quem tive meu primeiro orgasmo. É claro que sei que não fui a primeira dele em nada e que, mesmo durante o nosso namoro, ele transava com outras garotas. Mas, na época, eu estava convencida de que íamos nos casar. De que ele me amava.

Eu estava convencida disso até o momento em que meus pais receberam o convite para o casamento dele. Com Penelope Middleton.

Nós terminávamos e reatávamos, mas eu achava que era por causa da distância e de quanto eu era dedicada aos estudos e aos trabalhos de caridade, e... droga, estou chorando agora, me desculpe. Nem estou triste por isso, só fico chateada por ter dedicado tanto tempo a esse idiota, e por ele, quando eu estava me sentindo tão mal com tudo, ter tido a coragem de aparecer ali.

Presumi que ele estivesse na cidade para uma reunião de negócios e que talvez um cliente em potencial o tivesse levado à casa de strip para agradá-lo um pouco mais — não era um cenário incomum onde eu trabalhava, ainda mais quando se tratava das salas privativas nos fundos. E, apesar de haver muitas garotas que poderiam estar trabalhando naquela noite, era eu quem estava ali.

Logo eu, porra.

Estava usando saltos de quinze centímetros e uma peruca azul brilhante, e ele ainda assim me reconheceu no momento em que entrei, do mesmo modo que eu soube, assim que o vi, que era ele.

— Jesus Cristo — disse Sterling, e escutei suas palavras como uma melodia intoxicante acima da música pulsante. — É você mesmo?

Fiquei parada na porta, sem ter ideia do que fazer. Sabia que poderia procurar Mark, explicar-lhe que eu conhecia o cliente e que não podia dançar para ele. Mark entenderia. Mas, mesmo três anos depois de ele ter me deixado por meio de um convite de casamento com outra garota, não consegui me obrigar a ir embora. Ou a não ouvir quando ele começou a falar.

Ele disse que não podia acreditar, já que todo mundo achava que eu tinha fugido para a Europa ou algum lugar exótico, quando, durante todo esse tempo, eu estava bem ali. Ele fez um gesto para mim, indicando a roupa minúscula que eu usava, indicando todas as coisas que vinham junto com isso, *a dança e a suposta humilhação, mas vi o momento em que ele terminou de falar, o momento em que suas pupilas se dilataram e ele observou meu corpo seminu.*

Ele havia se casado com a maldita Penelope, mas estava ali e estava ali para me *ver, e, foda-se, eu queria aquilo. Aquele momento em que ele me preferiu a ela. Por mais que fosse errado.*

— Entre — ele convidou, e eu entrei.

Será que Deus vai me perdoar por isso? Porque poderia ter ido embora. Sem nenhuma consequência. Poderia ter encontrado outra garota e saído de lá sem passar mais nenhum momento com Sterling Haverford III. *Mas, no fundo, eu queria ficar. No fundo, no fundo, queria o que sabia que aconteceria se eu ficasse.*

Fechei a porta depois de entrar, cruzei os braços e depois disse que ele era um idiota. Verdade seja dita, Sterling não negou.

Ele me pediu para chegar mais perto. Era uma ordem, e, me perdoe, Deus, mas sempre obedeci a ordens. Eu me aproximei e ele passou a mão do meu tornozelo até onde minha saia chegava, um pouco antes da minha bunda. Sua aliança de casamento brilhava sob a fraca luz neon da sala. A maldita aliança de casamento com a maldita Penelope Middleton.

Tentei me afastar, mas ele se aproximou e agarrou meu braço.

E então ele disse:

— Sabe por que não me casei com você, Poppy? — Ele acariciava a parte interna da minha coxa, e não pude evitar: dei um pequeno passo para o lado, só para abrir um pouco mais as pernas. Ele sorriu e continuou: — Não é porque eu não queria me casar com uma Danforth. Deus sabe que, com sua família, seu dinheiro e sua inteligência, na teoria, você teria sido a esposa perfeita. Mas nós dois sabemos que não é assim, não é mesmo, Poppy?

Seus dedos enfim encontraram o que procuravam, minha calcinha fio dental de renda. Ele segurou o tecido e o puxou, o material rasgando com facilidade, dando-lhe acesso à minha boceta.

— Lá no fundo… — disse ele, continuando sua linha de raciocínio anterior, agora me tocando, me tocando tanto. — No fundo, no fundo, nós dois sabemos que você é uma vadia. Sim, com uma criação perfeita e uma educação perfeita, mas você nasceu para ser puta, Poppy, não esposa.

Mandei ele à merda, e Sterling respondeu:

— Acha que apareci aqui por acaso? Estou procurando você há três anos. Você é minha, ou já se esqueceu?

Como eu poderia ser dele se ele tinha a droga de uma esposa? Perguntei isso a ele.

E Sterling respondeu que não dava a mínima para ela, o que provavelmente era verdade. Mas disse que se casou com ela porque precisava de alguém adequado, uma mulher com quem os clientes dele não iriam querer foder.

E depois disse que não era o meu caso. Que eu exalava sexo por causa dos meus peitos e da minha boca, e que o problema não era só o fato de eu sempre querer transar, mas minha cara *de quem sempre queria transar. Algo que não poderia estar no precioso retrato da família Haverford.*

O pior é que eu sabia que aquilo não era um insulto. Eram apenas fatos. Pessoas como nós não deveriam ser assim. Deveríamos ser reservados e frios. Magros e com sangue de barata. O sexo era uma necessidade, ou um negócio calculado. E agora Sterling queria que eu *fosse seu negócio calculado. Eu o havia amado, e ele queria me manter como sua amante de estimação, em uma caixa sem espaço para o amor verdadeiro nem para um futuro de verdade.*

Mas, enquanto eu pensava em tudo isso, ele descia o zíper da calça, e estava muito duro, tão duro que dava água na boca, e não pude resistir… Sabia que ele era casado, que era um idiota, mas já fazia tanto tempo, tempo demais, e eu o havia amado…

Está me julgando neste momento, padre Bell? Está pensando que sou uma vadia idiota? Sei que não está, você não é como Sterling e eu. É provável que as palavras idiota *e* vadia *nunca tenham saído de sua boca na mesma frase. Mas eu estava pensando nisso naquele momento, assim como estou pensando agora. Fui uma estúpida. Mas também me sentia solitária e com o coração partido, e estava tão molhada que sentia a lubrificação escorrer entre as coxas.*

Então, deixei que ele me fodesse. Porque ele estava certo, eu gosto mesmo, *eu* sempre *quero. E, enquanto ele me penetrava sem parar, pedi que me contasse aquela fantasia, aquela vida que ele me oferecia. E ele contou, e tudo parecia perfeito vindo de sua boca de empresário mentiroso. Ele me contou sobre as tardes preguiçosas que passaríamos juntos, os restaurantes caros aos quais me levaria, os orgasmos que me proporcionaria em cima de lençóis macios de algodão egípcio. Ele me falou sobre flores, joias e férias em Bora Bora, carros caros e tudo o mais que faria parte da nossa vida ilícita juntos, tudo isso enquanto eu subia e descia em seu pau rumo ao melhor orgasmo que tivera desde a faculdade.*

A essa altura, ele já soltava palavrões, inclinando-me sobre o banco e me penetrando por trás enquanto pressionava meu rosto contra o couro, e eu sentia o metal frio de sua aliança de casamento contra meu quadril. Foi humilhante e terrível, e gozei quase de imediato.

Depois, gozei mais uma vez.

SEIS

— ESSE É O MEU VERDADEIRO PECADO — finalizou Poppy. — Essa é a minha verdadeira vergonha. Não consigo dormir à noite sabendo que permiti que ele… que me permiti… — Ela se conteve e houve um momento de silêncio que não interrompi, tanto por respeito a ela como porque não confiava em minha voz. Sua confissão tinha sido tão crua, tão detalhada, e eu estava com tanta raiva do idiota do Sterling, e tão triste por ela, e também tomado por um ciúme terrível e inabalável pelo fato de que, meras semanas antes, ele estivera dentro dela, e não merecia isso, nem um pouco.

Mas, sobretudo, estava tão duro que não conseguia pensar direito.

— Eu me permiti gozar — concluiu ela, com uma voz calma e triste. — Ele é um homem casado e me traiu por anos sem um pingo de *arrependimento*, e mesmo assim eu não só transei com ele, mas também gozei. Duas vezes. Que importância tem o fato de eu tê-lo feito ir embora logo depois do ocorrido? Que tipo de mulher ainda faz isso?

Precisava dizer algo, precisava ajudá-la, mas, porra, era tão difícil me concentrar em qualquer coisa que não fosse a imagem de seu rosto pressionado contra o assento enquanto ela arfava e gozava. Iria para o inferno só pelo fato de pensar nisso, principalmente porque queria dar um soco na cara de Sterling por agir assim, mas era quase insuportavelmente tentador que essas coisas brutas a levassem ao orgasmo. Porque elas também me deixavam excitado, e fazia muito tempo que eu não ouvia uma mulher gemendo sob meu toque...

Você é quase tão ruim quanto ele, eu me repreendi. *Recomponha-se, droga. Sentimentos, concentre-se nos sentimentos dela.*

— Como isso fez você se sentir?

— Como me senti? A sensação foi incrível. Como se ele estivesse me tomando de dentro para fora e, quando ele gozou dentro de mim, foi como se estivesse me marcando como sua propriedade, e foi o orgasmo dele que me fez chegar lá de novo. Não consigo evitar, porque um cara gozando é a coisa mais excitante, ainda mais quando consigo senti-lo dentro de mim...

Minha cabeça pendeu para trás e bateu contra a madeira do confessionário, emitindo um baque audível.

— Quis dizer — expliquei com a voz esganiçada — como se sentiu *emocionalmente*...

— Ah. — E depois Poppy deu uma risadinha ofegante, e, minha nossa, eu iria para o inferno, pois não pude deixar de me tocar naquele momento. Estava tão duro que minha ereção era visível através do tecido. Enquanto eu me acariciava, usava a outra mão para mexer no zíper, tentando respirar sem fazer barulho. Seria capaz de abrir o zíper sem que ela ouvisse algo? Será que eu poderia me masturbar ali mesmo no confessionário sem que ela notasse? Porque não havia como me conter a esta altura. Suas palavras estavam gravadas em minha mente e permaneceriam ali para sempre.

— Acho que senti que Sterling estava certo. Sou uma puta, não sou? Tive um baile de debutantes, nasci na alta sociedade e tenho troféus de competições de hipismo, mas isso não muda quem sou por dentro. Acho que, no fundo, sempre soube que Sterling não me amava de verdade, mas estava disposta a aceitar o sexo no lugar de amor, porque queria isso tanto quanto queria o romance, e que mulher pensa assim, padre? Preferir fazer sexo sem amor a não ter sexo algum? Então, o que faço agora? Como posso carregar a vergonha de tudo isso e, ao mesmo tempo, saber que é parte fundamental de quem sou?

Vergonha. Sim, eu conhecia esse sentimento; eu o sentia naquele instante, na verdade. Levei as mãos às coxas, bem longe da ereção. *Concentre-se*, disse a mim mesmo. *E, quando estiver sozinho, poderá cuidar de seu... problema.*

— Deus nos fez como criaturas sexuais, Poppy — falei, desejando que minhas palavras tivessem saído mais suaves do que soaram. Com minha voz sufocada e a respiração mal controlada, tinham soado como uma ameaça sombria. Uma ameaça sombria e iminente.

— Então Ele me fez *muito* sexual — ela sussurrou. — Mesmo agora, eu...

Mas ela parou.

— Mesmo agora o quê? — perguntei com aquela mesma voz novamente, e não havia como não perceber o perigo.

Pude ouvi-la se mexer no assento.

— É melhor eu ir — disse ela.

Eu a ouvi pegando a bolsa e depois o barulho da maçaneta da porta, mas demorei apenas um segundo para sair do confessionário, e já estava ao lado de Poppy quando ela abriu a porta. Apoiei as mãos em ambos os lados da porta (que *diabos* eu estava fazendo?), impedindo sua fuga, porque eu tinha de saber, tinha de saber o que ela ia dizer; se não soubesse, enlouqueceria.

Ela olhou para mim, arregalando os olhos âmbar.

— Ah — ela arfou. Ficamos olhando um para o outro por um momento.

Poderia ter acabado ali mesmo. Teria, mesmo com seu batom vermelho, seus olhos brilhantes e os mamilos duros sob a fina blusa de seda que ela usava. Mesmo com meus ombros largos bloqueando a porta do confessionário, mesmo com a onda de poder, satisfação e luxúria que me tomava por posicionar meu corpo contra o de uma mulher daquela maneira selvagem e dominadora.

Teria, eu juro.

Mas então ela mordeu o lábio, aqueles dentes um pouco grandes demais cravados no lábio inferior, muito brancos contra o vermelho mais vivo e sangrento que se possa imaginar, e depois esfregou as coxas, um pequeno ruído vindo de algum lugar no fundo de sua garganta.

Deixei de ver uma penitente.

Deixei de ver uma filha de Deus.

Deixei de ver um cordeiro perdido precisando de um pastor.

Vi apenas uma mulher necessitada — e com uma necessidade deliciosa.

Dei um passo para trás, respirando fundo, uma parte valente de minha consciência tentando voltar a funcionar, e ela deu um passo hesitante para fora do confessionário, os olhos ainda fixos nos meus. Deixei que passasse por mim, mas não porque quisesse que ela fosse embora ou que aquela tentação acabasse. Não, era mais como se eu estivesse lhe dando uma última chance de escapar, e, se Poppy não a aproveitasse, que Jesus a ajudasse, porque eu tinha de tocá-la, tinha de prová-la, e tinha de ser naquele momento.

Ela recuou alguns passos até encostar no piano de cauda instalado abaixo da plataforma do coral. Ainda não tinha dito nada, mas não precisava, porque eu entendia cada tremor seu, cada respiração, cada arrepio. Seus dentes ainda mordiam o lábio inferior e *eu* também queria morder aquele lábio, mordê-lo com tanta força que ela gritaria.

Avancei sobre ela, que observou cada passo meu com uma avidez que era mais que palpável; era opressiva, feroz.

— Vire-se — ordenei a ela, e, minha nossa, ela obedeceu de imediato, apoiando as mãos na madeira do piano preto. Ela ainda esfregava as coxas quando me aproximei e me posicionei diretamente atrás dela. Passei meu dedo indicador desde sua mão até seu ombro, sentindo cada centímetro da pele de seu braço.

— Então, o que você ia dizer lá no confessionário? — perguntei em voz baixa. — E lembre-se de que mentir é pecado.

Poppy estremeceu.

— Não posso dizer isso. Não aqui. Não para você.

Minha mão alcançou seu ombro. Ela havia prendido os cabelos em um coque frouxo, expondo a nuca de pele alva, que acariciei naquele momento, querendo devorar cada estremecimento de Poppy, cada respiração contida dela. Depois coloquei a mão no meio das costas dela, entre suas omoplatas, e a empurrei contra o piano, de modo que ela ficou curvada, com a lateral do rosto pressionada contra a madeira brilhante. Ela era tão pequena que teve de ficar na ponta dos pés, as sapatilhas de couro escapando dos calcanhares, os músculos da panturrilha se contraindo. Ela usava uma saia lápis de cintura alta e, quando se curvou, a fenda subiu o suficiente para expor um vislumbre de sua carne rosada.

— Poppy — falei em um tom ameaçador —, você veio aqui sem calcinha? — Minha mão ainda estava em suas costas, os dedos descansando contra o seu pescoço, e ela assentiu com a cabeça. — Foi de propósito?

Houve uma pausa. Depois, outro aceno de cabeça.

O estalo ressoou pelo santuário, e ela se sacudiu quando sentiu minha mão batendo em sua bunda. Em seguida, gemeu e ergueu ainda mais o traseiro. Não dei outro tapa, por mais que ela quisesse. Em vez disso, deslizei a mão do seu ombro até o quadril, sentindo a curva dos seios, pressionados contra o piano, a curva de sua cintura, a firmeza de seu traseiro.

Depois repeti a ação, com as duas mãos desta vez, descendo até a barra de sua saia. Ela respirou fundo, e, com um gesto abrupto, levantei a saia dela até a cintura.

Me ajoelhei atrás dela e abri suas pernas, de forma a fazer com que sua boceta ficasse gloriosamente exposta para mim.

— Meu cordeirinho — sussurrei. — Você está muito, muito molhada agora.

E estava mesmo, a umidade se esparramando por quase todas as partes dela. Sua boceta não estava só molhada; estava *trêmula*, rosada, macia e se contraindo bem na minha cara.

Agarrei sua bunda com as mãos e finquei meus dedos nela, inclinando-me para a frente de modo que minha respiração fizesse cócegas em sua carne sensível.

Ela gemeu.

— Isso é tão errado — eu disse, aproximando ainda mais a boca. Podia sentir seu cheiro, e aquele cheiro era o paraíso, uma mistura de sabonete, pele e o delicado aroma feminino capaz de enlouquecer um homem. — Mas só quero um gostinho — murmurei, falando mais para mim mesmo do que para ela agora. — Deus não me puniria por apenas provar.

Percorri o caminho do clitóris até a boceta com língua, e (perdoe-me, meu Deus) nenhum vinho de eucaristia, nenhuma salvação tinha um sabor mais doce do que aquele, e só um gostinho não seria suficiente.

— Por favor — sussurrei contra sua pele —, só mais um pouco. — Coloquei a língua em seu clitóris e a saboreei novamente, meu pênis agora tão duro que chegava a doer.

Ela gritou contra a madeira do piano, e eu quase morri, tudo por causa daqueles ruídos e daquele gosto... *Puta que pariu.* Mergulhei nela como um homem possuído, meus dedos firmes mantendo suas nádegas abertas para minha invasão. Eu a fodi com a língua, os lábios e os dentes, devorando-a como um homem faminto. Sua boceta era exatamente tão perfeita quanto eu havia imaginado em todas aquelas noites nos meus banhos frios, naquela vez em que gozei pensando em fazer exatamente aquilo.

Ela *vai* gozar, decidi naquele momento. Eu a faria gozar na minha cara, e, só de pensar nisso, minhas bolas se levantaram e meu pau pulsou dentro da calça. Era uma possibilidade bem real que eu mesmo chegasse ao orgasmo sem sequer me tocar.

Deixei que um dedo se aproximasse de sua boceta e depois o deslizei para dentro, fazendo-o seguir até encontrar o ponto macio e texturizado que a faria gozar. Ela se esfregava descaradamente em meu rosto, as unhas arranhando a madeira do piano, enquanto dava pequenos suspiros e gemidos.

Eu só conseguia respirar e sentir ela, e então olhei para cima e vi o crucifixo na frente da igreja — um deus trágico e agonizante pendurado em sacrifício —, e meu coração disparou. Que diabos estava fazendo? Qualquer um poderia entrar naquele momento pela porta e ver seu padre com uma mulher curvada sobre o piano, ajoelhado como se rezasse para a boceta dela, ajoelhado e com o rosto enterrado em sua bunda.

O que pensariam? Depois de tanto trabalho para reparar as feridas da cidade, depois de eu ter ajudado a comunidade a confiar na igreja novamente?

Mais do que isso: e quanto ao meu voto? Um voto que havia feito diante de minha família e de Deus? O que significava para mim um juramento se apenas três anos depois de jurar castidade estava enfiando minha língua na boceta úmida de uma mulher?

Mas então Poppy gozou, e seu grito foi o mais belo louvor que já ouvi na vida; todo o resto desapareceu, exceto ela, seu cheiro, seu gosto e a sensação de sua boceta se contraindo ao redor do meu dedo.

Com relutância, eu me afastei, querendo mais um orgasmo dela, querendo enterrar o rosto em sua bunda de novo, mas sabendo que não podia, que não deveria. Levantei-me e a vi olhando para trás como se eu fosse a coisa mais maravilhosa que ela já tinha visto.

— Ninguém nunca fez isso comigo antes — ela sussurrou.

Fodê-la com a língua em uma igreja? Curvá-la sobre um piano e lambê-la até ela não aguentar mais?

Franzi o cenho, e ela respondeu à minha pergunta não formulada.

— Ninguém nunca me fez gozar com a boca antes, quero dizer — disse ela. Ainda havia um rubor em seu rosto, que começava no alto das bochechas e descia pelo pescoço.

Não entendi.

— Nenhum cara fez sexo oral em você?

Ela negou com a cabeça e fechou os olhos.

— Foi uma sensação incrível.

Fiquei chocado. Como ela nunca tinha recebido sexo oral?

— É uma pena, cordeirinho — falei e, sem conseguir me conter, pressionei a ereção coberta pela calça contra a bunda dela. — Ninguém cuidou de você direito antes. — Desci uma das mãos e encontrei seu clitóris novamente, gemendo baixo quando descobri que continuava duro, inchado e quente de desejo. — Mas não vou mentir. Fico com muito tesão por saber que fui o primeiro homem a provar você.

Ao ouvir as palavras que havia dito, de repente, a realidade pesou sobre mim.

Que diabos estava fazendo? O que eu tinha feito, porra? E por que tinha feito logo ali?

Dei um passo para trás, respirando com dificuldade, sem pensar em nada a não ser fugir para outro lugar, antes que fosse nocauteado pela culpa e pelo arrependimento.

Poppy se virou, a saia ainda enrolada na cintura, os olhos brilhando.

— Não se atreva — disse ela. — Não se atreva a me deixar agora.

— Sinto muito — falei. — Eu... eu não posso.

— Você pode — retrucou ela, dando um passo à frente. Ela pressionou minha ereção com a mão, e olhei para baixo, vendo-a desafivelar meu cinto.

— Não posso — repeti, ainda observando enquanto ela tirava meu pau para fora. Assim que seus dedos me roçaram a pele, eu quis morrer, porque não havia exagerado ao imaginar aquela sensação maravilhosa em minhas lembranças e fantasias; não, não tinha.

— O senhor é um bom padre, padre Bell — disse ela, descendo a mão para explorar a parte inferior, segurando minhas bolas. — Mas é também um bom homem. E um bom homem não merece um pouco de prazer de vez em quando?

Ela me segurou com mais força e começou a me acariciar com intensidade. Observei sua mão se movendo para cima e para baixo em meu pau como se estivesse hipnotizado.

— Não faremos sexo — ela prometeu. — Sem sexo, e assim não estará realmente quebrando nenhuma regra, certo?

— Você está totalmente equivocada — falei com dificuldade, fechando os olhos enquanto ela acariciava meu pau.

— Então, que tal outra confissão? — perguntou ela, correndo as unhas da minha pélvis até o umbigo, fazendo meus músculos abdominais se contraírem. — Depois do primeiro dia em que conversamos, procurei o senhor na internet. Não conseguia parar de pensar em sua voz; era como se ainda pudesse ouvi-la, de certa forma, ecoando em minha mente. E então vi sua foto no site e o senhor é... bem, o senhor sabe. Foi a primeira vez que gozei pensando no senhor.

— Você se tocou pensando em mim? — O último fiapo do meu autocontrole ameaçava se partir.

— Mais de uma vez — admitiu Poppy, ainda passando os dedos sobre meu abdômen por baixo da camiseta. — Porque ver seu corpo na primeira vez em que nos encontramos enquanto corríamos... e depois seu rosto na última vez em que conversamos. Meu Deus, seu rosto estava tão sério, como se quisesse me engolir ali mesmo... Precisei me masturbar três vezes até conseguir me concentrar em outra coisa.

E lá se foi a autodisciplina que restava, e tudo o que ficou em seu lugar foi um homem — não Tyler, não o padre Bell — mais primitivo e mais exigente.

— Me mostre — ordenei.

— O quê?

— Deite-se neste chão, abra as pernas e me mostre como você se masturba pensando em mim.

Sua boca se abriu, e as bochechas ficaram vermelhas enquanto ela se deitava no carpete, com a mão na boceta. Fiquei de pé na frente, tocando uma punheta, cedendo por completo àquele momento, desde que aquilo terminasse com ela coberta com a minha porra.

— Por que veio sem calcinha hoje? — perguntei, observando-a traçar círculos ao redor de seu clitóris.

— Da última vez em que conversamos, fiquei muito excitada falando com o senhor. Achei que, se acontecesse de novo hoje, seria mais fácil se eu não estivesse usando calcinha. Para... cuidar do assunto. E foi mais fácil mesmo.

Me ajoelhei entre suas pernas e segurei seus pulsos finos com minha mão. Eu me estiquei sobre ela, prendendo os pulsos no chão acima de sua cabeça, meu pênis roçando a boceta dela e o tecido da saia.

— Está me dizendo — perguntei — que estava se masturbando no confessionário ao meu lado?

Ela assentiu com medo.

— O senhor me deixa tão molhada. Não resisto.

Precisei me controlar muito para não a penetrar ali mesmo. Toda vez que eu mexia o quadril, meu pênis deslizava na pele dela, em sua carne *quente*. E tão *molhada*. Abaixei a cabeça, enterrando meu rosto em seu pescoço. Sua pele tinha cheiro de banho recém-tomado, e senti um leve toque de perfume de lavanda, algo que provavelmente custava mais do que eu ganhava em um mês. Por alguma razão, aquele exagero, aquele excesso, aquela possibilidade de ostentação, aumentou ainda mais meu desejo de possuí-la. Mordi seu pescoço, sua clavícula, marquei seus ombros com meus dentes, enquanto pressionava meu pênis contra seu clitóris e apalpava seu seio, levando-a a um segundo orgasmo como se a punisse com prazer. Como se a castigasse por aparecer ali e destruir minha vida cuidadosamente construída como se fosse um castelo de cartas.

Ela se contorceu sob meu corpo, ofegando e arfando, as mãos se debatendo inutilmente contra o chão enquanto eu as mantinha presas com apenas uma das mãos. Ela estava tão molhada que seria fácil; uma leve mudança de ângulo, e poderia penetrá-la.

Eu queria. Eu queria, eu queria, eu queria. Queria foder aquela mulher mais do que desejara qualquer coisa na vida. E, de um modo perverso, o fato de não poder, o fato de que aquilo seria errado em todos os níveis — moral, profissional, pessoal —, tornava tudo ainda mais excitante. Isso fez com que a imagem, a ideia se tornasse uma forte obsessão, até eu começar a me esfregar nela, chupando e mordiscando, como se pudesse acabar com aquele desejo devorando cada centímetro de sua pele.

— Ai, meu Deus — ela sussurrou. — Eu vou... Ai, *meu Deus*...

Eu faria os maiores sacrifícios todos os dias, pelo resto da vida, para poder estar dentro dela naquele momento, sentindo-a se contrair no meu pau, sentindo suas contrações de dentro para fora. Mas estar em cima dela era quase tão bom quanto, porque sentia cada suspiro convulsivo, cada sacudidela dos quadris, e, quando encontrei seus olhos, havia ali um olhar penetrante, mas também surpreso, como se ela tivesse recebido um presente inesperado e não soubesse ao certo se deveria se sentir grata ou desconfiada.

Mas, antes que eu pudesse me aprofundar mais naquele olhar, ela arqueou as costas e me desequilibrou, fazendo-me tombar para que pudesse ficar em cima de mim. Sem hesitar, puxou minha camiseta para cima para deixar exposta minha barriga, e não deixei de notar como seu maxilar se cerrou e seus olhos se arregalaram. Ela passou a mão pelo meu abdômen, com força, como se estivesse furiosa com o fato de ele ser firme e musculoso, como se estivesse furiosa com o fato de isso excitá-la. (E eu estaria mentindo se dissesse que aquilo não *me* excitou absurdamente.)

Ela se sentou sobre mim, sua vagina escorregadia deslizando contra meu pau, e depois começou a me acariciar dessa forma, como se estivesse me masturbando com a boceta. Fiquei apoiado nos cotovelos para poder observar, observar o modo como sua carne estava pressionada contra a minha, a maneira como sua nudez me permitia ver o clitóris duro aparecendo. Ela estava muito molhada e, com toda a pressão, com todo o peso de seu corpo contra o meu pau, aquilo era muito próximo da coisa real, talvez próximo demais, mas ainda não era sexo propriamente dito, menti para mim mesmo. Talvez não contasse, talvez eu não estivesse pecando.

Mas, mesmo que estivesse, *que inferno*, eu não ia parar.

Era tão *indecente* a maneira com que a saia dela ainda estava presa ao quadril, com minha calça puxada para baixo apenas o suficiente para liberar as bolas, a forma como o carpete velho arranhava minha bunda e a parte inferior das costas. A maneira como ela se inclinou sem vergonha para que meu pau a pressionasse em todos os lugares certos, a maneira como era apenas a nossa excitação nos lubrificando e nada mais. Deus, eu queria me casar com aquela mulher, ou prendê-la, ou enjaulá-la. Queria possuí-la, *tomá-la*; queria que ficássemos naquele tapete velho para sempre, com seu cabelo despenteado, seus mamilos duros e sua boceta safada ordenhando meu pau, tirando cada gota.

— Goza — ela me disse com voz rouca. — Preciso ver você gozar. *Preciso* disso.

Meu maxilar estava tenso demais para responder, porque havia algo, mais intenso do que eu tinha sentido em anos, tomando a base de minha coluna vertebral e abrindo caminho até minha pélvis.

— Não se contenha — ela implorava agora, pressionando ainda mais, e, *porra*, eu estava quase lá. — Me dá. Me dá cada gota.

Minha nossa, que mulher safada. E perfeita. E foi por puro instinto que agarrei o quadril dela e a movimentei mais depressa e mais forte em cima de mim, a mente tomada pela visão dela sobre mim e de seu clitóris rosa-pálido, ainda inchado e cheio de tesão, e pela lembrança de seu sabor e do seu cheiro em minha boca e no meu rosto, e então aconteceu. Na verdade, saiu queimando e me corroendo, e ela soltou um gemido baixo ao ver meu esperma jorrar em minha barriga. Foi muito, e pareci ficar horas, e não alguns segundos, suspenso em um orgasmo pulsante que tomava meu corpo inteiro.

Naquele momento, no auge da minha euforia, no auge do triunfo ganancioso dela, nossos olhos se encontraram e ultrapassamos todas as barreiras: desconhecido e desconhecida, padre e penitente, Tyler e Poppy. Éramos apenas homem e mulher, como Deus nos criou, Adão e Eva, em sua manifestação mais elementar e fundamental. Éramos biologia, éramos a criação encarnada, e vi o momento em que ela sentiu isso também — que estávamos agora unidos de alguma forma. Irrevogável e inegavelmente fundidos em algo singular e completo.

Meu orgasmo terminou, mas eu mal conseguia respirar, mal conseguia processar o que tinha acabado de sentir, e então Poppy mordeu o lábio, passando um dedo no meu peito, cobrindo-o com meu esperma; em seguida, levou-o à boca. Meu pênis pulsou quando a vi chupar o dedo.

Encostei a cabeça no chão, dominado pela percepção de que provavelmente nunca mais conseguiria tirar aquela mulher da cabeça. Ela era o tipo de mulher que conseguiria me deixar duro várias vezes, o tipo de mulher que eu poderia passar uma semana fodendo sem parar e depois ainda querer mais, e isso era uma má notícia para o meu autocontrole, que aos poucos voltava à vida, na companhia de minha consciência derrotada e aflita.

— Você vai ficar louco — começou ela depois de um momento — por saber que estarei me tocando, a poucos centímetros de você, toda vez que vier me confessar?

Soltei um gemido. Claro que sim.

— Poppy — eu disse, mas parei. O que poderia dizer nesse momento que tivesse algum valor? Que pudesse abranger o peso da vergonha e da culpa, e que também expressasse quão profundamente aquela mulher havia se entranhado em minha pele?

— Eu sei — ela sussurrou. — Também sinto muito.

Ela se levantou e ajeitou as roupas enquanto eu limpava meu peito com a camisa e me sentava. Tinha sido há apenas um minuto que o universo inteiro havia se reduzido a apenas eu e ela, a nossos gemidos e a nosso suor, a nossa transa sem transar de fato? Agora o santuário parecia vasto e oco, uma caverna com apenas o ar-condicionado ligado para afastar o silêncio.

A igreja estava vazia. Os cidadãos não estavam aglomerados na porta, prontos para atirar pedras em mim ou me exilar. Eu tinha me safado. E, de alguma forma, isso me fez sentir ainda pior.

Poppy e eu não nos despedimos. Apenas olhamos um para o outro, amarrotados e úmidos, cheirando a sexo, e depois ela saiu sem dizer mais nada.

Voltei lentamente para a casa paroquial, suando, pegajoso e duro mais uma vez, e me odiando sem piedade.

SETE

A PORTA DE TELA SE FECHOU COM UMA BATIDA, e eu pulei da cadeira da cozinha, esperando que fosse Poppy ou uma horda de paroquianos furiosos, ou mesmo que o bispo estivesse aqui para me excomungar, mas era apenas Millie, com os braços tomados por refeições congeladas. Ela passou por mim na cozinha, com a luz do fim da tarde iluminando sua peruca ruiva enquanto começava a descarregar a carga.

— Você é muito organizado — disse ela como forma de cumprimento, fazendo uma careta para as bancadas meticulosamente arrumadas. — Espera-se que garotos da sua idade sejam bagunceiros.

— Não sou um garoto, Millie — falei, aproximando-me para ajudá-la a levar a comida para o freezer.

— Na minha idade, qualquer pessoa com menos de sessenta anos é um garoto — disse ela sem me dar atenção, fazendo-me sair da frente para que pudesse colocar um dos pratos no forno.

Millie devia ter uns cento e trinta anos, mas não era apenas uma de minhas paroquianas mais ativas, como também a melhor organizadora da igreja. Tinha sido ela quem insistira para que passássemos a usar iPads e maquininhas de cartão durante as vendas de bolo e nas Sextas de Peixe Frito, e quem dera a ideia de fazermos a instalação da internet de fibra ótica quando isso ainda não existia em nenhum outro lugar da cidade.

Também tinha me adotado como se eu fosse uma espécie de projeto seu quando me mudei para cá, sendo novo na cidade e morando pela primeira vez em outro lugar que não fosse um apartamento moderno no centro da cidade, pertinho de um restaurante mexicano. Ela desdenhava da minha idade e da minha aparência (tendo me dado o apelido de "Desperdício de Padre"), e aparecia uma vez por semana com comida (apesar de eu ter protestado mil vezes dizendo que podia muito bem cozinhar para me manter. Macarrão instantâneo, mas, mesmo assim...). E, depois que ela tinha conhecido minha mãe e que as duas haviam passado uma hora conversando sobre a melhor temperatura da água para usar na massa de torta, estava tudo acabado. Millie adotara minha mãe também, e meus irmãos, que recebiam pacotes de biscoitos em seus escritórios elegantes no centro de Kansas City toda semana.

Só que, naquele dia, não me sentia digno de sua atenção. Sentia-me indigno de tudo: daquela casa, daquele emprego, daquela cidade, e só queria ficar sentado ali à mesa da cozinha até morrer.

Não, era mentira. Eu queria fazer *alguma* coisa: correr, levantar pesos ou esfregar o azulejo até minhas mãos sangrarem — eu queria penitência. Engraçado quantas vezes havia aconselhado meus fiéis sobre a verdadeira natureza da penitência, o peso real do amor incondicional e do perdão de Deus, e que minha primeira reação ao pecar com Poppy fosse me punir.

Ou, no mínimo, me exaurir para não ser capaz de pensar em mais nada.

— Tem alguma coisa incomodando você — concluiu Millie, sentando-se à mesa e juntando as mãos, deixando à mostra as rugas e os dedos cheios de velhos anéis. Alguém me disse uma vez que ela tinha sido uma das primeiras engenheiras do Missouri, tendo feito pesquisa para o governo quando construíram o sistema interestadual de estradas do Centro-Oeste. E era fácil acreditar nisso naquele momento, diante do olhar sério que ela me lançava, os olhos perspicazes atentos a cada detalhe em meu rosto.

Fiz o melhor que pude para abrir um sorriso. Tenho um sorriso bonito, admito. É uma de minhas armas mais eficazes, embora eu a use mais com congregados do que com mulheres.

— É só o calor, Millie — falei, fazendo menção de me levantar.

— Não acredito. Tente de novo — disse ela, e acenou com a cabeça de volta para a cadeira. Sentei-me de novo, inquieto como uma criança. (Millie tem esse efeito em mim. Nosso bispo brincou certa vez, depois de conhecê-la, dizendo que ela deveria ter sido a madre superiora de uma abadia cem anos atrás, e tudo o que tenho a dizer sobre isso é que eu sentiria pena de qualquer freira que tivesse trabalhado com ela.)

— Não há nada errado — falei, mantendo um tom leve na voz. — Juro.

Ela estendeu a mão até o meu lado da mesa, cobrindo minha mão grande com a sua, fina e enrugada.

— O problema de ser velha é que sei quando as pessoas estão mentindo. Olha, até onde sei, você é encarregado de uma paróquia inteira. Não mentiria para uma de suas paroquianas, não é mesmo?

Só se fosse sobre quase ter consumado o ato sexual na porta da igreja. Uma nova onda de culpa me invadiu ao perceber que estava agravando meus pecados agora. Estava mentindo (e mentindo para uma boa pessoa, que não tinha feito nada além de cuidar de mim). De repente, senti vontade de contar a Millie sobre o ocorrido daquela tarde, sobre as duas últimas semanas, sobre essa nova tentação, que era a tentação mais antiga do mundo.

Em vez disso, fiquei olhando para nossas mãos e não respondi. Porque estava nervoso, na defensiva e furioso comigo mesmo. E não era só isso.

Eu queria fazer aquilo de novo. Queria Poppy outra vez. E, se eu contasse meu pecado a alguém, seria responsabilizado. Seria obrigado a obedecer aos meus votos, seria obrigado a me comportar.

Nada em Poppy Danforth me dava vontade de me comportar.

Mas estaria arriscando tudo ao não fazer isso: meu trabalho, minha comunidade, meu dever, a memória de minha irmã e talvez até minha alma eterna.

Deitei a cabeça sobre a mão de Millie, tomando o cuidado de não apoiar todo o peso em seus ossos frágeis, mas precisando desesperadamente de conforto.

— Não posso falar sobre isso — admiti, olhando para a mesa. Não ia mentir. (Mas com que frequência eu falava com meu grupo de jovens sobre mentiras de omissão? Quando exatamente tomei o caminho inverso e me tornei um hipócrita?)

Millie deu um tapinha na minha nuca.

— Isso por acaso teria algo a ver com a bela jovem que comprou a velha casa dos Anderson?

Levantei a cabeça. Não sei como estava minha cara, mas ela riu.

— Vi vocês dois no café na semana passada. Mesmo pela janela, pude ver que formam um belo casal.

Droga. Será que ela estava desconfiada? E, se estivesse, será que me julgava por isso?

— Ela estava olhando as planilhas da reforma. Tem experiência em finanças e um MBA pela Dartmouth.

Não mencionei que ela também tinha experiência em seduzir homens ricos dançando em uma plataforma. Ou que sua boceta tinha um sabor mais doce do que o próprio céu.

— Talvez eu e ela tenhamos que nos encontrar para um café qualquer dia desses — disse Millie. — Já que você mal consegue somar duas hóstias. A menos, é claro — disse ela, observando meu rosto —, que prefira manter as reuniões apenas entre vocês dois.

— *Rem acu tetigisti* — eu disse, desviando meus olhos dos dela. *Você acertou em cheio.*

— Vou presumir que isso signifique: “Você está certa, Millie, sou deplorável em matemática”.

Não era o que significava.

— Sempre disse que você era muito jovem e muito bonito para trancafiar sua vida assim. "Isso vai lhe trazer problemas", eu disse. "Pode escrever o que eu digo." E ninguém escreveu.

Não respondi. Estava olhando para nossas mãos entrelaçadas, pensando no silêncio no santuário depois de eu ter gozado sobre meu tronco, em Poppy, com seu calor úmido, pesando sobre mim. Eu havia tomado dois banhos, me esfregado a ponto de sentir dor, mas nada conseguia apagar a sensação da pele dela na minha. A sensação do esperma quente espirrando em minha barriga enquanto ela observava com seus olhos famintos e selvagens.

— Meu garoto, você sabe que isso é perfeitamente natural. Qual foi o sermão que pregou no seu primeiro mês aqui? Que parte da cura seria celebrar o sexo normal, consensual, de Deus?

Eu *havia* pregado isso. Deixando de lado o fato de que tinha desfrutado de minha cota de sexo consensual na faculdade (consensual, mas nem sempre normal, veja bem), eu tinha uma firme convicção teológica sobre a importância da sexualidade humana. Quase todas as variações do cristianismo se empenhavam em suprimir o sexo e o prazer, mas os desejos suprimidos não desapareciam simplesmente. Eles se deterioravam. Criavam culpa e vergonha e, nos piores casos, desvios. Não nos envergonhávamos de apreciar comida e álcool com moderação, então por que tínhamos tanto medo do sexo?

Mas, é evidente, havia destinado essa mensagem à congregação, não a mim.

— O que foi que você falou? — disse Millie. — *Mero cristianismo*? "Os pecados da carne são ruins, mas são os menores de todos os pecados… É por isso que um fanático frio e hipócrita que vai sempre à igreja pode estar muito mais perto do inferno do que uma prostituta."

— Sim, mas Lewis termina esse parágrafo com: "Mas, é claro, é melhor não ser nenhum dos dois".

— Você *não é* nenhum dos dois. Mas realmente acha que, por usar uma batina todos os dias, vai deixar de ser homem?

— Não — respondi, agitado. — Mas achei que seria capaz de controlar meus desejos com oração e autodisciplina. É minha vocação. Eu *escolhi* esta vida, Millie. E vou abandoná-la na primeira tentação?

— Ninguém disse nada sobre abandono. Estou apenas dizendo, meu caro, que você pode escolher não se flagelar por isso. Vivi muito tempo, e um homem e uma mulher que se desejam é, sem dúvida, uma das coisas menos pecaminosas que já vi.

Havia preparado o programa de estudo da Bíblia para o grupo de homens no início do ano, então não foi nada mais do que uma terrível coincidência ser naquela noite o início de nossa discussão sobre sexualidade masculina. Apesar dos conselhos práticos de Millie, passei o resto da tarde e o início da noite cultivando uma forma muito forte de aversão a mim mesmo e fazendo flexões na academia do porão até não conseguir mais respirar, me mexer ou pensar, até que chegou a hora de ir à pequena sala de aula, decorada com painéis de madeira falsa, no outro lado da igreja.

Sabia que Millie estava tentando fazer com que me sentisse melhor, mas eu não merecia me sentir melhor. Ela não sabia até onde eu tinha ido, quantos votos eu já havia quebrado. Provavelmente porque nunca imaginaria que o padre dela seria tão fraco a ponto de realmente se entregar aos seus desejos.

Esfreguei o rosto com força. *Acorde, Tyler, e resolva isso.* Só fazia duas semanas, e eu tinha fracassado por completo em manter o controle. O que eu faria nos próximos dois meses? Nos próximos dois anos? Ela estava ali em definitivo, e eu também, e não poderia de modo algum deixar o que acontecera naquela tarde se repetir. Se Millie, que nos vira juntos uma vez (inocentemente e em público), já havia percebido tudo aquilo, o que aconteceria se começássemos a sair às escondidas?

Levantei a cabeça e cumprimentei os homens que chegavam. De todos os grupos e atividades, aquele era o que mais me dava orgulho. No geral, as mulheres eram a força motriz por trás da assiduidade à igreja; a maioria dos homens só ia à missa porque as esposas queriam. E, especialmente depois dos crimes de meu antecessor, eu sabia que os homens em particular, muitos dos quais tinham filhos com a mesma idade da vítima, guardavam uma raiva profunda e uma desconfiança que não seriam superadas por métodos comuns.

Então, eu frequentava os bares da região e assistia aos jogos do Royals. De vez em quando, gostava de fumar um charuto ou outro na tabacaria da cidade. Comprei uma caminhonete. Organizei um clube de caça na igreja. E, durante todo esse tempo, continuei a falar abertamente sobre o passado de minha própria família e todas as maneiras pelas quais a igreja precisava mudar. E mudaria.

Aos poucos, o grupo foi se formando, depois de ter começado com dois velhos que iam à igreja há tanto tempo que haviam se esquecido de como parar de fazer aquilo, passando a ser um grupo de quarenta homens, desde recém-formados até recém-aposentados. De fato, crescemos tanto que, no mês seguinte, daríamos início a um novo grupo.

Mas e se eu tivesse acabado de destruir três anos de trabalho árduo? Três anos de trabalho árduo jogados fora por meia hora com Poppy?

Se eu parecia distraído, ninguém notou nem comentou, e consegui não engasgar com minhas próprias palavras enquanto líamos passagens de II Timóteo e do Cântico dos Cânticos. Pelo menos, não engasguei até chegarmos a um versículo em Romanos, quando senti a garganta seca e os dedos trêmulos durante a leitura.

"Não consigo entender nem mesmo o que eu faço; pois não faço o que desejo, mas o que odeio [...]. Porque tenho o desejo de fazer o que é bom, mas não consigo realizá-lo. Miserável homem que sou!"

Miserável homem que sou.

Miserável homem que sou.

Havia chegado a uma cidade totalmente destruída pelas ações vis de um predador e prometi que a reconstruiria. Por quê? Porque, quando olhava para as estrelas à noite, podia sentir Deus olhando para baixo. Porque sentia o vento como a respiração d'Ele em meu pescoço. Porque havia adquirido minha fé com muita luta e dor, mas sabia que essa fé também era o que dava forma e propósito à minha vida, e não queria que os fracassos da Igreja privassem uma cidade inteira dessa dádiva.

E então, o que eu havia feito hoje? Havia traído tudo isso. Havia traído todos eles.

Mas não foi isso que fez minhas mãos tremerem e minha garganta secar. Não, foi a constatação de que eu havia traído Deus, talvez mais do que traíra as pessoas naquela sala.

Meu Deus, meu salvador. O alvo de meu ódio enorme após a morte de Lizzy e também a presença que aguardou com paciência meu retorno anos depois. A voz em meus sonhos que tinha me confortado, me iluminado, me guiado. A voz que me disse o que eu precisava fazer com minha vida, por onde eu precisava seguir para encontrar paz.

E o pior é que eu sabia que Ele não estava com raiva de mim. Ele me perdoara antes mesmo de tudo acontecer, e eu não merecia isso. Merecia ser punido, com uma saraivada de pedras do Alto, águas amargas, cair na malha fina da Receita Federal, qualquer coisa, *maldição,* porque eu era um homem miserável, repugnante, que havia se aproveitado de uma mulher emocionalmente vulnerável.

Miserável homem que sou.

Terminamos o estudo bíblico, e eu tirei a mesa de café e biscoitos roboticamente, minha mente ainda atordoada por essa mais recente onda de vergonha. A sensação de ser muito pequeno, muito horrível, e merecer nada menos que o inferno.

Mal consegui passar pela cruz no caminho de volta à casa paroquial.

OITO

DEVO TER DORMIDO APENAS UMAS TRÊS HORAS naquela noite. Tinha ficado acordado até tarde lendo a Bíblia, analisando todas as passagens sobre pecado que eu conhecia, até meus olhos cansados se recusarem a focalizar as palavras, deslizando sobre elas sem apreender sentido algum. Por fim, deitei-me na cama com o rosário, murmurando orações até cair em um sono agitado.

Uma estranha espécie de torpor se apoderou de mim quando rezei a missa na manhã seguinte e, depois, quando calcei os tênis de corrida. Talvez fosse a falta de sono, talvez fosse a exaustão emocional, talvez fosse apenas o choque do dia anterior ter se feito notar um pouco mais tarde. Mas não queria ficar entorpecido. Queria paz. Queria força.

Peguei a estrada rural que levava para fora da cidade a fim de evitar Poppy. Corri por uma distância mais longa do que o habitual, esforçando-me mais e indo mais rápido, movimentando-me até sentir cãibras nas pernas e ardência ao puxar o ar. E, em vez de ir direto para o chuveiro, cambaleei para dentro da igreja, as mãos unidas acima da cabeça, sentindo dor nas costelas com aquele alongamento. Estava escuro e vazio lá dentro, e eu não sabia o que fazia ali em vez de me encaminhar para a casa paroquial. Não sabia até tropeçar no santuário e cair de joelhos em frente ao tabernáculo.

Minha cabeça estava baixa, o queixo tocando o peito, com suor por toda parte, mas não me importava, não conseguia me importar, e não pude identificar o momento em que minha respiração irregular se transformou em choro, mas não demorou muito para que eu me ajoelhasse, as lágrimas se misturando ao suor até eu não ter mais certeza do que era o quê.

A luz do sol atravessava os grossos vitrais, padrões brilhantes se espalhando e caindo sobre os bancos, sobre meu corpo e o tabernáculo, e as portas douradas reluziam em tons mais escuros, sombrios e sagrados, proibitivos e santificados.

Inclinei-me para a frente até minha cabeça encostar no chão, até que eu pudesse sentir meus cílios resvalando no carpete industrial desgastado. São Paulo disse que não precisamos orar com palavras, que o Espírito Santo interpretará para nós, mas não era necessário interpretar desta vez, já que eu sussurrava *perdão perdão perdão* como um cântico, como um mantra, como um hino sem música.

Soube naquele momento que não estava mais sozinho. Minhas costas nuas se arrepiaram quando notei e me sentei, constrangido pelo fato de um paroquiano ou um membro da equipe ter me visto chorando daquele jeito, mas não havia ninguém lá. O santuário estava vazio.

Mesmo assim, sentia a presença de outra pessoa como um peso, uma estática em minha pele, e passei a olhar para cada canto escuro, certo de que veria alguém ali.

O ar-condicionado foi ligado com um baque, e a mudança na pressão do ar fez com que as portas da igreja se fechassem. Dei um pulo.

É apenas o ar-condicionado, disse a mim mesmo.

Mas, quando voltei a olhar para o tabernáculo, dourado e banhado em luzes coloridas, de repente não tive tanta certeza. Havia um quê de expectativa e sensibilidade no silêncio e no vazio. De repente, senti como se Deus estivesse ouvindo com atenção o que eu dizia, ouvindo e esperando, e baixei os olhos de novo em direção ao chão.

— Perdão — sussurrei uma última vez, a palavra pairando no ar como uma estrela paira no céu: cintilante, linda, iluminada. E depois deixou de existir, no mesmo momento em que senti meu fardo de tristeza e vergonha deixarem de existir também.

Fui tomado por uma sensação de perfeita completude, um momento em que tive a impressão de que poderia arrancar todo e qualquer átomo do ar, onde a magia, Deus e algo doce demais para ser compreendido eram reais, completamente reais.

E, depois, tudo se foi, tudo aquilo, sendo substituído por uma profunda sensação de paz.

Soltei o ar ao mesmo tempo que a igreja parecia exalar, e o formigamento em minha pele desapareceu, a atmosfera vazia mais uma vez. Conhecia mil explicações para o que acabara de sentir, mas também sabia que só acreditava em uma.

Moisés teve uma sarça em chamas, e eu tenho o ar-condicionado, pensei com pesar enquanto me levantava, erguendo-me de forma tão lenta e cambaleante como uma criança pequena. Mas não estava me queixando. Havia sido perdoado, renovado, liberado da culpa. Como São Pedro, tinha sido testado, considerado falho e perdoado, fosse como fosse.

Seria capaz de seguir adiante. Afinal, havia vida depois de foder com tudo, mesmo para aqueles que viviam sem foder.

Os dois dias seguintes se deram sem nenhum acontecimento. Passei a quinta-feira descansando no sofá, assistindo aos episódios de *The Walking Dead* na Netflix e comendo o macarrão instantâneo de copo, que eu preparara com a água quente da garrafa térmica.

Sofisticado, eu sei.

E a sexta-feira chegou. Eu me levantei e me preparei para a missa matinal, como sempre fazia, com alguns minutos de atraso, lembrando-me, pela milésima vez, de arrumar a sacristia, e então me preparei para entrar no santuário. As missas de dia de semana eram breves, sem música, sem segunda leitura, sem homilia, uma espécie de drive-thru eucarístico para os extremamente fiéis, como Rowan, duas vovós e...

Jesus, me ajude.

Poppy Danforth.

Ela estava sentada na segunda fileira, vestindo sapatilhas e um vestido recatado de seda azul-acinzentado de colarinho arredondado, o cabelo preso em um coque solto. Estava elegante, composta, discreta... exceto por aquele maldito batom, vermelho e implorando para ser borrado. Desviei o olhar assim que a vi, tentando recuperar aquela sensação sagrada de paz que tinha obtido na terça-feira, a sensação de que eu poderia dominar qualquer tentação, desde que tivesse Deus ao meu lado.

Ela precisava de algo daquele lugar, de mim, algo muito mais importante do que o que havíamos feito na segunda-feira. Eu precisava honrar minha posição e dar isso a ela. Concentrei-me na missa, nas palavras e nas orações, satisfeito por ver Poppy fazendo o melhor que podia para acompanhar, rezando especialmente por ela enquanto realizava os antigos ritos.

Por favor, ajude-a a encontrar orientação e paz.

Por favor, ajude-a a se curar de seu passado.

E, por favor, por favor, ajude-nos a nos comportar.

Quando chegou a hora da eucaristia, ela foi para a fila atrás das vovós e de Rowan, parecendo um pouco insegura.

— O que eu faço? — ela sussurrou quando chegou à frente da fila.

— Cruze as mãos sobre o peito — sussurrei em resposta.

Ela obedeceu, com os olhos ainda fixos nos meus, os dedos longos sobre os ombros. Baixou os olhos, parecendo tão linda e, ao mesmo tempo, tão frágil, que senti vontade de abraçá-la. Não de um modo sensual, apenas um abraço *normal*. Queria envolvê-la e senti-la respirar contra meu peito, e queria aconchegar seu rosto em meu pescoço para mantê-la em segurança, protegida de seu passado e de seu futuro desconhecido. Queria contar e que ela soubesse, soubesse de verdade, que tudo ficaria bem, porque o amor existia e porque alguém como ela era destinada a estar no mundo compartilhando esse amor, assim como ela tinha feito no Haiti. Toda aquela alegria que ela havia sentido lá poderia ser sentida em qualquer lugar, caso se abrisse para isso.

Coloquei a mão em sua cabeça, prestes a murmurar uma bênção comum, mas então seus olhos se voltaram para os meus e tudo mudou. A porta, o teto e o cíngulo apertado em minha cintura para incentivar a pureza dos pensamentos, os cabelos macios como plumas sob a ponta dos meus dedos, e minha pele em sua pele. A eletricidade percorreu minha coluna, e cada lembrança dela, como seu sabor, sua pele e seus gemidos, me percorreu.

Ela entreabriu os lábios. Tinha sentido a mesma coisa.

Mal consegui pronunciar a bênção; minha garganta estava muito seca. E, quando ela se virou para voltar ao banco, também parecia atônita, como se tivesse levado um choque.

Depois da missa, praticamente corri de volta para a sacristia, sem olhar para nada nem para ninguém. Demorei um pouco tirando as vestes, pendurando a casula dispendiosa em excesso, com seus bordados, no cabide e dobrando a alva em um quadrado preciso. Minhas mãos tremiam. Meus pensamentos estavam fragmentados. As coisas tinham sido muito boas durante a semana. E estavam indo muito bem durante a missa, mesmo com Poppy toda adorável, devota e tão perto, até que a toquei…

Fiquei parado por um minuto, de calça e camiseta, e olhei para a cruz da procissão (sentindo-me um pouco traído, para ser honesto). Se estava perdoado, por que Deus também não havia removido a tentação de mim? Ou me dado mais força para suportá-la? Para resistir a ela? Sabia que não era justo esperar que Poppy se afastasse, mudasse de religião ou algo parecido, mas por que Deus não eliminava minha atração por ela? Por que não podia amortecer meus sentidos ao tocá-la na hora da bênção... Por que não me impedia de notar aqueles lábios vermelhos e aqueles olhos âmbar e brilhantes?

Pai, se puder, afasta de mim esse cálice. Até mesmo Jesus havia dito essas palavras. Não que tivessem funcionado melhor para ele. Por que Deus gostava tanto de deixar cálices ruins em todos os lugares?

Saí da sacristia com uma sensação estranha, tentando invocar aquela tranquilidade etérea e nitidamente não física que havia sentido antes, e, ao sair pela porta, vi Poppy em pé no corredor central, a única paroquiana que restava.

Para ser sincero, não sabia o que fazer. Éramos instruídos a fugir da tentação, mas e se meu trabalho fosse ajudar a tentadora? Seria mais errado fugir, deixá-la sem ajuda e evitar a luxúria e o desejo? Porque, é claro, a luxúria era problema meu, não dela, e não era desculpa para ser frio com ela.

Mas, se fosse até Poppy, o que mais estaria arriscando?

Mais importante ainda: estaria arriscando porque *queria* arriscar? Será que estava dizendo a mim mesmo que me importava com seu desenvolvimento espiritual apenas para poder ficar perto dela?

Não, decidi. Isso com certeza não era verdade. Só que a verdade era muito pior. Eu me importava com ela como pessoa, como alma, *e* também queria transar com ela, e essa era a receita para algo bem pior do que o pecado carnal.

Era a receita para se apaixonar.

Iria até ela. Mas a colocaria em contato com a líder do grupo de mulheres, orientaria Poppy a buscar a orientação dela, não a minha, e, com sorte, o máximo que teríamos de suportar em questão de interação seria uma ou outra missa.

Poppy estava olhando para o altar quando me aproximei.

— Não há ossos ali dentro?

— Preferimos o termo "relíquia". — Minha voz tinha aquele timbre involuntariamente profundo de novo. Pigarreei.

— Parece um pouco macabro.

Fiz um gesto em direção ao crucifixo, que trazia Jesus em sua forma mais sangrenta, ferida e torturada.

— O catolicismo é uma religião macabra.

Poppy se virou para mim, parecendo pensativa.

— Acho que é disso que gosto nela. É forte. É real. Não encobre a dor, a tristeza ou a culpa; aliás, destaca tudo isso. No lugar em que cresci, ninguém nunca lidava com nada. Todo mundo tomava remédios, bebia, reprimia as coisas até se tornar uma casca. Gosto mais de como é o catolicismo. Gosto de confrontar as coisas.

— É uma religião ativa — concordei. — É uma religião de *ação*: rituais, orações, movimentos.

— E é disso que você gosta nela.

— O fato de ser ativa? Sim. Mas gosto dos rituais em si também. — Corri os olhos pelo santuário. — Gosto do incenso, do vinho e dos cânticos. Parece ancestral e sagrado. E há algo nos rituais que sempre me leva de volta a Deus, não importa quão ruim esteja meu humor, não importa quanto eu tenha pecado. Quando começo, tudo meio que desaparece, como se não fosse importante. E não é. Porque, embora o catolicismo possa ser macabro, também é uma religião de alegria e conexão, de lembrar que a tristeza e o pecado não podem se prender a nós por mais tempo.

Ela se mexeu, sua sandália batendo em meu sapato.

— Conexão — disse ela. — Certo.

Na verdade, estava sentindo a conexão agora mesmo. Gostava de falar de religião com ela; gostava que ela entendesse, que entendesse de um jeito que muitos frequentadores de igreja não entendiam. Sentia vontade de conversar com ela o dia todo, ouvi-la o dia todo, escutá-la sussurrando para me fazer dormir à noite…

Nããããão, Tyler. Isso não.

Pigarreei.

— Em que posso ajudá-la, Poppy?

Ela mostrou o boletim informativo da igreja.

— Vi que haverá café da manhã com panquecas amanhã e gostaria de ajudar.

— É claro. — O café da manhã foi uma das primeiras coisas que comecei a fazer depois de vir para a paróquia St. Margaret, e a aceitação foi impressionante. Havia bastante pobreza na zona rural e nas cidades vizinhas de Platte City e Leavenworth para garantir a necessidade constante de assistência, mas nunca havia voluntários em número suficiente e ficávamos lotados nas duas vezes por mês em que realizávamos o café da manhã. — Te agradeço muito.

— Ótimo. — Ela sorriu, e uma discreta covinha apareceu em sua bochecha. — Até amanhã, então.

Rezei mais do que o normal ontem à noite. Acordei de madrugada e saí para uma corrida ainda mais longa do que as que eu costumava fazer, chegando à minha cozinha suado e exausto, o que fez Millie chamar minha atenção.

— Está treinando para uma maratona? — perguntou ela. — Se estiver, não parece que está indo muito bem.

Não tinha fôlego sequer para protestar. Peguei uma garrafa de água e bebi tudo em vários e longos goles. Em seguida, me deitei de bruços no chão frio, em uma tentativa de baixar a temperatura corporal.

— Sabe que é perigoso correr no calor, mesmo de manhã. Deveria comprar uma esteira.

— Hum — resmunguei.

— Bem, seja como for, precisa tomar banho antes do café da manhã. Encontrei aquela garota nova e encantadora ontem à noite na cidade, e ela disse que viria nos ajudar hoje. E com certeza vai querer estar bonito para ela, certo?

Levantei a cabeça e a encarei com incredulidade.

Millie cutucou minhas costelas com a ponta de sua sapatilha roxa antes de passar a perna com facilidade por cima de mim para chegar ao outro lado.

— Estou indo à igreja agora, para ajudá-los a misturar a massa. Vou ajudar a senhorita Danforth a organizar as coisas se a vir antes de você chegar lá.

Ela foi embora e eu me levantei do chão, demorando um tempinho para limpar a marca de suor com papel-toalha e um spray de limpeza. Depois, fui tomar banho.

Acabou sendo surpreendentemente fácil manter a concentração no café da manhã propriamente dito. Estava muito cheio, e fiz questão de me sentar em todas as mesas ao longo da manhã e conhecer as pessoas presentes. Algumas tinham filhos, os quais pude mandar para casa com mochilas repletas de material escolar e pasta de amendoim; outras tinham pais idosos que pude encaminhar para serviços de assistência a idosos e instituições de caridade. Algumas só se sentiam solitárias e queriam alguém para conversar. E também pude fazer isso.

Mas, de vez em quando, via Poppy pelo canto do olho, sorrindo para alguém ou trazendo uma nova pilha de bandejas, e era difícil não notar como parecia à vontade naquele ambiente. Ela era genuinamente gentil com os visitantes, mas também eficiente, concentrada e capaz de servir ovos mexidos em um ritmo que fez Millie declará-la sua neta honorária. Poppy parecia tão em paz, tão diferente da mulher perturbada que havia confessado seus pecados para mim.

Terminei a manhã com a roupa suja de massa de bolo (minha tarefa foi carregar as fôrmas gigantes de massa até o forno), o dedo queimado (minha tarefa também foi fritar bacon) e feliz. Embora fosse provável não ver nenhuma daquelas pessoas na missa tão cedo, eu as veria de novo dali a duas semanas, e isso era o mais importante. O objetivo era encher barrigas, não ganhar almas.

Disse a Millie e às outras duas vovós que fossem para casa e descansassem enquanto eu faria a faxina, sem ver Poppy e supondo que ela já tivesse ido embora. Estava cantarolando enquanto dobrava as mesas e empilhava as cadeiras, e fui levar o balde do esfregão para a porta.

— Como posso ajudar?

Poppy estava ao pé da escada, guardando um pedaço de papel na bolsa. Mesmo à luz fraca do porão, ela parecia irreal, preciosa e adorável demais para se olhar mais que alguns segundos sem que fosse doloroso.

— Achei que tivesse ido embora — falei, voltando meu olhar para os mais que seguros esfregão e balde à minha frente.

— Subi com uma família antes porque ouvi a mãe mencionar algo sobre estar com problemas com impostos atrasados e, como sou contadora, me ofereci para ajudar.

— Foi muito generoso de sua parte — eu disse, mais uma vez com aquele tenso frenesi que havia sentido no dia anterior, a sensação de que perdia o equilíbrio e de que estava brincando com algo muito pior do que pura luxúria.

— Por que está surpreso por eu ter feito algo bom? — ela perguntou, avançando um passo em minha direção. As palavras saíram em tom de provocação e brincadeira, mas o significado era evidente. *Não me acha uma boa pessoa?*

Fiquei na defensiva de imediato. Sempre presumi o melhor das pessoas, sempre. Mas acho que fiquei um pouco surpreso com a profundidade de sua seriedade em ajudar; também havia me sentido assim quando ela tinha me contado sobre o Haiti.

— É porque acha que sou algum tipo de mulher sem moral?

Larguei o esfregão no balde e ergui os olhos. Ela estava mais perto agora, perto o suficiente para que eu pudesse ver que havia um pouco de farinha em seu ombro.

— Não acho que seja uma mulher sem moral — respondi.

— E agora vai dizer que todos nós somos pecadores em um mundo sem moral.

— *Não* — rebati com cuidado. — Eu ia dizer que não é comum que pessoas tão inteligentes e atraentes como você cultivem habilidades como a bondade, a menos que queiram. Sim, isso me surpreende um pouco.

— Você é inteligente e atraente — ela pontuou. Abri um sorriso para ela. — Pare com isso, padre, estou falando sério. Tem certeza de que não é por eu ser uma *mulher* inteligente, atraente e privilegiada que você se surpreende?

O quê? Não! Eu tinha até frequentado aulas de história das mulheres na faculdade!

— Eu...

Ela deu mais um passo à frente. Havia apenas o balde do esfregão entre nós agora, mas ele não me impediu de notar a curva elegante de sua clavícula sob o vestido, o ligeiro indício do decote antes do início do corpete.

— Quero ser uma boa pessoa, mas, mais do que isso, quero ser uma boa mulher. Não existe uma maneira de ser completamente *mulher* e completamente boa?

Droga. A conversa tinha passado de impostos para os recantos mais sombrios da teologia católica.

— É claro que existe, Poppy, até onde alguém pode ser completamente bom — falei. — Esqueça a história de Eva e da maçã agora mesmo. Veja a si mesma como eu a vejo: uma filha de Deus absolutamente amada.

— Acho que não me sinto tão amada.

— Olhe para mim.

Ela olhou.

— Você é amada — declarei com firmeza. — Uma mulher inteligente e atraente, e cada parte de você, boa e ruim, é amada. E, por favor, ignore-me se eu fizer merda e a fizer se sentir diferente disso, está bem?

Ela riu ao ouvir minha maneira de falar e depois me deu um sorriso triste.

— Sinto muito — ela disse com suavidade. — Não queria encurralar você daquele jeito.

— Você não me encurralou. Na verdade, eu é que sinto muito.

Poppy recuou um passo, como se estivesse fisicamente hesitante em me dizer o que estava prestes a dizer. Por fim, falou:

— Sterling me ligou ontem à noite. Acho que... acho que talvez eu tenha deixado isso mexer com minha cabeça.

— Sterling ligou para você? — perguntei, sentindo uma irritação que estava muito além do escopo da preocupação profissional.

— Não atendi, mas ele deixou uma mensagem de voz. Deveria tê-la excluído, mas não fiz isso... — Ela parou de falar. — Ele repetiu todas as coisas que havia dito antes: sobre o tipo de mulher que sou, onde eu deveria estar. Disse que vai vir atrás de mim novamente.

— Ele vai vir atrás de você? Ele disse isso?

Ela assentiu, e fiquei roxo de raiva.

E Poppy com certeza percebeu, porque riu e colocou os dedos dela sobre os meus, segurando o esfregão.

— Relaxe, padre. Ele virá aqui, tentará me seduzir com mais histórias sobre férias e vinhos vintage, e eu o rejeitarei. De novo.

De novo... como da última vez? Quando deixou que ele a fizesse gozar antes de mandá-lo embora?

— Não gosto disso — falei, e não como padre ou amigo, mas como o homem que a havia provado a apenas um lance de escada dali. — Não quero que se encontre com ele.

Seu sorriso permaneceu aberto, mas os olhos se transformaram em frios fragmentos de verde e castanho. De repente, percebi como ela seria forte em uma sala de reuniões ou ao lado de um senador.

— Posso ser sincera? Não acho que seja da sua conta se vou me encontrar com ele ou não.

— Ele é perigoso, Poppy.

— Você nem o conhece — ela respondeu, afastando sua mão da minha.

— Mas sei como um homem pode ser perigoso quando quer uma mulher que não pode ter.

— Que nem você? — retrucou ela, e as palavras foram tão impiedosas e perfeitas que quase cambaleei para trás.

O peso da conversa se abateu sobre nós como um teto em ruínas — Poppy e Sterling, sim, mas Poppy e eu, o padre de quando eu era criança e Lizzy.

Homens querendo o que não deveriam querer: a história da minha vida.

Sem mais uma palavra, Poppy se virou e saiu, as sandálias de tiras fazendo ruído nas escadas. Eu me forcei a respirar fundo diversas vezes, tentando entender o que acabara de acontecer.

NOVE

TOC.

TOC.

Pausa.

TOC, TOC, TOC.

— Pare — murmurei, rolando para fora da cama, o sono me deixando lento e confuso. — Já estou indo, já estou indo.

TOC, TOC, TOC, BUM.

O baque ensurdecedor e o lampejo luminoso que o precedeu não aliviaram minha desorientação, e tropecei na mesa, sentindo a quina no quadril. Soltei um palavrão, tateando para achar uma camiseta (estava só com uma calça de moletom), e fui me escorando na parede do corredor até a sala de estar, onde ficava a porta da frente. Estava acordado o bastante para começar a entender que alguém estava mesmo à minha porta às três da manhã, e ou era um policial vindo me dizer que Ryan havia enfim batido o carro em uma árvore enquanto enviava mensagens de texto, ou um dos paroquianos precisava de extrema-unção. Fosse o que fosse, não devia ser nada agradável, e me preparei para uma tragédia ao abrir a porta, tentando vestir a camiseta de modo desajeitado.

Era Poppy, encharcada de chuva e com uma garrafa de uísque na mão.

Pisquei, hesitante como um idiota. Por um lado, depois de nossa briga de manhã, a última coisa que esperava era que Poppy chegasse no meio da noite com um presente na mão. Por outro lado, ela vestia o que eu supunha ser seu pijama: shorts de dança e uma camiseta fina de *The Walking Dead*, e ambos estavam inteiramente molhados. Ela não usava sutiã, e a chuva havia tornado sua camiseta fina quase transparente, os mamilos escuros e duros sob o tecido; quando notei isso, foi difícil pensar em outra coisa que não fossem aqueles seios úmidos, provavelmente com a pele arrepiada, e em como seria sentir a pele fria dela contra minha língua quente.

Depois voltei a mim e, por um momento, fiquei em conflito entre dois impulsos: deixá-la do lado de fora na chuva ou colocá-la de joelhos e fazê-la engolir meu pau.

Fuja das tentações da juventude, tínhamos lido no estudo bíblico naquela noite. *Busque a retidão*. Eu deveria fechar a porta e voltar para a cama. Mas então Poppy estremeceu, e uma vida inteira de respeito e educação entrou em cena. Vi-me dando um passo para trás e fazendo um gesto para que ela entrasse.

"Busque a retidão", dizia o texto de Timóteo. Mas será que a retidão carregava uma garrafa de uísque Macallan doze anos? Porque Poppy carregava.

— Não consegui dormir — disse ela, entrando na sala de estar e se virando para me encarar.

Fechei a porta.

— Percebi. — Minha voz estava rouca por causa do sono e de algo menos inocente. Como era de esperar, meu pau começou a inchar. Apesar de tudo o que já havia acontecido, eu ainda não tinha visto os seios dela, e eles estavam mais tentadores do que nunca sob a camiseta molhada.

Que droga. Não quis dizer "ainda". Quis dizer "nunca". Nunca veria seus seios. *Aceite isso*, repreendi mentalmente o desejo, que se recusava a se acalmar e continuava enviando lembranças dolorosamente vívidas e sensoriais ao meu cérebro, por exemplo, o que eu havia sentido ao apalpar os seios de Poppy quando ela estava curvada sobre o piano da igreja.

Seus olhos se voltaram para os meus quadris, e eu sabia que a calça de moletom não conseguia esconder meus pensamentos. Pigarreando, afastei-me dela para ir até a cozinha.

— Não sabia que você gostava de *The Walking Dead* — mencionei, deslizando a mão sobre o interruptor. Um fraco brilho amarelo-pálido emanou da luminária da era pós-guerra, lançando sombras em ângulo na sala de estar.

— É meu seriado favorito — disse Poppy. — Mas não sei por que você parece surpreso por não saber. Não nos conhecemos há tanto tempo, e a maioria de nossas conversas girou em torno dos meus segredos mais obscuros, e não das minhas preferências na Netflix.

Ela se aproximou de mim e me estendeu a garrafa de uísque, que eu peguei, indo para a cozinha em busca de copos e tentando encontrar uma resposta, qualquer uma, mas literalmente sem conseguir pensar em nada para dizer.

— É uma oferta de paz — ela falou, acenando com a cabeça para o Macallan. — Não conseguia dormir e queria pedir desculpas por nossa briga de hoje, e pensei que talvez um uísque… — Ela respirou fundo e, pela primeira vez, meu cérebro ainda enevoado pelo sono percebeu que Poppy estava nervosa. — Sinto muito por tê-lo acordado — acrescentou calmamente. — É melhor eu ir embora.

— Não — respondi de modo automático, a boca funcionando por instinto antes que minha mente pudesse acompanhar. Vi um rubor subir pelas bochechas dela, e algo se conectou em minha mente; agora estava totalmente acordado. — Vá para a sala de estar — mandei, não pedi. — Acenda a lareira a gás para se aquecer e espere por mim.

Ela obedeceu sem questionar, e esse simples ato de obediência despertou o velho eu, aquele que era conhecido no campus por ter certa experiência entre quatro paredes. Não pude evitar; era uma sensação muito boa ter uma mulher pronta para as minhas exigências, ver uma mulher tão inteligente e independente como Poppy me deixar cuidar dela, confiar em mim para orientá-la da maneira certa. E então me senti como um idiota. Eu me agarrei à bancada, lembrando-me de minhas aulas de história das mulheres na faculdade, a freira feminista do seminário que descrevia os casos horríveis de misoginia na história da igreja. Estava sendo um cafajeste, por mais de um motivo. Precisava recuperar o controle, ir até lá e lhe dizer que, depois da bebida, ela precisava ir embora. Seria honesto sobre minha luta interior e torcia para que ela entendesse.

Mesmo que me odiasse por isso.

Porque eu merecia seu ódio.

Mas, em primeiro lugar, os drinques. Embora eu gostasse de uísque, geralmente bebia sozinho ou com meus irmãos, por isso não tinha os copos certos para servi-lo. Na verdade, não tinha nenhum copo para servir bebida alguma. Por isso, levei o uísque em duas canecas de café com a beirada lascada.

Comporte-se comporte-se comporte-se, disse a mim mesmo ao me aproximar dela. *Não a agarre. Não fique pensando em foder os seios dela. Seja um bom padre.*

Eu lhe ofereci o uísque.

— Desculpe-me pelas canecas.

Ela sorriu.

— Mas elas são muito elegantes.

Revirei os olhos e me sentei na cadeira ao lado da lareira, o que se revelou uma má ideia, porque isso significava que ela estava basicamente sentada aos meus pés, e isso só reforçava todos os pensamentos ruins.

Agora ou nunca, Tyler, falei a mim mesmo. *Você tem que fazer isso.*

— Poppy… — comecei, mas ela me interrompeu.

— Não, eu é que preciso pedir desculpas — disse ela. — Afinal, foi para isso que vim aqui. — Ela inclinou a cabeça para cima para encontrar meus olhos, e o fogo brilhou em seu cabelo, mostrando as partes que começavam a secar em mechas emaranhadas. — Eu me sinto péssima pelo que aconteceu hoje à tarde. Estou muito abalada pelo que ocorreu com o Sterling e, por algum motivo, quando você se mostrou protetor em relação a mim, entrei em pânico.

Você e eu.

— E vou ser sincera, já que estou falando com um padre, afinal de contas. Tudo fica ainda pior, porque não consigo parar de pensar em você o tempo todo, e isso está me matando.

Tudo em mim se acendeu, porque essas eram as primeiras e as últimas palavras que eu queria ouvir, então hesitei.

Ela baixou os olhos, demonstrando mágoa, e isso foi como um chute nas costelas. Ela achava que eu *a* estava rejeitando. Merda, não era nada disso, mas não havia como explicar tudo sem complicar ainda mais as coisas.

— Bem — ela continuou em voz baixa —, sinto muito por ter brigado com você hoje à tarde. E também sinto muito pelo que aconteceu na segunda-feira passada. Eu me aproveitei de você. Tem um monte de merda acontecendo na minha vida e despejei tudo em cima de você porque você estava aqui e foi gentil.

Inclinei-me para a frente, tentando reunir forças para dizer o que precisava ser dito.

— Estou feliz por você ter vindo aqui e que esteja arrependida. Não que deva estar arrependida, porque a culpa pelo que aconteceu depois de sua última confissão recai totalmente sobre os meus ombros. Mas estou feliz porque isso significa que você entende por que aquilo não pode se repetir. Tenho um voto a cumprir, de honrar a Deus honrando seus filhos, seus cordeiros. Você me procurou para pedir ajuda e, em vez de ajudar, eu... — Parei, incapaz de pronunciar as palavras. Mas o calor se apoderou de mim mesmo assim, enquanto as palavras que envolviam aquela tarde vinham com força à minha mente. *Boceta. Clitóris. Pau. Gozo.* Não precisei olhar para saber que minha calça de moletom estava muito perto de revelar esses pensamentos. — Eu me aproveitei de você — concluí.

Poppy contraiu os lábios.

— Você *não* se aproveitou de mim. Sim, tem algumas coisas acontecendo em minha vida no momento, mas sou funcional, capaz de fazer as próprias escolhas. Não tenho problemas, não cresci sem amor. Não sou um quadro em branco sobre o qual os homens podem exercer seu arbítrio. Eu *escolhi* dormir com o Sterling. *Escolhi* deixar você fazer sexo oral em mim. Eu quis essas coisas, e você não pode me dizer que eu não queria. Não pode me dizer que não pude fazer nada além de aceitar.

Ela ficou de pé, as bochechas vermelhas, e não apenas por causa do calor da lareira.

— Não se preocupe. Não vou incomodá-lo com meu corpo novamente. Vou respeitar seu voto e seu cavalheirismo ultrapassado.

Aquilo doeu. Na verdade, doeu muito, porque eu estava tentando reunir todos os meus pensamentos pós-modernos e feministas, tentando vencer a parte do meu cérebro que fantasiava em fazê-la rastejar nua pela sala com um copo de cerveja equilibrado em suas costas.

E foi por isso — acho — que agarrei seu braço e a puxei para ficar entre minhas pernas. Ela arfou, mas não se afastou. Estava na altura perfeita para eu me inclinar e chupar seu mamilo por cima da camiseta, e foi o que fiz. Suas mãos agarraram meus cabelos e ela gemeu.

— Pensei que tivesse acabado de dizer… — Ela se contorceu quando mordi com suavidade, voltando a chupar.

— Você tem razão — eu disse, recuando. — Não deveria fazer isso.

Ela pareceu ligeiramente decepcionada, mas assentiu, afastando-se. Foi quando agarrei seus quadris e a puxei para baixo, de modo que ela ficasse encaixada em uma de minhas coxas, e sua boceta passou a se esfregar contra minha perna de imediato, adoravelmente carente.

— Não deveria colocá-la no meu colo e bater na sua bunda por ser uma vadiazinha descarada e vir aqui sem sutiã — vociferei em seu ouvido. — Não deveria amarrar seus pulsos e tornozelos com cordas até sua boceta ficar exposta e depois te comer até você não conseguir mais andar. Não deveria lhe dar uma surra e meter na sua bunda até seus olhos lacrimejarem. Não deveria levá-la até a casa de strip e transar com você na sala dos fundos, para que esqueça Sterling por completo e só consiga se lembrar do meu nome. — Mordi de leve seu mamilo mais uma vez. — Ou do nome de Deus.

Enfiei dois dedos no cós de seu short e o puxei para baixo, o elástico se esticando e me deixando ver o que eu já suspeitava. Ali estava a suave elevação do osso púbico, o clitóris visível como uma protuberância pequena e macia, um botãozinho que implorava para ser tocado.

— Por que veio aqui hoje, Poppy? — perguntei ao apalpar seus seios, gemendo baixinho ao sentir o peso deles. Mantive a outra mão no mesmo lugar, olhando para sua boceta exposta. — Veio mesmo pedir desculpas? Ou veio aqui, no meio da noite, sem sutiã e sem calcinha, para me tentar? Isso é pecado, sabia? Levar outra pessoa de propósito a agir ou pensar em algo errado. Não, não se afaste agora.

Ela começou a se afastar, e eu sabia que estava enviando sinais tão contrários que, além de confusos, eram incompreensíveis. Então murmurei:

— Mais uma. Me dê mais uma.

Mais uma o quê?, eu me perguntei enquanto falava. Mais uma gozada? Dela? Minha? Mais uma chance? Mais uma olhada, mais uma provada, mais uma oportunidade de fingir que não havia nada que nos impedisse de ficar juntos?

Hesitei. Era uma maneira estúpida de falar — *ficar juntos* —, como se minha atração por Poppy Danforth fosse mais do que três anos de celibato encontrando a mulher mais sexy que eu já havia conhecido. Como se houvesse alguma parte secreta de mim que queria fazer mais do que transar com ela, que queria levá-la para jantar, preparar seu café da manhã e adormecer com ela nos braços.

Ela me olhava o tempo todo enquanto eu pensava isso, encarando-me com seus olhos âmbar famintos e sua boca gulosa, e aqueles peitos tão empinados e macios sob a camiseta.

— Hoje — eu lhe disse. — Vamos fazer isso. Depois, acabou.

Ela assentiu, depois engoliu em seco, como se sua boca estivesse desidratada. Observei o movimento de sua garganta.

— Fique de joelhos — mandei com a voz rouca.

Ela se esforçou para obedecer, ajoelhando-se entre minhas pernas, e olhou para mim através dos cílios longos e escuros que assombravam meus pensamentos.

— Tire a camiseta.

Ela puxou a camiseta de algodão por cima da cabeça e a deixou cair no chão, e tive de enfiar as mãos na calça de moletom para não a foder ali mesmo, porque, *porra*, aqueles seios eram perfeitos. Pálidos com mamilos rosa-escuro, pequenos o suficiente para cobri-los com a ponta do dedo, mas grandes o suficiente para que eu pudesse puxá-los com facilidade em minha boca. Queria ver meu pau deslizar entre aquelas tetas, queria fazer minha porra jorrar sobre elas, queria senti-las pressionadas contra meu peito enquanto eu cobrisse o corpo dela com o meu.

Mas não haveria fim para as coisas que eu queria fazer com aquele cordeirinho, não importava quantas vezes ou de quantas maneiras eu a comesse. Ela estava criando um poço insaciável em mim, um abismo de necessidade, e, mesmo em meu estado de confusão, podia ver como seria destrutivo se eu não colocasse um fim a isso.

E o fim aconteceria em breve... mas não *naquele momento*.

Abaixei o cós da calça apenas o suficiente para colocar o pau para fora, ainda vestindo a camiseta. Eu gostava de permanecer vestido quando transava; não havia nada mais excitante do que ter uma mulher nua trepando em cima de mim, ronronando aos meus pés e gemendo em meu colo enquanto eu me mantinha totalmente vestido. (E, sim, reconheço que isso é bem complexo em termos de feminismo e tudo o mais. Sinto muito.)

Poppy se contorcia agora, a mão se deslocando para o tecido fino entre suas pernas, acariciando a si mesma.

— Você deixou uma mancha úmida na minha perna, cordeirinho — eu disse, olhando para a minha coxa, onde sua excitação havia passado para o tecido da calça. — Você quer alguma coisa?

— Quero gozar — ela sussurrou.

— Mas você pode gozar quando quiser. Você veio aqui hoje porque quer outra coisa. O que é?

Ela hesitou e depois respondeu.

— Quero que você me faça gozar.

— Mas você sabe que é errado pedir.

— Sei que é errado pedir... ou querer.

Soltei um suspiro. Era errado. Tudo isso, muito errado. E, que Deus me ajudasse, por alguma razão, isso tornava tudo ainda melhor.

— Comece a lamber — eu disse, indicando meu pênis. Minhas mãos ainda estavam ao lado das coxas; não me preocupei em me segurar para ela. Apenas me acomodei e observei enquanto Poppy passava a língua da base até a cabeça em um longo movimento. Meus dedos se afundaram na cadeira, e sibilei quando ela repetiu o movimento. Havia me esquecido de como isso era bom, de como a língua de uma mulher podia ser suave, escorregadia e macia, de como era perfeita, traçando linhas ao longo da lateral sensível do meu pau, traçando círculos delicados ao redor da cabeça.

Cordeirinho obediente, ela não fez mais do que lamber, uma das mãos ainda entre as pernas, os olhos fixos nos meus à meia-luz.

— Agora pode chupar — eu lhe disse. Um sorriso rápido, que me fez pensar em uma ótima universidade, em análise financeira e gosto por um bom champanhe, e depois a cabeça se tornou uma massa de mechas escuras onduladas entre minhas pernas.

Eu gemia muito agora. Havia alguma imagem da qual eu sentia mais saudade do que essa? Uma cabeça se movendo com avidez entre minhas coxas?

Mas então pensei naquela segunda-feira na igreja, ela curvada sobre o piano e sua boceta como a única coisa à minha frente. Ela sentada em cima de mim, esfregando o clitóris no meu pau.

Havia muitas imagens das quais eu sentia saudade.

Meus quadris e pernas estavam quase incontroláveis, tal era a vontade de penetrar sua boca, e me permiti me movimentar um pouco, passando as mãos por seus cabelos e segurando sua cabeça no lugar, empurrando meus quadris para cima até atingir o fundo de sua garganta, estremecendo ao deslizar de volta, com lábios, dentes, língua e palato, tudo isso me acariciando, me atiçando e me estimulando ainda mais. Nunca tinha ficado tão duro antes, tinha certeza disso, e, quando afastei os lábios dela do meu pênis, pude ver cada veia dele, sentir a cabeça dolorosamente inchada até Poppy voltar a abocanhá-la.

Foi então que soube que precisava sentir sua boceta. Se aquela fosse a última vez, se seria a última, eu tinha que senti-la. Afinal, já estava cometendo um pecado mortal ao deixá-la me chupar. Seria tão pior se eu a deixasse esfregar sua boceta em mim outra vez?

Ou se a penetrasse só um pouco? Ainda não seria sexo de fato, não sexo *mesmo*, e eu o puxaria para fora. Só queria sentir uma vez. Apenas uma vez.

Droga, eu parecia um adolescente. Mas no momento não me importava com isso, com o pênis mais duro do mundo e a mulher mais linda que eu já tinha visto ajoelhada na minha frente, a boca entreaberta, a boceta se contraindo em um desejo indisfarçável.

— Tire o short e suba no balcão — ordenei. Ela se levantou, tirou a peça, foi para a cozinha (onde, felizmente, todas as persianas estavam fechadas) e pulou no balcão.

Eu me aproximei devagar, com o sangue fervendo perigosamente, porque sabia que estava caminhando muito perto do precipício, me aproximando de um ponto sem volta, mas eu queria, queria me lançar ao desconhecido, se o desconhecido fosse Poppy. Era difícil me importar com qualquer outra coisa.

Senti o cheiro dela quando me aproximei do balcão, uma mistura de sua excitação, sabonete e um toque de lavanda. Abri suas pernas até onde o balcão permitia, estendi a mão por trás dela e a coloquei bem na beirada, de modo que, quando me pressionei contra ela, meu pênis se aninhou em suas dobras.

Ela passou a língua pelos lábios vermelhos quando encontrou meus olhos. Umedeceu os lábios como se fosse um predador prestes a me devorar, mas não era assim que as coisas eram, de jeito nenhum, e de repente fiquei louco para borrar aquele batom vermelho, ainda perfeito às três da manhã, como se ela o tivesse reaplicado antes de bater à minha porta. Sim, quando eu terminasse o que queria fazer com ela, aquele batom cuidadosamente aplicado estaria por toda parte, e ela se sentiria marcada, possuída.

Inclinei-me para a frente e a beijei pela primeira vez.

Seus lábios eram tão macios quanto eu esperava — mais macios, até —, mas surpreendentemente firmes, e não cederam de imediato. Se eu não tivesse levado a vida que levei antes da batina, não teria entendido sua relutância. Mas tinha levado, e entendi.

— Quer que eu insista, cordeirinho? — murmurei contra os lábios dela.

Ela assentiu com a cabeça, sem fôlego.

— Quer que eu roube um beijo?

Outro aceno de cabeça.

— Que eu force esse beijo?

Uma expiração trêmula. E, enfim, outro aceno de cabeça. Meu cordeirinho queria que eu fosse bruto e, quem diria, eu queria exatamente a mesma coisa.

Meus lábios se tornaram implacáveis, um ato da natureza, um ato de Deus — e segurei sua nuca com toda a força que ousei dispender, pressionando seu rosto contra o meu. Comecei a me esfregar nela, e usei a mão livre para pegar seu seio, pressionando-o contra o peito dela, agarrando-o com tanta força que eu sabia que ela sentiria cada dedo como um ponto de desconforto. Lentamente, muito lentamente, sua boca se abriu para mim e, na primeira vez em que nossas línguas deslizaram juntas, num sedoso emaranhado repleto de promessas, quase perdi o controle ali mesmo.

Sua boca era ávida, mas a minha era ainda mais, e entramos em um combate para ver quem devorava quem com mais rapidez, quem alcançava o que queria primeiro, quem tomaria mais, e, em pouco tempo, com seu corpo de músculos firmes e curvas suaves, ela esfregava o quadril no meu, as mãos passando pelos meus cabelos e arranhando minhas costas.

Quando enfim interrompi o beijo, fiquei feliz ao ver que o batom estava de fato borrado. Ele combinava com seu delineador borrado e o cabelo desgrenhado, combinava com as mãos dela segurando minha bunda com força.

— Quero penetrar você — eu disse. — Só um pouquinho. Só para sentir.

— Ai, meu Deus — ela arfou. — Por favor. Só penso nisso desde que nos conhecemos.

— Você tem que ficar quietinha, sem se mexer — eu a adverti. — Vai se comportar?

Ela mordeu o lábio e assentiu, e então segurei o pau. Não podia acreditar que estava fazendo isso, e, maldição, na cozinha da minha própria casa paroquial! Não que fosse pior do que o chão da igreja. Mas, com suas pernas abertas, com ela quase gemendo naquele beijo, não conseguiria me conter, nem se tentasse. E, definitivamente, não queria tentar.

Controlando meus movimentos, pressionei a cabeça do pênis contra seu clitóris, passando pela entrada da vagina. Poppy estremeceu de forma a evidenciar para mim que não tinha objeções a isso, e que eu teria de acrescentar aquilo às coisas de que me arrependeria amargamente por nunca ter feito antes. Voltei, passando de novo pela entrada da vagina e retornando ao clitóris. Ela me olhou com uma expressão agoniada, e desejei beijar aquele rosto — ou gozar nele, qualquer uma das duas opções. Depois de mais algumas deslizadas, não podia mais esperar; precisava fazer aquilo ou corria o risco de morrer ali mesmo.

Encostei a testa na dela, ambos olhando para baixo para ver como a cabeça do meu pau pressionava sua abertura e lentamente deslizava para dentro. Parei quando a cabeça estava toda dentro dela e então congelei, os músculos trêmulos.

Nós dois ficamos olhando para baixo, para aquela visão inacreditável: eu dentro dela, um padre provando o fruto proibido e se controlando para não comer tudo.

— Está gostoso? — ela sussurrou.

— Está... — Minha voz não passava de um suspiro a essa altura. — Está divino.

Ela era muito apertada; sua boceta apertava minha cabeça, e não havia palavras para descrever o que aquela pele úmida e escorregadia fazia comigo, porque estava remodelando minha mente e minha alma, meu futuro e minha vida. Era uma sensação tão básica e primitiva, tão deliciosa, que eu teria matado para senti-la; eu mataria alguém naquele mesmo instante se isso significasse voltar a estar dentro daquela mulher.

Cerca de quatro centímetros de perdição, e tudo em que podia pensar era em me afundar ainda mais no inferno.

Ela se inclinou um pouquinho para a frente, incapaz de se conter, um cordeirinho ávido, e agarrei seu pescoço, minhas pernas tremendo no esforço de não gozar com aquele movimento sutil.

— Fique quieta, ou eu vou gozar antes do que quero, e, se isso acontecer, eu a colocarei sobre meu joelho para bater na sua bunda até aprender a me ouvir — falei com seriedade.

Minha ordem teve o efeito previsível de lhe causar arrepios nos braços. Sua respiração era alta e pesada na cozinha diminuta.

— *Caralho* — ela sussurrou. — Isso… isso é a coisa mais gostosa que já fiz.

Possivelmente foi a coisa mais gostosa que já fiz também, e eu já tinha feito uma vida inteira de coisas gostosas com muitas mulheres gostosas, mas nenhuma delas tinha sido como Poppy.

De lábios vermelhos e sangue azul. E, caramba, a mulher mais cheia de tesão que eu já havia conhecido.

— Quero sentir você gozar no meu pau — eu disse, a testa ainda encostada na dela, nossos olhos voltando para o lugar onde estávamos unidos. Nunca me esqueceria disso enquanto vivesse, e também não queria que ela se esquecesse.

— Não vai demorar muito — ela disse, dando uma risadinha rouca que fez seus músculos se contraírem.

Arfei, agarrando a bancada para não perder o controle.

— Desculpe — ela sussurrou, e, em resposta, deslizei a mão sobre sua perna até o clitóris e comecei a esfregá-lo.

— Fique quieta — falei para ela enquanto observávamos minha mão grande, bronzeada e calejada por causa de todas as tarefas que eu fazia na igreja pressionando seu clitóris rosado e macio, enquanto víamos sua boceta se contrair envolvendo meu pau.

— Estou tentando ficar parada — ela murmurou, e pude perceber que ela estava mesmo tentando, que queria ver como me envolvia tanto quanto eu queria. Imprimi mais força e ritmo com os dedos.

— Safada — sussurrei. — Tão safada que deu para mim. Você gosta disso, de se abrir e ser usada dessa forma? Aposto que gosta de ser xingada também.

— P-por favor — ela gemeu.

— Por favor o quê, cordeirinho?

Ela mal conseguia falar agora, a cabeça inclinada para trás contra os armários, as costas arqueadas exibindo os seios para mim.

— Me xingue — ela conseguiu dizer. — Gosto... de ser xingada...

Porra. Ela ia mesmo me matar. Morte por excitação. Morte por ereção perpétua.

— Você é uma vadia, Poppy? — Inclinei a cabeça para baixo e chupei um dos mamilos, adorando a sensação dele se enrolando em minha língua, endurecendo conforme o sugava. — Você com certeza está sendo uma vadia, me fazendo agir dessa forma. Está me fazendo quebrar todas as regras, e odeio quebrar regras. — Passei para o seu pescoço, beijando e mordendo. — Vai dar para mim em qualquer lugar que puder, não é?

— Eu... — Ela inspirou, incapaz de terminar, mas não precisava, porque estava chegando ao clímax, seu corpo se remexendo como se quisesse ir atrás das ondas de prazer que a percorriam. Muitas vezes, sua boceta se contraiu ao redor da cabeça do meu pau, apertando e pulsando, e, só de pensar que eu poderia fazê-la gozar apenas com uma leve penetração, fiquei à beira da loucura.

Ela caiu em meus braços depois de gozar, descansando a cabeça em meu ombro.

— Sua vez — disse Poppy contra minha pele.

Comecei a me retirar, mas ela agarrou meu quadril e me impediu.

— Não — ela falou. — Dentro de mim.

— Poppy — comecei.

— Eu tomo pílula. — Seu maxilar estava contraído quando me olhou. — Quero te sentir se derramando em si mesmo. Quero você no lugar ao qual pertence: dentro de mim. Por favor, Tyler. Se esta é a última vez, me dê isso.

Tyler. Ela nunca havia me chamado assim. E já estava na base da minha espinha dorsal agora, sem controle por causa daquelas palavras sensuais. Que mulher implorava por isso? Que mulher ficava excitada com isso?

Mas, sendo franco, eu teria concordado com qualquer coisa, por mais que fosse perigoso, então assenti, o maxilar cerrado.

Ela se recostou nos armários, apoiando os calcanhares no balcão. A mudança em sua posição não me fez ir mais fundo, mas fez com que ela se contraísse no meu pau, e meu orgasmo se aproximou. Ela deslizou as mãos para a parte de baixo dos seios, passando os polegares sobre os mamilos ainda rígidos, juntando os seios e os afastando, expondo como eram gostosos e quase me cegando de desejo ao mesmo tempo.

Meu Deus, eu precisava penetrá-la.

Precisava trepar.

Precisava foder.

Então seus dedos foram até o clitóris e ela começou a se masturbar de novo, os outros dedos subindo e deslizando para dentro e para fora da boca, deixando-me enlouquecido; aqueles lábios, aquela boca maliciosa, a boca que tinha feito meu pau passar de *duro demais* a *duro como nunca* perto da lareira. E então, bem safada, ela movimentou o quadril de leve, ajustando-o o suficiente para me empurrar para dentro e para fora dela só um pouquinho, tudo tão molhado, tão apertado, e ali estava ele, tomando minhas bolas e subindo pelo meu pau; nós dois observamos quando aconteceu, quando meu quadril e os músculos da minha barriga se contraíram e depois ejaculei. Minhas pernas mal puderam suportar meu peso, e quase não consegui respirar enquanto ele me envolvia, meu primeiro orgasmo dentro de uma mulher em anos, mas me forcei a ficar parado, porque queria memorizar o momento e guardá-lo para sempre, minha porra escorrendo e a boceta dela muito molhada, suas pernas abertas em uma recepção sagrada. O pulsar enfim diminuiu, e ela encostou a cabeça no meu peito, soltando um pequeno suspiro de felicidade e satisfação, e meu coração se contorceu dentro do peito, exigindo tudo o que queria agora que podia ser ouvido em meio à minha luxúria desenfreada.

— Merda — murmurei, inclinando-me para a frente e enfiando o rosto em seus cabelos de aroma adocicado. — O que você está fazendo comigo?

Ficamos assim por um longo momento, nenhum dos dois querendo que aquilo acabasse, mas então o ar-condicionado foi ligado, soprando ar frio sobre nós, e Poppy estremeceu, ainda nua. Pedi que ela ficasse no balcão enquanto pegava uma toalha; depois, limpei-a com água morna e a ajudei a encontrar suas roupas, levando-a até a porta.

— E então, vejo você na missa amanhã? — ela perguntou.

— Poppy...

— Eu sei, eu sei — ela disse com um sorriso triste. — Amanhã, começaremos do zero. Castos. Puros.

— Ótimo, mas não era isso que eu ia dizer.

A testa dela se franziu.

— O que você ia dizer?

Inclinei-me e rocei meus lábios nos dela. *Última vez. Último beijo.*

— Queria dizer obrigado. Pelo uísque e... pelo que acabou de acontecer.

Ela piscou para mim e depois seus olhos se fecharam quando aprofundei o beijo, saboreando cada centímetro de sua boca, lambendo-a com delicadeza e amor, na mesma intensidade de antes. Não queria sair dali nunca mais, só queria saboreá-la, respirar o ar que compartilhávamos e sentir seu corpo quente contra o meu — e também fingir que não estava aguardando um tsunami de culpa e uma vida inteira de penitência.

— Boa noite — ela disse contra os meus lábios.

— Boa noite, cordeirinho — respondi.

Afastar-me foi como pisar em cacos de vidro, e não consegui me conter, já que ela estava com os olhos tão arregalados e tão receptiva ao meu amor: foi o instinto, mais do que qualquer outra coisa, que me levou a traçar uma pequena cruz em sua testa.

Uma bênção.

Esperava que também fosse uma promessa de fazer o que era certo.

DEZ

MEU TELEFONE VIBROU forte sobre o balcão.

Era segunda-feira, dois dias depois do nosso sexo de mentirinha, e estava pensando em como seria me encontrar com Poppy durante apenas alguns minutos para almoçar. Estava limpando o balcão e me lembrando da vista que tivera desse exato local duas noites antes.

Nem sequer tentei decifrar o que a mensagem dizia. Era do bispo Bove, e meu chefe não só era péssimo em mensagens de texto, mas também muito inseguro em relação às suas péssimas mensagens. Sabia que ele ligaria logo após enviar a mensagem para ter certeza de que eu a havia recebido (e depois a traduziria). Como eu já esperava, meu telefone tocou um momento depois, a música-tema de *The Walking Dead* ecoando na cozinha. Normalmente, eu cantarolaria um pouco, pois costumava ficar mais do que feliz em conversar com o homem de princípios que estava reformando nossa diocese e lutando por transformações nela ao meu lado. Mas, agora, sentia apenas certa ansiedade, como se ele de alguma forma soubesse o que eu havia feito duas noites antes. Como se fosse adivinhá-lo assim que ouvisse minha voz.

— Alô?

— Você vai para a Convenção do Clero da América Central no ano que vem? — perguntou o bispo Bove, indo direto ao assunto. — Quero montar uma mesa. E quero que participe dela.

— Ainda não decidi — falei, percebendo que as palmas das minhas mãos estavam ficando suadas, como se tivesse sido chamado à sala do diretor, como se a polícia houvesse me mandado parar o carro ou algo assim. Que merda. Se me sentia nervoso desse jeito ao telefone com ele, como seria quando o visse pessoalmente?

— Acho que este será o ano em que teremos a mesa que queremos lá — continuou o bispo. — Você sabe por quanto tempo insisti para que isso acontecesse.

A mesa-redonda que queremos... a mesa-redonda sobre abuso. O bispo Bove vinha apresentando propostas à organização clerical de educação continuada nos últimos quatro anos, e elas sempre haviam sido rejeitadas, todas as vezes. Mas a liderança dentro da organização mudara. Agora organizadores mais jovens estavam no comando, e eu sabia que Bove havia sido informado em particular de que enfim conseguiria sua polêmica mesa.

Mas como eu iria me sentar em um salão de eventos de um hotel, encarando um monte de padres, e fazer uma palestra sobre os perigos de atitudes erradas dos padres em relação a sexo? Olhei para a minha bancada, onde havia penetrado Poppy. Não totalmente. Não até o fim, mas o suficiente para gozar. O suficiente para fazê-la gozar. Esfreguei meus olhos, tentando bloquear a visão.

Era possível que um voto não fosse inteiramente quebrado? Era possível que um pecado não fosse cometido até o fim?

Claro que não. E, mesmo que ninguém soubesse de nada, percebi que havia destruído minha legitimidade comigo mesmo, e talvez isso fosse pior do que a destruição de minha legitimidade pública. Onde havia me metido? Será que algum dia eu seria capaz novamente de me permitir falar, ou pregar, sobre as coisas com as quais eu mais me importava?

— Tyler?

— Se conseguir a mesa-redonda, estarei lá — murmurei, ainda esfregando os olhos. Estava vendo faíscas.

Melhor do que ver meus pecados.

— Sabia que aceitaria. Como está a St. Margaret? Como está Millie? Ela fez um inferno com o contador da diocese na semana passada por ter perdido os relatórios trimestrais de dízimo. Ouvi dizer que ela levou o pobre homem às lágrimas.

— As coisas por aqui vão bem, muito bem — menti. — Só estou me preparando para o grupo de jovens do outono.

E, sabe como é, nesse meio-tempo, comendo quase fiéis.

— Que bom. Estou orgulhoso de você, Tyler. Não digo isso muitas vezes, mas o trabalho que fez nessa cidade foi um milagre.

Pare, implorei em silêncio. *Por favor, pare.*

— Você está fazendo o trabalho de Cristo, Tyler. Você é um grande exemplo.

Por favor, por favor, pare.

— Bem, vou te deixar em paz. E, sobre a mesa-redonda, eu te aviso com uma mensagem de texto quando tiver novidades.

— Tem certeza disso?

— Tudo bem, vou *ligar*. Tchau, Tyler.

Desliguei e fiquei olhando para o telefone por um minuto. Tinha acordado no dia anterior dizendo a mim mesmo que aquele seria meu dia de recomeço. Meu dia de ser casto de novo. E que hoje seria ainda mais fácil. Então, por que sentia que meus pecados ainda me perseguiam?

Porque você não os confessou, Tyler.

Eu era um idiota. Deveria ter feito isso desde o início. Sentava-me no confessionário para ouvir confissões toda semana. Por que não havia me ocorrido sentar para me confessar? Para buscar a absolvição e a responsabilidade de que todo mundo precisava?

Na próxima semana. Iria para Kansas City na próxima quinta-feira a fim de visitar meu confessor, um homem que conheci no seminário, depois jantaria com meus pais, e tudo ficaria bem melhor.

Senti uma pequena onda de alívio com esse plano. Tudo ia ficar bem.

Poppy tinha ido à missa na manhã do dia anterior e me procurado depois para combinarmos de almoçar hoje. Eu queria almoçar com ela naquele dia mesmo — ou fazer dela meu prato principal, não sabia ao certo —, mas ela se esquivou assim que combinamos o almoço, e então fui cercado pela multidão de sempre que se demorava após a missa. Será que ela estava tentando manter distância? E, se estava, era porque queria? Ou talvez fosse um favor para mim?

Pensar que seria assim que nos comportaríamos um com o outro de agora em diante, de modo profissional e sucinto, foi algo que me deixou extremamente infeliz.

Isso era uma idiotice, pois era o que eu queria. Não, era o que eu *deveria* querer, mas não queria de verdade. O que eu queria eram duas vidas: a vida de fiel e sacerdote, e a vida de homem e mulher — e, a cada momento vivido sem beijar a pele de Poppy, mais e mais minha força de vontade se esvaía, até me dar conta, e foi bem desagradável fazê-lo, de que eu suportaria qualquer tipo de culpa ou castigo que precisasse suportar só para poder tocá-la de novo.

Hoje esses pensamentos ainda estavam confusos em minha cabeça quando juntei minhas coisas e caminhei duas quadras até a vinícola mais próxima. Esperava encontrar Poppy sozinha, mas fiquei surpreso ao vê-la conversando animadamente com Millie no jardim da vinícola, com uma garrafa aberta de vinho branco gelado sobre a mesa.

Poppy se voltou para mim:

— Convidei a Millie, espero que não haja problema.

— Claro que não há problema — Millie interrompeu antes que eu pudesse responder. — Esse menino mal sabe ver as horas, quanto mais fazer orçamento para um grande projeto.

Fiz uma careta para a idosa.

— Pois fique sabendo que tenho, nesta bolsa, uma pilha organizada de bilhetinhos com lembretes e guardanapos de bar com anotações.

Millie soltou um grito, como se eu tivesse confirmado cada um de seus piores temores. Olhei de relance para Poppy, meu lado imaturo querendo se assegurar de que ela tinha dado risada, e me arrependi de ter feito isso assim que notei como estava maravilhosa. Ela usava uma calça jeans turquesa e uma camiseta que não tinha nada de folgada, de algodão fino e macio, que me fez lembrar da camiseta que ela vestia no sábado à noite… a camiseta que vestia quando chupei seus mamilos. Os cabelos estavam presos em uma trança frouxa jogada sobre um dos ombros, e os olhos estavam mais verdes do que castanhos à luz do sol que entrava pelas vinhas, sobre a pérgula, os lábios de novo cobertos pelo vermelho de sempre. Por que ela tinha de ser tão sexy o tempo todo?

— Sente-se, menino, antes que o vinho esquente — disse Millie. — Agora, Poppy, conte ao padre Bell o que acabou de me dizer.

Puxei uma cadeira de ferro forjado e me acomodei, já suando com o calor do início de setembro. Millie me serviu uma taça de vinho fresco e a aceitei, grato por ter algo para olhar além de Poppy.

— Bem — Poppy falou —, para começar, não sei o que estão fazendo para arrecadar fundos ou o que fizeram no passado, portanto, não quero me meter nos assuntos de ninguém.

— Não vai — prometi.

— Mas me diga se eu fizer isso. Afinal, esse é o seu projeto.

— É o projeto da igreja — falei. — E, já que está aqui, eu diria que isso faz dele seu projeto também.

Ela corou levemente, alegre, como se isso a agradasse, e traçou com o dedo o contorno de seu iPad enquanto falava. Lembrei-me de meus pensamentos sobre ela durante nossa reunião, de que ela era uma voluntária nata, alguém que adorava ajudar. Vi isso em seus olhos enquanto falava, notei sua empolgação e seu senso de propósito.

— Percebi que Weston tem muitos festivais sazonais, o que não é incomum para uma cidade com pousadas — ela estava dizendo. — E notei que, no site da igreja, vocês anunciam que mantêm as portas abertas para visitantes durante esses festivais. Vocês já fizeram mais que isso?

— Na verdade, não — disse Millie.

— E quantos visitantes costumam receber?

Tentei me lembrar.

— Três? Quatro?

Poppy assentiu, como se eu tivesse comprovado seu argumento.

— Acho que um festival é a oportunidade perfeita para atrair mais doadores, se o aproveitarmos da maneira correta. Este prédio tem mais de cem anos, e esse tipo de charme antigo é exatamente o que as pessoas buscam. Isso, além da bebida. Então devemos nos instalar na calçada, oferecer vinho da região e uísque da destilaria, e ficar longe das vendas comuns da igreja. As pessoas não vêm para cá para comprar livros de receita ou rosários, mas sim para *ver*. Então podemos fornecer a bebida de graça, para que se sintam inconscientemente em obrigação conosco.

Podia ver o lado de mulher de negócios de Poppy naquele momento, à medida que ela explicava detalhes de suas opiniões de maneira eficiente e simples, revirando a caneta nos dedos enquanto falava. Via a garota rica do internato, a graduada em Dartmouth, a mulher criada para grandes salas de reuniões e vitórias corporativas.

— Devemos fazer da igreja um destino para quem estiver perambulando por lá. Esse é o primeiro passo. Mas o mais importante é entrar em contato com os jornais da região e as emissoras de TV de Kansas City. Vamos transformar a St. Margaret em uma notícia de interesse local, do tipo que se torna viral no Twitter e no Facebook.

A igreja tem a ver com a preservação da tradição do Meio-Oeste. Devemos enfatizar as coisas que Millie diz que você planeja fazer: manter as janelas originais, restaurar a madeira de lei original e as pedras. As pessoas adoram essas coisas. E o terceiro passo, que é na verdade o passo zero, pois você deve realizá-lo antes de qualquer outra coisa, é criar um link de financiamento coletivo para a reforma, para que, quando as histórias forem ao ar e as postagens forem republicadas, haja um link fácil para as pessoas clicarem. Aumentaremos o alcance de arrecadação de fundos da área de Weston para toda a região metropolitana de Kansas City... e possivelmente até mais longe do que isso.

Aquela mulher era muito inteligente.

— Então, por que não fazer só o financiamento coletivo e espalhar a notícia?

— Porque — disse Poppy, inclinando-se para a frente — precisamos trazer uma multidão para a igreja, para que vejam com os próprios olhos, para que aprendam sobre sua história e possível restauração. Você precisa que elas voltem para o lugar de onde vieram e depois espalhem a notícia. São as mais propensas a começar a compartilhar e a tuitar; são elas que ajudarão a vencer a inércia inicial, porque já estarão interessadas, e terão gastado tempo e energia na St. Margaret. Elas são seus discípulos. Você vai ensiná-las e depois dirá: "Vá e faz tu também o mesmo".

— Você tem lido a Bíblia — eu disse em tom de aprovação.

Poppy sorriu.

— Só um pouquinho. Millie me convidou para a reunião do "Vinde e vede" na semana que vem. Esse versículo estava no verso do folheto.

As reuniões do "Vinde e vede" eram para pessoas interessadas em se filiar à igreja, e foi a minha vez de disfarçar a reação de alegria. Apesar de tudo o que tinha dado errado entre nós, ela ainda estava sinceramente interessada em explorar sua fé.

— Acho que a sua ideia é fantástica — falei. — Praticamente esgotamos todos os meios normais, e acho que a paróquia está sem fundos. Você faz parecer tão fácil, porém vai ser caro oferecer vinho de graça. Como faço para entrar em contato com o pessoal da imprensa?

Poppy puxou a tampa de sua caneta Stylus com os dentes e começou a fazer anotações no iPad.

— Vou cuidar disso. As vinícolas daqui doarão o vinho, isso é fácil. E as emissoras estão sempre procurando eventos como esse; será preciso pouco mais do que enviar um e-mail, o que farei esta semana. Também vou criar o financiamento coletivo. Você vai ver que não é muito trabalhoso.

— Parece bem trabalhoso — admiti. — Quero dizer, acho que está certa e que quero fazer isso, mas parece muita coisa.

— Certo, parece muito, mas prometo que não será, especialmente comigo fazendo a preparação; você só vai precisar ser charmoso e fazer cara de galã para as câmeras.

Millie deu um tapinha em meu braço, agradecida.

— Ele é bom nisso. É a nossa arma secreta.

Os olhos de Poppy se voltaram para os meus.

— Sim, ele é mesmo.

Passamos o resto do tempo planejando, decidindo qual festival fazia mais sentido para a arrecadação de fundos (a Festa Irlandesa) e quem faria o quê (Poppy faria quase tudo, mas Millie e eu concordamos em ajudar onde fôssemos necessários, e demos à Poppy nossos e-mails e números de telefone). E então Millie entrou no seu Buick sedã dourado e dirigiu por duas ruas até sua casa, enquanto Poppy e eu voltamos a pé na direção da igreja.

— Não vou poder me confessar hoje — disse ela, do nada. — Tenho uma videoconferência. Espero que não haja problema.

— A maioria dos católicos só se confessa uma vez por ano. Está tudo bem.

Mas fiquei um pouco decepcionado. (E, é claro, pelos vários motivos errados.)

— Estava pensando…

— O quê? — perguntei, esperançoso.

— Isso vai parecer uma estupidez. Não importa.

Estávamos atravessando a rua principal, de uma calçada sombreada para outra com ainda mais sombra, e ao redor havia o barulho das folhas farfalhando, dos pássaros cantando, e o leve zunido dos carros ao longe. Queria dizer a ela que, naquele momento, eu lhe daria qualquer coisa, lhe daria tudo, desde que pudéssemos ficar naquela bolha pacífica do início do outono para sempre, apenas nós dois, as folhas e o calor, que faziam ser tão fácil se sentir amado por Deus.

Mas não podia lhe dizer isso. Então, falei:

— Não acho que seja capaz de fazer uma pergunta estúpida, srta. Danforth.

— Espere para julgar depois que eu perguntar, padre — disse ela em uma voz que era metade riso, metade suspiro.

— Eu sou católico. Julgar é a minha praia.

Essa resposta me rendeu uma verdadeira gargalhada. Poppy olhou para o prédio de tijolos da igreja enquanto nos aproximávamos e, em seguida, endireitou os ombros, como se tivesse decidido ir em frente.

— A questão é a seguinte: eu quero fazer isso… esse papo de Deus. Acho que talvez seja a primeira escolha que me parece certa desde que peguei aquele diploma de Dartmouth. Mas não tenho estrutura alguma para sequer pensar em levar uma vida religiosa. Sei que devo comparecer à missa e devo ler a Bíblia, e tudo isso parece bastante simples. Mas rezar… Isso me faz sentir boba. Desajeitada. Nunca fiz isso antes e não tenho certeza de se estou fazendo direito. — Ela se virou para mim. — Então, acho que queria saber se pode me ajudar com isso. Com a oração.

Quis dizer a ela que a oração não era um teste, que Deus não a estava avaliando quanto à qualidade ou eloquência de suas orações, e que até mesmo ficar em silêncio contava. Que nós, católicos, havíamos prescrito orações para desfazer exatamente esse tipo de crise. Mas, então, a brisa soprou uma mecha de cabelo no rosto dela, e eu, sem pensar, levantei a mão e a prendi atrás de sua orelha. Os olhos dela se fecharam ao meu toque e, *meu Deus do céu*, o que estava prestes a dizer?

— Hoje à noite — falei. — Depois do grupo de estudo dos homens. Venha ao meu encontro e cuidaremos disso.

ONZE

DEPOIS DO ESTUDO DO GRUPO DE HOMENS, passei em meu escritório para pegar um rosário e um pequeno panfleto com algumas orações básicas, e entrei no santuário, sabendo que Poppy provavelmente chegaria cedo.

O que eu não esperava era que ela estaria em pé bem em frente ao altar, olhando fixamente para a cruz, com a luz fraca do fim da tarde que entrava pelas janelas cobrindo-a de tons brilhantes de vermelho e verde-esmeralda. Não esperava que seus ombros estariam levemente trêmulos, como se estivesse chorando, e também não esperava que todas as portas e janelas estariam fechadas, retendo o ar exótico e incensado no interior da igreja.

Parei, e a saudação em meus lábios foi paralisada pela quietude, pelo peso do silêncio.

Deus estava ali.

Deus estava ali, e Ele falava com Poppy.

Senti o ar roçar minha pele conforme me aproximava dela, ouvindo cada expiração sua, e, quando a alcancei, vi que seus braços estavam salpicados de arrepios e que as lágrimas corriam em silêncio por seu rosto.

Havia milhares de coisas que eu deveria dizer, mas não consegui interromper o momento. Não o estava interrompendo de fato, porque me senti convidado a ele, como se devesse fazer parte daquilo, e fiz o que parecia ser certo: eu a abracei.

Ela se inclinou para mim, os olhos ainda fixos na cruz, e apenas a abracei enquanto deixávamos o momento nos envolver, nos banhar com a luz que morria no silêncio. As sombras se arrastavam pelo chão e se acumulavam ao redor de nossos pés, e os segundos se transformaram em minutos; lentamente, nos aproximamos cada vez mais, até que suas costas estivessem totalmente pressionadas contra mim, até que meu nariz estivesse em seus cabelos e suas mãos estivessem entrelaçadas nas minhas.

A proximidade dela e a proximidade da divindade, tudo ao mesmo tempo, eram euforia, êxtase, e quase fiquei zonzo, sentindo as duas coisas simultaneamente, inebriado por ela e inebriado por Deus. Diante desse encontro numinoso, não havia espaço para culpa nem para autoanálise crítica ou recriminação. Só havia espaço para estar presente, estar ali, e então ela se virou em meus braços, inclinando o rosto para o meu.

— Você também está sentindo isso? — perguntou ela.

— Sim.

— É sempre assim com você?

Balancei a cabeça em uma negativa.

— Uma vez por semana, talvez. Às vezes, duas. Conheço pessoas, como meu confessor, que sentem isso o tempo todo, e pessoas, como meu bispo, que nunca sentiram.

— É lindo.

O ambiente estava totalmente escuro agora, e não havia nada além de sombras variadas, mas, mesmo nas sombras, os rastros de lágrimas reluziam em seu rosto.

— *Você* é linda — sussurrei.

Estávamos conversando em voz baixa; o ambiente ainda tomado pela santidade e pela presença de Deus. Devia ter me sentido perverso por abraçar Poppy daquela forma diante de Deus, mas nossa sala silenciosa como uma sarça ardente de algum modo fazia tudo parecer certo, como se aquilo fosse a coisa mais perfeita a se fazer, tê-la em meus braços e contemplar seu rosto.

Toquei seu queixo, mantendo seu rosto inclinado para baixo o suficiente para que nossos narizes se tocassem. Poderia beijá-la ali mesmo. Talvez eu devesse fazer isso. Talvez fosse o plano de Deus o tempo todo acabarmos ali, sozinhos naquela igreja e forçados a encarar a verdade: que aquilo era mais do que amizade, era mais do que luxúria. Era algo genuíno, real e inegável, e que não iria desaparecer.

Ela agora estava trêmula contra o meu corpo, os lábios entreabertos e esperando, e me permiti ficar ainda mais perto, deixando os lábios a meros centímetros dos dela, envolvendo suas costas. Estávamos tão próximos que compartilhávamos a respiração, literalmente, e nossos corações batiam no mesmo ritmo vertiginoso.

Apesar de tudo o que havia acontecido entre nós, aquele momento, de certa maneira, parecia mais íntimo, mais vulnerável do que qualquer coisa que já havíamos compartilhado. Todo o resto havia acontecido enquanto eu fingia que Deus não estava vendo, mas, diante daquilo, não havia como fingir. O sagrado e o profano se misturavam e se confundiam, fundindo-se e se soldando, formando algo novo, completo e singular, e, se o amor era assim, então não sabia como alguém era capaz de suportar seu peso.

— Não consigo me conter, me desculpe — falei ao mesmo tempo que ela disse:

— Tentei ficar longe de você.

E, então, eu a beijei.

Rocei os lábios nos dela uma vez, só para sentir a maciez de sua pele passando pela minha, e depois pressionei meus lábios contra os dela sem pudor, sentindo seu sabor da maneira mais lenta e profunda possível, até que senti os joelhos dela fraquejarem e a ouvi gemer baixinho.

Eu a beijei até perder os sentidos, até não conseguir me lembrar de um momento em que não estivéssemos nos beijando, até não mais sentir onde minha boca terminava e a dela começava. Beijei-a até sentir que trocávamos algo, talvez uma promessa, um pacto ou um pedaço de nossas almas. E, quando enfim me afastei, foi como se tivesse renascido; era um novo homem. Um batismo com um beijo, e não com água.

— Mais — ela implorou. — Mais.

Eu a beijei de novo, dessa vez com ardor, com necessidade, e percebi, pelo modo como ela suspirava em minha boca, pela forma como seus dedos retorciam o tecido da minha camisa, que Poppy estava tão apaixonada por mim quanto eu por ela, e eu não queria parar, não queria que isso acabasse nunca.

Mas tinha de acabar.

Quando nos separamos, ela deu um passo para trás e abraçou a si mesma, tremendo um pouco com o frio do ar-condicionado. As nuvens do lado de fora haviam se dissipado, e um raio prateado atravessou as janelas, deixando-nos envoltos pelo luar brilhante. A sensação divina permanecia, mas, em vez de um peso vindo de fora, eu sentia faíscas por dentro, como se a divindade tivesse se infiltrado em meu sangue. Eu me sentia zonzo e inebriado.

— Estou cansada — admitiu Poppy, embora não parecesse muito cansada, e sim atordoada. — Acho que devo ir para casa.

— Eu acompanho você — ofereci. Ela assentiu e, juntos, deixamos o mistério para trás, como se, ao caminhar até as portas da igreja, estivéssemos nos afastando do que acabara de acontecer.

— Aquilo foi incrível — murmurou ela.

— Já me disseram que beijo bem.

Ela deu um tapa em meu ombro.

— Você sabe o que quero dizer.

Estávamos no nártex agora, mas não conseguia me esquecer da imagem dela parada em frente à cruz, tão receptiva a uma experiência que a maioria das pessoas deixaria passar totalmente.

— Poppy, preciso perguntar: aconteceu alguma coisa que a atraiu para a igreja? Você ia quando era criança e agora está voltando?

— Por quê?

— Parece que... — Procurei a frase certa, querendo expressar quanto eu achava bom o interesse dela. — Acho maravilhoso que esteja se entregando dessa maneira. Mas não é assim que muitas pessoas fazem...

— Parece muito mais gradual do meu ponto de vista — disse ela enquanto saíamos. Mantive uma cuidadosa distância entre nós conforme descíamos a escada de pedra e a colina onde ficava a igreja. — Minha família não é religiosa. Na verdade, não conhecíamos ninguém religioso. Acho que sempre desconfiaram disso, como se algo que pudesse inspirar tanto fervor nas pessoas fosse esquisito, na melhor das hipóteses. Perigoso, na pior delas. Acho que sempre fui um pouco mais receptiva. Na faculdade, ia com uma amiga ao templo budista que ela frequentava quase toda semana e, no Haiti, trabalhei lado a lado com missionários. Mas só no dia em que me confessei passei a procurar algo por conta própria.

— O que a fez voltar depois daquilo?

Ela fez uma pausa.

— Você.

Processei aquelas palavras até chegarmos ao fim da escada e entrarmos no parque arborizado entre a igreja e a casa dela. O parque era iluminado por lâmpadas espaçadas e pela luz da lua. Pigarreei, imaginando se minha pergunta faria diferença, mas decidi perguntar mesmo assim.

— Eu como padre? Ou eu como homem?

— As duas coisas. Acho que é isso que é tão confuso.

Caminhávamos em silêncio agora, juntos mas não juntos, concentrados na beleza daquele instante no santuário, na sensação do beijo quando nossas almas estavam em chamas.

Merda. Era tudo tão confuso para mim também, exceto que parte da confusão começava a desaparecer, o que deveria ser esclarecedor, mas eu temia que, na verdade, fosse o contrário: que estivesse esquecendo coisas das quais deveria me lembrar.

Como a promessa de ser uma pessoa melhor.

— Quero segurar sua mão agora mesmo — falei abruptamente. — Quero te puxar pela cintura e abraçá-la.

— Mas você não pode — ela respondeu com suavidade. — Alguém pode estar observando.

Estávamos no jardim atrás da casa dela.

— Não sei o que fazer agora — admiti. — Eu só queria poder...

Literalmente, não tinha mais nada a dizer. Não sabia o que poderia fazer para explicar como me sentia em relação a ela, e também como me sentia em relação à minha vocação e minhas responsabilidades, e sobre estar pronto para abandonar tudo isso porque queria beijá-la mais uma vez. Queria poder segurar a mão dela caminhando por um parque à noite.

Poppy olhou o céu estrelado.

— Eu também queria que você pudesse pegar na minha mão. — Ela se arrepiou novamente, e pude ver que seus mamilos tinham se eriçado com o leve frio da noite, pequenos botões rígidos implorando para serem chupados.

A ternura de alguns minutos antes começava a se fundir em outras sensações menos nobres que se faziam notar em minha pélvis. Precisei de todo o autocontrole que tinha para não a prender contra a cerca e beijá-la outra vez, para não baixar sua calça e transar com ela ali mesmo, ao ar livre, onde qualquer um pudesse ver.

— Quero ver você de novo — falei em voz baixa. Não havia dúvidas sobre o que eu queria dizer, e ela se remexeu, contraindo as coxas.

— Isso é... quero dizer, devemos...?

— Acho que não me importo mais — falei.

— Nem eu — ela sussurrou.

— Amanhã.

Ela balançou a cabeça em uma negativa.

— Tenho que ir a Kansas City para cuidar de um assunto do trabalho. Estamos mudando para um novo software de contabilidade. Mas estarei de volta na quinta-feira à noite.

Quis protestar, mas consegui me conter.

— Isso é daqui a três dias — falei.

Ela colocou os dedos no trinco do portão dos fundos.

— Entre — disse ela. — Vamos ficar juntos hoje.

— Já é tarde — falei. — E quero bastante tempo para o que tenho em mente.

Ela exalou lentamente e seus lábios vermelhos se entreabriram, mostrando os dois dentes da frente e um leve vislumbre de sua língua.

Olhei em volta para ter certeza de que estávamos realmente sozinhos e depois peguei sua mão, abri o trinco e a conduzi para dentro do jardim. Puxei-a para baixo da treliça coberta de folhas, e depois a girei, de modo que sua bunda ficasse pressionada contra mim, contra minha ereção. Cobri sua boca com uma mão e, com a outra, abri a calça jeans.

— Daqui a três dias é muito tempo — falei em seu ouvido. — Só quero ter certeza de que estará bem cuidada até lá.

Então, deslizei os dedos por sua barriga, para dentro de sua calcinha de seda. Ela gemeu.

— *Shhh* — eu disse. — Seja boazinha, e lhe darei o que você quer.

Poppy arquejou em resposta.

Meu Deus, eu adorava a boceta dela. Nunca havia sentido nada mais macio do que a pele entre suas pernas, e, *porra*, ela estava molhada. Tão molhada que eu poderia abaixar a calça jeans e ter o que eu queria bem ali, naquele instante. Mas não. Ela merecia coisa melhor.

Não que eu não fantasiasse com isso enquanto me preparava para fazê-la gozar.

Comecei a me concentrar em seu clitóris com seriedade agora, fazendo movimentos circulares com força e rapidez, adorando a forma como ela se movia contra minha mão. Sabia que estava aplicando mais pressão e velocidade do que era confortável, mas também sabia que ela gostava desse jeito, deliciando-se com aquela pontinha de dor mesclada ao prazer.

— Poderia fazer isso o dia todo, cordeirinho — disse a ela. — Adoro enfiar a mão em sua calça jeans, brincar com sua boceta e te fazer gozar. Você gosta disso?

Ela assentiu com a cabeça, a respiração entrecortada contra minha mão. Estava quase lá.

— Quinta-feira à noite — falei, e quase me senti tendo uma experiência extracorpórea ao me ouvir dizer aquelas palavras. Mas já não me preocupava, ou, mais precisamente, já tinha deixado de me importar com as regras que antes eram importantes para mim. — Quero ficar com você. Quero transar com você. Mas só se for isso que você quiser.

Poppy assentiu de novo, ansiosa, desesperada.

— Eu mal posso esperar. — Minha voz estava rouca agora. — Mal posso esperar para estar dentro de você. Você está me sentindo. Está sentindo como estou duro só de pensar nisso. — Esfreguei o pau contra a bunda dela, que estremeceu contra meu corpo, as palavras e o pau duro fazendo-a perder o controle. Ela deu um gritinho, que foi abafado pela minha mão, trêmula sob meu toque por um longo minuto, até enfim relaxar, o corpo recostado no meu.

Mantive a mão em sua calcinha por mais um ou dois minutos, adorando como aquilo me parecia, adorando como aquilo me fazia sentir, e depois, com relutância, retirei a mão, fechando o zíper da calça e o botão. Chupei meus dedos quando ela se virou para mim, os olhos brilhantes e as bochechas claramente coradas, mesmo no escuro.

— Vá para a cama, Poppy — disse quando vi que ela protestaria contra minha partida. — Até quinta-feira à noite.

A ficha caiu enquanto eu rezava a missa na manhã seguinte: estava mesmo me apaixonando por Poppy Danforth.

Não estava apenas desesperado para transar com ela. Não estava apenas feliz por ajudá-la a encontrar a fé. Estava me apaixonando de verdade por ela.

No período de um mês.

Idiota, idiota, idiota.

E, agora que ela não estava ali, nem perto dali, minha obsessão estava fora de controle, como um vício em drogas que exigia ser saciado.

Imaginei a voz de Poppy ecoando pela igreja depois que Rowan e as vovós saíssem da missa matinal. Imaginei seu rosto e sua trança frouxa enquanto eu fazia as cópias das folhas do estudo para o grupo de homens. Peguei-me pesquisando no Google fotos de Dartmouth e Newport em vez de vasculhar os fóruns de *The Walking Dead*. Cheguei até (e isso foi estranho, eu sei) a pesquisar a família dela no Google, percorrendo fotos de pessoas elegantes em eventos beneficentes elegantes e, por fim, encontrando uma foto antiga dela no que parecia ser um evento de arrecadação de fundos para um político. Ela e um grupo de pessoas atraentes que, obviamente, eram seus pais e irmãos: seu pai, de cabelos grisalhos e ombros largos, e a mãe, esbelta e requintada. Um irmão e uma irmã com as mesmas roupas caras e faces com maçãs do rosto bem marcadas.

Cliquei na foto para ter a imagem por si só, a fim de ver uma versão ampliada do rosto de Poppy. Sem dúvida, ela era mais jovem, mas não tão mais jovem, talvez na casa dos vinte e poucos anos, e estava infeliz, dava para notar. Enquanto todos os outros exibiam sorrisos felizes de gente endinheirada para a câmera, Poppy tinha sido capaz apenas de contrair os lábios, os olhos voltados para algum lugar atrás do fotógrafo, como se estivesse absorta em algo que só ela pudesse ver.

Senti uma pontada de ciúmes e suspeita no peito. Estaria olhando para Sterling? Aquele parecia ser o tipo de evento em que ele estaria, pelo pouco que eu sabia. Ou talvez estivesse apenas olhando para o espectro da própria infelicidade, do próprio futuro sem graça, espalhado pelos assentos e pelos cardápios?

Pensei nessa imagem durante o resto da noite, enquanto me preparava para o grupo de jovens. Também pensei *nela*, no fato de que a veria na quinta-feira, e a cada poucos minutos me pegava sorrindo, sem motivo algum, exceto por saber que eu veria Poppy de novo.

Naquela noite, no grupo de jovens, falamos sobre Jesus ter sido tentado no deserto e, em uma reviravolta dramática em relação à semana anterior, senti-me completamente distante dos versículos. Eu não estava em um deserto... estava em um lugar com folhas verdes e água limpa e corrente.

O que havia mudado, eu me perguntava, entre uma semana e outra, entre ontem e hoje?

Tinha sido a noite anterior. Tinha sido a oração, a magia, o perfume do cabelo dela. O beijo que havia selado algo, algo que transcendia o físico e o espiritual. Não eram mais separados e distintos, e sim uma coisa só... e, com isso, a experiência com ela havia passado de confusa demais a maravilhosa. Incrível. Não incrível no sentido de *legal*, mas no sentido de que ela me enchera de encanto, de enlevo.

Ela me deixava em êxtase. Poppy me fazia ver o mundo com uma contemplação renovada: as árvores mais verdes, os detalhes mais nítidos, os rostos mais agradáveis e amigáveis.

No entanto, não era como se a culpa tivesse desaparecido. Eu ia da fantasia à recriminação, punindo-me com mais corridas, mais flexões, mais tarefas na igreja, mais horas de oração em busca de uma resposta.

Por que Deus traria Poppy até ali se não fosse para me apaixonar por ela?

Era mesmo tão terrível que um homem de Deus fizesse sexo? Os protestantes vinham fazendo isso há meio milênio e não pareciam mais condenados ao inferno do que os católicos por isso.

Seria tão errado querer as duas coisas? Queria liderar esta igreja, queria ajudar as pessoas a encontrarem Deus. Mas, que droga, eu queria Poppy também, e não achava justo ter de escolher.

Deus não respondeu. Qualquer que fosse a magia que havia tomado a igreja nas últimas duas semanas, ela tinha se escondido de mim, e, de certa forma, isso em si era uma resposta.

Eu teria de descobrir sozinho.

DOZE

NA QUINTA-FEIRA, ESTAVA TÃO INQUIETO quanto um animal enjaulado.

Tentei assistir a algo na Netflix, tentei ler. Minha casa já estava perfeitamente limpa, a grama toda cortada. Só conseguia pensar em Poppy. Em vê-la à noite.

Por fim, desisti e fui para o quarto. Sentei-me na cadeira ao lado da cama e abri o zíper da calça jeans. Tinha passado o dia todo meio ereto, e só pensar em me masturbar — algo que havia negado a mim mesmo nos últimos três anos — foi suficiente para me impelir à ação. Acariciei-me até meu pau ficar totalmente duro, lembrando-me da sensação de ter a boceta úmida de Poppy pressionada contra mim. Eu me inclinei para trás, o maxilar contraído, enfim me deixando levar e pegando o celular.

Ela atendeu ao segundo toque.

— Alô? — Aquela voz. Era ainda mais rouca ao telefone. Segurei meu pau e me acariciei lentamente.

— Onde você está?

— Estou no trabalho. — Podia ouvi-la se movimentando, como se estivesse indo para um lugar mais reservado para conversar. — Mas já estou quase terminando. O que houve?

Hesitei. Meu Deus, aquilo era uma grosseria, mas queria a voz dela em meu ouvido enquanto me tocava.

— Estou duro, Poppy. Tanto que não consigo pensar direito.

— Oh — disse ela em um tom de quem absorvia a informação. — Ai, Tyler, você está…

— Sim.

— Como? — perguntou ela, e pude ouvi-la se mover de novo, e então ouvi uma porta se fechar. — Onde?

— Estou no meu quarto. Minha calça jeans está abaixada.

— Suas pernas estão abertas? Está sentado ou deitado? — Suas perguntas estavam repletas de desejo, de tesão. Isso fez com que eu me acariciasse com mais intensidade.

— Estou sentado. Sim, minhas pernas estão abertas. Isso me faz lembrar de quando você se ajoelhou entre elas e me chupou.

— Quero fazer isso de novo — ela ronronou, e de alguma forma eu sabia que Poppy também estava se tocando. — Quero lambê-lo da base até a cabeça. Quero engolir seu pau todinho.

— Também quero isso.

— Está usando a mão inteira ou só os dedos?

— A mão inteira — falei, e me masturbava de verdade agora, querendo muito que ela estivesse ali.

— Espere um pouco — disse ela, e houve alguns segundos de silêncio. Depois meu celular vibrou. — Você recebeu uma mensagem — ela acrescentou, a voz sedutora.

Afastei o celular do rosto e quase desmaiei. Ela havia me enviado uma foto de seus dedos enterrados na boceta.

— Você é tão safada — falei. E então chegou outra. Essa em um ângulo que me permitia ver seu salto alto preto apoiado na beirada de uma escrivaninha.

Minha nossa.

— Estou ouvindo você agora — disse Poppy. — Consigo ouvir você acariciando seu pau. Meu Deus, queria poder te ver neste momento.

— Eu também queria que pudesse me ver — falei, e consegui virar a câmera do celular e ligar o vídeo, tudo com uma só mão, porque não pretendia diminuir o ritmo.

— Estou tão molhada — disse ela. — Estou fazendo uma bagunça aqui. Estou na sala do meu chefe agora. Humm. Meus dedos estão deslizando bem gostoso e queria que fosse o seu pau, e não os meus dedos. Queria muito. Escolhi estes saltos hoje sabendo que os cravaria em suas costas mais tarde.

Mantive a imagem dos saltos e daquela boceta perfeita em minha mente, enquanto deixava as palavras dela me enfeitiçarem. O orgasmo tomou meu corpo e gemi alto, com o esperma jorrando do meu pau, e murmurei "nossa" conforme o fluxo diminuía aos poucos.

— Adoro ouvir você — veio a voz dela pelo fone de ouvido. — Seus gemidos. Pensei neles ontem à noite em meu quarto de hotel enquanto me tocava.

— Safada. — Enviei o vídeo para ela. — Agora é sua vez de verificar suas mensagens.

Houve uma pausa e depois pude ouvir o som inconfundível da minha masturbação enquanto ela assistia ao vídeo. Ouvi meu gemido ecoando no escritório do chefe dela. — Ai, meu Deus — ela sussurrou, e ficou evidente que eu estava no viva-voz agora. — Minha nossa, Tyler. Se estivesse aí, lamberia até a última gota.

— Se estivesse aqui, teria ido tudo para dentro da sua boceta apertada — grunhi.

— *Meu Deus* — ela gemeu. E depois: — Sim. — E isso foi seguido de pequenos suspiros que fizeram meu pau acordar de novo. E, por fim, o silêncio, pontuado por um suspiro alto e o rangido da cadeira quando ela se endireitou.

Ouvi o clique quando ela pausou o áudio.

— Tyler?

— Sim?

O sorriso era evidente em sua voz.

— Fique à vontade para me ligar quando quiser.

De alguma forma, consegui levar o resto do dia, correndo até não conseguir mais pensar, juntando material para a proposta de mesa-redonda do bispo Bove enquanto olhava para o relógio com impaciência (e reprimia a culpa ao reunir anotações sobre pecado sexual).

Por volta das sete da noite, meu celular vibrou.

Estou em casa. Quer que eu vá para a sua casa?

Respondi de imediato.

Encontro você na igreja.

A noite de quinta-feira era a única da semana sem atividades, grupos ou estudos bíblicos, então a igreja estava vazia. Ainda era cedo o suficiente para estar claro lá fora, e eu queria a desculpa plausível de estar prestando aconselhamento ou cuidando dos orçamentos caso alguém a visse entrando na igreja. Sua ida à casa paroquial sozinha à noite, do nada, seria um pouco mais difícil de justificar.

Entrei pela porta dos fundos e quase voei pelo corredor até o nártex, onde as portas da frente estavam trancadas. Girei o ferrolho e abri a porta, e lá estava Poppy com um vestido vermelho curto e saltos altos pretos, os lábios vermelhos, toda pronta para mim.

Queria ser gentil no início, trocar mais daqueles beijos profundos e doces que nos deixavam zonzos e atordoados, mas aquele vestido e aqueles saltos…

Que se danasse a gentileza.

Agarrei seu pulso e a puxei para dentro, mal tendo tempo de virar a chave antes de empurrá-la contra a porta e grudar minha boca na dela. Segurei sua bunda e a levantei, de modo que ela ficasse realmente presa entre a madeira da porta e minha pélvis, que eu esfregava nela enquanto nos beijávamos.

E foi aí que descobri que ela não estava vestindo calcinha.

— Poppy — falei, interrompendo o beijo para passar a mão entre nós —, o que é isso?

— Eu avisei — disse ela, tentando recuperar o fôlego. — Você me deixou toda molhada hoje, precisei tirar a calcinha.

— Então passou o resto da tarde sem ela?

Ela assentiu, mordendo o lábio.

Ainda segurando-a, eu a levei para o salão da igreja, usando minhas costas para abrir a porta. Ela passou as pernas ao redor de minha cintura, e era tão natural, parecia tão certo tê-la em meus braços, que eu não queria colocá-la no chão.

— Estou em apuros? — perguntou ela, um pouco tímida.

— Sim — grunhi, mordiscando seu pescoço. — Em grandes apuros. Mas, primeiro, vou fazer você se curvar para ver exatamente quanto tem se comportado mal.

Meu plano era levá-la ao meu escritório, mas não podia esperar os cinco minutos que demoraríamos para chegar; eu mal era capaz de me controlar para não abrir o zíper da calça e penetrá-la ali mesmo. Poderia colocá-la sobre um banco, mas queria que ela pudesse se equilibrar e se segurar. O piano ficava do outro lado da igreja, mas o altar... a sagrada mesa de mármore estava a apenas dois passos.

Perdão, pensei, e subi os degraus baixos com Poppy nos braços. Coloquei-a no chão e a virei de frente para o altar, feliz ao ver que ela ficaria na altura perfeita com aqueles saltos altos.

— O altar — ela murmurou. — Serei seu sacrifício hoje?

— Está se oferecendo?

Em resposta, ela apoiou as mãos sobre a toalha do altar, um gesto que curvou suas costas, destacando o contorno redondo de sua bunda.

— Ah, muito bom, cordeirinho, mas não o suficiente.

Pressionei uma mão contra suas costas e a empurrei para baixo, observando a saia subir lentamente pela parte de trás de suas coxas enquanto ela se curvava. Eu a empurrei até que seu rosto ficasse encostado no altar e, em seguida, prendi os pulsos dela acima da cabeça.

— Não se mova nem um milímetro — sussurrei baixinho em seu ouvido, depois caminhei até a sacristia, onde encontrei um cíngulo. Quando voltei para a abside, ela estava imóvel como eu a havia deixado, o que me agradou profundamente. Eu a recompensaria por isso mais tarde.

Com rapidez, amarrei a corda branca em volta de seus pulsos e mãos, pensando na oração que os padres deveriam fazer ao amarrarem suas cordas. *Cinge-me, Senhor, com o cinto da pureza, e extirpa de mim os humores da luxúria…*

Enrolado em seus pulsos, prendendo aquela mulher aos meus desejos, o cíngulo fazia o exato oposto de seu propósito, sem extirpar nada. Todo o meu corpo estava em chamas em relação ao dela, labaredas já tomando cada centímetro de minha pele, e a única maneira de apagá-las seria afundar minhas bolas em sua deliciosa boceta. Deveria me sentir mal com isso.

Deveria.

Dei um passo para trás para admirar meu trabalho: a forma como seus braços pareciam esticados para a frente e unidos, como uma prisioneira em súplica; a forma com que seus saltos pretos se cravavam no carpete; a forma com que sua bunda estava à mostra e à minha disposição.

Voltei para ela, levantando a bainha de sua saia com um dedo.

— Esse vestido mostra muita coisa, meu cordeirinho. Sabe quanto?

Ela olhava para mim por cima da curva do ombro.

— Sim — disse ela. — Estou sentindo o ar sobre mim…

Ajoelhei-me atrás dela, como fizera daquela vez após sua confissão, mas desta vez apenas para observar. A saia, de fato, só cobria o que ela precisava, e o mais leve movimento teria revelado a borda rosada de sua boceta.

— Por que colocou esse vestido hoje, Poppy?

— Eu queria… queria que você me fodesse com ele.

— Que safada. Mas não tanto quanto estar em público, no trabalho, com sua boceta nua tão exposta. — Eu me levantei e passei as mãos por suas coxas, pegando o tecido macio e erguendo-o acima do quadril dela. — E se o vento tivesse levantado sua saia? — Acariciei sua bunda enquanto falava. — E se tivesse descruzado as pernas e alguém estivesse olhando do ângulo certo?

A voz foi abafada por seu braço.

— Eu costumava ficar nua por dinheiro. Não estou preocupada com isso.

Paf.

Ela arfou, e observei a marca da mão vermelha em sua bunda, nítida mesmo sob a luz fraca do fim da tarde.

— *Eu* estou preocupado com isso — retruquei. — Você sabe como sinto ciúme dos homens que puderam vê-la assim? Quanto sinto ciúme de você com Sterling?

— Não deveria sent…

Paf.

Ela estremeceu e, em seguida, alongou-se para aproximar a bunda da minha mão.

— Sei que não deveria sentir — respondi —, mas não é esse o ponto. Não uso sua vida pregressa contra você. Mas isso — deixei minha mão deslizar para baixo e tocar sua boceta, que estava quente, inchada e úmida —, vou fazer isso hoje à noite. Vou fazer com que ela seja minha. E você se comportou mal por ser tão imprudente com ela assim.

Dei outra palmada em Poppy, que gemeu.

— Não sei o que você tem de especial — disse a ela, inclinando-me para perto de seu ouvido. — Mas você traz à tona o homem primitivo que há em mim. Olhe para mim, Poppy.

Ela obedeceu, aquele lindo olho âmbar espreitando por cima do braço amarrado. Toquei sua boceta, que estava muito escorregadia na palma da minha mão, e precisei de muito controle para não mostrar quanto aquilo me deixava louco, o fato de ela ficar tão excitada com as palmadas e a submissão. Mas tinha de verificar esse assunto, era a última pergunta, porque não queria ir para o inferno das feministas, além dos outros infernos aos quais já estava destinado a ir.

Toquei-a mais uma vez, e ela se esforçou para manter o olhar fixo em mim.

— Poppy, eu... quero ser assim com você. Rude. Possessivo. Mas você tem que me dizer que está tudo bem. — Apoiei minha cabeça em suas costas, esfregando meu rosto em seu pescoço. — Diga que está tudo bem, Poppy. É só dizer. — Meu Deus, aquele cheiro de lavanda, o roçar sedoso de seus cabelos contra minha bochecha e a sensação de sua boceta molhada pulsando em minha mão. — É só... Meu Deus.

— Sim — confirmou ela, e sua voz era urgente, clara, alta. — Sim, por favor.

— Por favor o quê? — Eu tinha que ter certeza. Porque as coisas que eu queria fazer com aquela mulher... Levítico não tinha chegado perto do que eu queria, na verdade; nem de longe havia coberto todas as maneiras com que eu queria tê-la. Pude notar o sorriso em sua voz, unido ao tom de desejo.

— Tyler, você é exatamente o que eu quero. Pode me usar. Seja bruto. Deixe marcas. — Ela fez uma pausa. — Por favor.

Isso era tudo de que eu precisava. Beijei sua nuca e depois me endireitei para bater em sua bunda novamente, esfregando o local logo em seguida, para aliviar o ardor.

— Levante-se e vire-se para trás — dei a ordem, e ela obedeceu de imediato. A expressão em seu rosto quando ela se virou era suficiente para me fazer gozar: a expressão dela era de quem faria qualquer coisa, *qualquer coisa*, para ser fodida naquele momento, e eu tinha em mente um monte de coisas para ela fazer.

Mas antes...

Desamarrei seus pulsos, beijando as leves marcas deixadas pela corda, e, em seguida, desci o zíper de seu vestido. A peça caiu a seus pés, deixando-a completamente nua, com exceção dos saltos

altos. Passei um minuto admirando-a, estudando os seios firmes e delicados, grandes o bastante para serem apertados, mas pequenos o suficiente para se sustentarem empinados.

Sua barriga macia, magra e ligeiramente arredondada, com o tipo de quadril no qual era possível cravar os dedos. O formato em V de sua boceta, delicadamente macia, e a curva irresistível da bunda.

— Acabei de perceber que não está usando seu... — Ela fez um gesto para a garganta.

— Dia de folga — falei, minha voz mais rouca do que eu esperava. Levei a mão à nuca e agarrei o tecido da camiseta, puxando-a sobre minha cabeça e tirando-a do corpo, apreciando o modo como os lábios de Poppy se entreabriram e ela levou a mão à boca ao me fitar. Abri o cinto, deslizando o couro pelos passadores da calça jeans, e o deixei cair no chão. Chutei meus sapatos para longe e tirei a calça.

Normalmente, gostava de ficar parcialmente vestido durante o sexo, mas queria dar a ela a minha nudez, como um presente. E, de modo egoísta, queria sentir cada centímetro de sua pele contra a minha. Aquela era minha primeira transa em três anos, e me recusava a perder uma única coisa que fosse.

— Venha aqui — falei. — E se ajoelhe.

Ela obedeceu, sua respiração se tornando audível. Ajoelhou-se na minha frente e cruzou os tornozelos atrás do corpo, provocando-me com aqueles saltos.

— Tire para mim! — mandei, apontando o queixo para minha cueca boxer preta. Ela a tirou, puxando-a impacientemente para baixo, e gemi quando minha ereção foi enfim liberada.

Ela pressionou os lábios vermelhos e macios contra a pele sedosa do meu pênis.

— Quero chupar você — ela disse olhando para mim. — Quero te dar prazer.

Encontrei seus lábios com meu polegar, passando-o ao longo do lábio inferior dela e puxando-o para baixo, para abri-lo ainda mais.

— Fique assim — disse a ela, guiando meu pau para dentro de sua boca.

Minha nossa.

Minha nossa, que sensação maravilhosa.

Poucos dias tinham se passado desde o sábado, mas tinha me esquecido de que a boca daquela mulher era como um pedaço do céu, quente e úmida, e com aquela língua inquieta que dançava pelo meu pau.

Passei as mãos por seus cabelos, destruindo o penteado lindo que ela tinha feito, aos poucos recuando e me deliciando com cada segundo em que seus lábios e língua beijavam minha pele. Depois deslizei para dentro de novo, com menos suavidade desta vez, meu olhar passando dos lábios dela para os saltos, e depois para o modo como a mão dela fazia movimentos circulares no clitóris, enquanto eu lentamente metia em sua boca.

Ela manteve os olhos fixos nos meus, encarando-me por baixo daqueles longos cílios escuros, e pensei em todas as vezes que eles me distraíram e em todas as vezes que quis comer Poppy até cansar (e depois dar uma palmada naquela bunda por me deixar tão louco).

Agarrei com mais força os cabelos dela. Queria meter forte, queria fazer seus olhos lacrimejarem, queria meter até chegar ao ponto em que mal conseguisse me conter, para gozar na garganta dela.

— Pronta? — sussurrei para ela, mantendo-me cauteloso, ainda querendo ter tudo consensual.

E então ela soltou um gemido de frustração, como se estivesse irritada por eu estar pedindo mais uma vez.

— Que cordeirinho safado — eu disse, e meti o pau com força em sua boca. Eu a ouvi engasgar quando atingi o fundo da garganta, mas só lhe dei um instante antes de penetrar de novo, e de novo. Sabia que eu era mais comprido e mais largo do que a maioria dos homens, sabia que era mais difícil me acomodar, mas não ia lhe dar escolha alguma enquanto ela não pedisse, não depois daquela sua reação. — Gosta de ser safada? Gosta que eu a castigue?

Ela conseguiu assentir com a cabeça, os olhos lacrimejantes piscando para mim de maneira honesta e ousada, e eu sabia que era verdade.

Soltei um palavrão.

— Você vai me deixar louco.

Ela sorriu com meu pau na boca e, *meu Deus*, eu precisava ser absolvido de todos esses pecados, porque nem mesmo o próprio São Pedro teria sido capaz de se controlar diante daquela mulher. Penetrei sua boca mais algumas vezes, até sentir aquele arrepio familiar em minha barriga e, em seguida, saí, arfando com a respiração irregular devido ao esforço que fiz para não gozar em todo aquele rosto lindo.

Em vez disso, usei o polegar para enxugar os olhos de Poppy, agora borrados de maquiagem e lacrimejantes. O batom, levemente manchado, deixei como estava.

Na verdade, era tentador demais para não beijar, lamber e mordiscar, e eu a levantei para poder fazer exatamente isso enquanto a acompanhava até o altar. Seus lábios estavam inchados por causa de minha intensidade e, ainda assim, muito receptivos ao meu beijo, tão deliciosamente macios. Gemi contra sua boca enquanto Poppy me lambia e provava minha língua, e eu movia a boca com mais força contra a dela. Cada vez mais forte, até perder o fôlego por beijar aquela mulher.

Eu a coloquei no altar, mas não interrompi o beijo, acariciando seus seios e quadris. Era quase impossível parar, mas estava chegando a um ponto em que pouco importava além de estar dentro dela, por isso me contive.

— Deite-se — falei ao me separar da boca dela, mantendo a mão atrás de sua cabeça para que não se machucasse acidentalmente.

Era um altar comprido, e ela não era muito alta, então conseguiu se acomodar confortavelmente, com espaço de sobra. Passei a mão por sua barriga enquanto contornava a mesa, ficando de frente para a igreja, como se estivesse prestes a realizar o rito da eucaristia. Só que, em vez do corpo e do sangue de Cristo, eu tinha Poppy Danforth diante de mim.

Passei a ponta do nariz ao longo de seu maxilar, muito lentamente, descendo e percorrendo seu corpo, adorando o modo como ela se arqueava e se retorcia ao meu toque com tanta avidez. Ela era um banquete para mim: dobras, cavidades e curvas suaves, e tê-la assim era como puxar oxigênio para dentro dos pulmões pela primeira vez ao emergir da água, algo poderoso e instintivo, e não me importava nem um pouco no momento com todos os pecados que estava cometendo; ia me deleitar com cada minuto daquilo.

Mordi a parte interna de suas coxas. Circulei cada centímetro de sua boceta com minha língua. Apertei os seios de Poppy com minhas mãos ásperas até que ela gemesse, mordisquei seu umbigo e chupei seus mamilos até que ela se contorcesse no altar. Roubei beijos *dela* em vez de compartilhá-los *com ela*. Enfiei os dedos em sua boceta, não para fazê-la sentir prazer, mas para que eu pudesse aproveitar a sensação de meus dedos deslizando ali.

Sabia que ela sentia prazer com tudo aquilo e queria que ela gozasse, muitas vezes e com força, quando estivesse comigo. Mas naquele momento? Enquanto eu a apalpava, a apertava, inalava seu cheiro e me alimentava de seus suspiros? Aquilo era para mim.

Quando me saciei do que queria, quando estava tão duro que não conseguia mais pensar direito, subi no altar com ela, ajoelhando-me entre suas pernas abertas. Esperei por um segundo; esperei que a voz de Deus surgisse, esperei por uma intervenção celestial, como quando Abraão teve seu único filho amarrado e pronto para o sacrifício. Mas não aconteceu. Havia apenas Poppy e sua respiração ofegante enquanto ela murmurava:

— Por favor por favor por favor…

Não sabia como alguém podia descartar Poppy de um modo tão insensível como sendo apenas uma mulher sempre disposta ao sexo, como nada mais do que uma prostituta com um corpo exuberante.

Porque naquele momento, com seu olhar tão intenso e sua pele tão corada, ela era a coisa mais sagrada que eu já vira. Um milagre encarnado. Esperando que minha carne se unisse a ela.

— Você é linda demais — falei, passando um dedo por seu maxilar. E então peguei sua mão, entrelaçando meus dedos com os dela. — Aconteça o que acontecer depois disso, só quero que saiba que valeu a pena. *Você* valeu a pena. Você fez tudo valer a pena.

Ela abriu a boca e depois a fechou novamente, como se não conseguisse encontrar as palavras certas para dizer. Uma única lágrima escorreu pelo canto de seu olho, e me inclinei sobre ela para beijá-la.

— Tyler... — ela começou, mas eu a silenciei com um beijo.

— Apenas ouça — falei, abaixando-me entre suas pernas. Ela estremeceu quando a cabeça do meu pênis encostou em sua entrada. — Este... — eu disse, e empurrei meu pau parcialmente para dentro dela, mal conseguindo respirar ao senti-la tão apertada. — Este é o seu corpo.

Baixei a cabeça e segurei a delicada pele de seu pescoço com os dentes.

— Este é o seu sangue — sussurrei em seu ouvido, penetrando-a até o fim, e ela gritou enquanto suas costas se arqueavam sobre o altar. — Esta é você — disse a ela e ao santuário vazio. — Esta é você, entregue a mim.

Ficamos imóveis depois disso, absorvendo a nova sensação de estarmos um no outro, a sensação dos meus quadris pressionados contra a maciez dela, a sensação de sua boceta apertando meu pau. Estava com receio de acabar gozando só de estar assim, só de estar dentro dela. Mas depois notei que Poppy mordia o lábio e que sua respiração estava trêmula, e percebi que ela se adaptava ao meu tamanho. Eu mal cabia dentro dela, e, o que é pior, era isso que fazia a sensação ser tão boa.

Meu Deus, eu era tão idiota. Não a havia preparado devidamente, e parte de mim achava isso excitante, tão excitante que mal consegui cuidar dela como um bom homem deveria fazer. Tive de me inclinar e morder seu pescoço e ombros repetidamente para me forçar a ficar quieto — tudo o que eu queria era penetrá-la como se ela fosse uma boneca, socar nela como se nada existisse além de sua boceta.

Mas não, não era assim que nossa primeira vez deveria ser. Eu disse que queria ser bruto, mas o sexo selvagem que eu estava morrendo de vontade de ter com ela seria demais, e eu não suportaria abusar do meu cordeirinho daquele jeito.

Por fim, controlando-me um pouco, tirei metade do pau de dentro dela e me abaixei para esfregar seu clitóris, achando que a faria gozar e depois terminaria de outra forma que não a machucasse. Mas ela pegou minha mão.

— Não faça isso — disse ela. — Não seja um bom moço. Disse a você o que eu queria. E agora você vai me dar.

— Mas quero que aproveite também.

— Eu vou aproveitar — disse ela, os olhos arregalados, francos e fervorosos. — Me dê o que eu quero, Tyler. Eu quero. Por favor.

Gemi com as palavras dela, meu pênis pulsou e eu a penetrei lentamente. Minhas coxas e braços tremiam devido ao desejo reprimido, mas eu não podia ser um cara *desses*, não queria ser um cara assim, que usava uma mulher a seu bel-prazer e não a fazia sentir prazer. Poppy disse que queria, e sei que pedi e obtive permissão, mas, ainda assim, ela não sabia como eu poderia ser rude, como poderia ser intenso.

Ela passou os braços em volta do meu pescoço e se levantou para falar em meu ouvido.

— Como posso fazer você perder o controle? Assim? — Ela se remexeu sob meu corpo, e respirei fundo, pois o movimento, repentino depois daquela pausa, quase foi demais para mim. — Como posso convencê-lo a acabar comigo?

Porra.

— Eu sei que é isso que você quer — ela continuou, ronronando em meu ouvido. — Consigo senti-lo tremendo. Vá em frente. Tire e depois enfie de novo, lá dentro. Não é uma delícia?

Claro que sim, porra. A sensação era tão boa que fiz de novo, e de novo, fechando os olhos e exalando de forma lenta e irregular. A cada penetração, eu me esfregava em seu clitóris, saindo devagar para tocar seu ponto G, uma voz insistente me dizendo para garantir que ela gozasse, mas meu outro lado lutando contra essa voz e implorando para que eu a comesse sem pensar em mais nada.

— Onde está o homem que me deu uns tapas? — perguntou ela. — Onde está o homem que fodeu minha garganta até meus olhos lacrimejarem?

Meus olhos permaneciam fechados, mas então os abri, encontrando seu olhar.

— Não quero machucar você — falei, o tom grave devido ao esforço para me conter. — Eu me importo demais com você.

— Tyler — ela implorou —, você já fez isso antes comigo.

— Não desse jeito.

— Olhe — ela exigiu. — Olhe para nós.

Eu fiz isso, saindo até ver a cabeça, e foi um erro, porque ver onde estávamos unidos era muito sensual, muito carnal, e um arrepio subiu pela minha coluna, e eu nem sabia o que era — luxúria, amor, biologia ou destino —, mas minha tentativa de ser nobre falhou e a fera dentro de mim se manifestou.

— Me perdoe — murmurei e, em seguida, fui até o fim. Ela gemeu de surpresa e deitei meu corpo sobre o seu, passando a me apoiar apenas com os antebraços, nosso tronco pressionado um contra o outro, meus quadris cravados na parte interna de suas coxas. Prendendo-a assim, eu a penetrei várias e várias vezes, tomando repetidas vezes aquela boceta de veludo.

— Mais — ela gemeu, e dei a ela o que queria.

Ouvi seus saltos caírem no chão e a toalha do altar deslizar. Eu a penetrava com muita força, mas não me importava, estava perdido em mim mesmo, perdido nela e perdido para o mundo e tudo o mais, exceto para os grunhidos e gemidos em meu ouvido e a boceta molhada debaixo de mim.

Era perfeito; estava transando com aquela perfeição, e não me importava com mais nada além disso; só queria pensar no meu pau e em encher aquela mulher com porra, e por que diabos o pecado era tão gostoso?

Nem sabia direito o que dizia enquanto metia nela: *Meu Deus, por favor* e *me desculpe* e *você é tão apertada* e *eu tenho que, tenho que, tenho que.*

E ela me respondia com palavras que saíam em suspiros, grunhidos e soluços, *assim mesmo* e *mais forte* e *quase, estou quase lá.*

Mais fundo, eu tinha que ir mais fundo, embora soubesse que não havia como, fisicamente falando, então beijei sua boca com violência, fúria e devoção. Nós dois mal conseguíamos respirar, mas nos recusávamos a parar, e eu a fodia sem parar, sentindo-a se contrair, se contorcer e, por fim, explodir sob meu corpo. Ela se contorceu mais, soltando gritos abafados pelo beijo, suas unhas deixando marcas avermelhadas em minhas costas, e nós galgamos seu orgasmo juntos, porque ela era selvagem, uma mulher possuída, e era como ter uma tigresa embaixo de mim, mas continuei montado nela e estava quase, quase lá, e eu ainda a beijava quando meti uma última vez e gozei.

Gozei de forma excruciante.

Cada pulsação do meu pau era como uma pulsação da minha alma, e cada músculo que se tensionava e se contraía era como um soco no peito; eu estava plenamente *receptivo* àquela mulher em todos os sentidos, com meus nervos à flor da pele, meu coração aberto e minha alma eterna no ritmo de meus quadris que não paravam, do meu pênis pulsante e do esperma que agora se espalhava por toda parte, vazando no tecido branco sobre o altar, e, sim, era por isso que a igreja queria que o casamento e o sexo andassem de mãos dadas; era por isso que eu me sentia tão casado com ela naquele momento quanto um homem poderia estar casado com uma mulher.

Dei umas últimas estocadas, extraindo até a última gota de orgasmo de dentro de mim, e depois me levantei, apoiando-me nas mãos para fitá-la.

Ela abriu um sorriso preguiçoso e satisfeito, e me falou:

— Amém.

TREZE

ENTREI NA SACRISTIA E SAÍ com um pequeno pano branco de formato retangular, um purificador. Em geral, era usado para limpar o cálice da eucaristia após cada gole de vinho.

Naquela noite, eu o usei para limpar Poppy.

Você pode estar pensando que transar em meu altar, usando objetos sagrados normalmente reservados para rituais da mais alta ordem, significava que eu não estava levando minha fé a sério, que havia passado do pecado ao sacrilégio, mas não era a verdade. Ou, pelo menos, não era toda a verdade. Não conseguia explicar, mas era como se, de alguma forma, *tudo* fosse sagrado, o altar e as relíquias, e nós dois em cima dele. Sabia que, passado aquele momento, haveria culpa. Haveria consequências. Haveria a lembrança de Lizzy e de todas as coisas pelas quais eu queria lutar.

Mas, naquele instante, com o cheiro de Poppy em minha pele, com seu gosto em meus lábios, eu só sentia conexão, amor e a promessa de algo vívido e colorido.

Ao terminar de limpá-la, eu a envolvi na toalha do altar e a levei até a beira da escada, onde me sentei. Embalei-a em meus braços, roçando os lábios em seus cabelos e pálpebras, murmurando as palavras que eu achava que ela deveria ouvir: que era linda, deslumbrante e perfeita.

Queria pedir desculpas, embora minha mente e minha alma ainda girassem em um turbilhão, deslumbradas com tudo aquilo, então não tinha certeza de se estava arrependido de ter perdido o controle e ter sido tão bruto com ela, ou se estava arrependido de termos feito sexo.

Só que não me sentia arrependido. Porque *aquele* momento fazia tudo ter valido a pena, até mais do que o sexo transformador que tínhamos acabado de fazer. Aquele momento em que ela estava enrolada em meus braços, a cabeça em meu peito, respirando satisfeita contra minha pele. Onde o tecido do altar a cobria com fartas dobras, embora ainda fosse possível ver partes de pele pálida.

Ela deslizou os dedos pelo meu peito, descansando-os em minha clavícula, e eu a abracei como se pudesse pressioná-la para atravessar minha pele e adentrar minha alma.

— Você quebrou seu voto — disse ela por fim.

Olhei para ela; Poppy estava sonolenta e triste. Pressionei meus lábios contra sua testa.

— Eu sei — respondi finalmente. — Eu sei.

— O que acontece agora?

— O que você quer que aconteça?

Ela piscou para mim.

— Eu quero transar com você de novo.

Eu ri.

— Tipo... agora?

— Sim, tipo agora.

Ela se contorceu em meus braços até ficar encaixada em meu colo, e bastou um de seus beijos profundos para me deixar duro de novo. Levantei-a e me guiei para dentro dela, gemendo baixinho contra seu pescoço quando ela se sentou em mim.

Lampejos de sensações se tornaram familiares. Calor e umidade. Sua bunda contra minhas coxas. Os seios tão perto da minha boca.

— O que quer que aconteça agora, Tyler? — ela perguntou, e eu não conseguia acreditar que estava me perguntando isso *agora*, enquanto estava montada em mim, mas, quando tentei responder, percebi o porquê. Ela não queria que eu fosse reservado, ela queria que eu fosse honesto e direto e, naquela situação, eu não podia ser outra coisa.

— Não quero que isso acabe — admiti. Ela rebolou os quadris para a frente e para trás sobre mim, e pressionei meu rosto em seu peito naquele instante, sentindo meu orgasmo chegando rápido demais, muito rápido mesmo. — Sinto como se eu...

Mas não fui capaz de terminar a frase. Nem mesmo naquele momento, quando ela tinha a mim completamente à sua mercê. Era muito cedo, sem dizer que era ridículo.

Padres não podiam se apaixonar.

Eu não tinha permissão para me apaixonar.

Seus dedos se enroscaram em meus cabelos e ela puxou minha cabeça para trás para poder me encarar.

— Eu digo se você não disser — ela falou.

— Poppy...

— Quero saber tudo sobre você. Quero que me diga o que pensa sobre política, quero que leia as Escrituras para mim, e quero conversar em latim. Quero transar com você todos os dias. Fantasio constantemente com nós dois morando juntos, vivendo cada momento juntos. O que é isso, Tyler? Só pode ser...

Tapei a boca dela com a mão e, em um instante, eu a tinha deitada de costas comigo dentro dela.

— Não diga isso — pedi a ela. — Ainda não.

— Por quê? — ela sussurrou, os olhos arregalados e um pouco magoados. — Por que não?

— Porque, quando disser, quando *eu* disser, tudo terá que mudar.

— Já não mudou?

Ela estava certa. Mudara quando a tinha beijado na presença de Deus. Mudara quando a havia curvado sobre aquele piano. Talvez tenha mudado até mesmo quando ela entrara no meu confessionário.

Mas, se eu a amava... se ela me amava... o que isso significava para todo o meu trabalho aqui? Não poderia manter um caso secreto e ao mesmo tempo empreender uma cruzada contra a imoralidade sexual entre os membros da igreja; e, se me afastasse de minha vocação, perderia a capacidade de fazer aquela defesa. Perderia o homem que eu era.

A única alternativa era perder Poppy, e não estava pronto para pensar nisso ainda. Então, em vez de responder à pergunta dela, eu a virei, penetrando-a por trás e deslizando a mão ao redor de seu quadril, para encontrar seu clitóris. Apenas três ou quatro movimentos como esse e ela chegou lá, como eu sabia que aconteceria; quanto mais agressivo eu era, mais rápido ela gozava.

Fui pelo mesmo caminho que ela, entoando seu nome como uma oração e bombeando o tempo todo, como se pudesse foder de modo a espantar o futuro e suas escolhas terríveis.

Meu Deus, o que eu não daria para não precisar escolher.

— Ainda não consigo acreditar em como sua casa é limpa — disse Poppy.

Estávamos em minha cama, depois de limpar o santuário e de irmos até a casa paroquial. Eu mexia em seus cabelos com uma fascinação que beirava a reverência, adorando aqueles caracóis longos e escuros com meus dedos e roçando meus lábios neles. Estávamos conversando preguiçosamente deitados, passando de comentários sobre *The Walking Dead* e textos favoritos em latim até todas as maneiras pelas quais tínhamos sofrido por desejar um ao outro no último mês.

Estava prestes a beijá-la de novo quando ela disse isso, então me contentei em deslizar a mão sob os lençóis e tocar seus seios.

— Gosto de limpeza.

— Acho isso admirável. Só que não encontramos muito disso em homens como você.

— Homens como eu? Padres?

— Não. — Ela se virou para mim sorrindo. — Alguém jovem. Charmoso. Bonito. Você teria sido um empresário fantástico, sabia?

— Meus irmãos são empresários — falei. — Mas nunca me interessei por essas coisas. Nunca quis dinheiro, sucesso ou poder. Sempre gostei de coisas antigas: línguas antigas, rituais antigos. Deuses antigos.

— Acho que consigo imaginá-lo adolescente — ela disse, pensativa. — Aposto que deixava as meninas loucas por ser gostoso, atlético *e* estudioso. E muito limpo.

— Não, eu nem sempre fui limpo. — Resisti por um momento a explicar, mas tínhamos acabado de compartilhar algo tão íntimo; por que esconderia isso dela? Só porque era deprimente? De repente, quis compartilhar. Queria que ela soubesse de todas as coisas sombrias que eu carregava sozinho. Queria mostrar a ela todos os meus fardos e queria que ela os tirasse de mim com sua mente brilhante, compaixão e elegância.

Afastei minha mão de seu seio e deslizei os dedos sob suas costelas, aconchegando-a contra mim.

— O dia em que encontrei minha irmã — eu disse — era um sábado de maio. Estava caindo uma forte tempestade e, apesar de ser dia, tudo estava escuro, como se fosse noite. Lizzy tinha levado o carro de Sean da faculdade para casa, já que os dois estudavam na Universidade do Kansas na época. Então, ela estava em casa no fim de semana. Meus pais tinham levado Aiden e Ryan para almoçar fora, e achei que eles haviam levado Lizzy também. Eu tinha dormido até tarde e acordei com a casa vazia.

Poppy não disse nada, mas se aninhou ainda mais em mim, dando-me coragem.

— Houve um clarão de luz e um barulho enorme, como se um transformador houvesse explodido e a energia tivesse sido cortada.

Fui pegar a lanterna, mas as pilhas estavam descarregadas, então tive que ir até a garagem para pegar mais. Morávamos em Brookside, em uma casa mais antiga, com garagem separada. Tive de andar na chuva e, quando cheguei lá, estava tão escuro que não a vi logo de cara...

Poppy encontrou minha mão e a apertou.

— Peguei as pilhas e, por sorte, um raio caiu bem quando eu estava me afastando, pois, caso contrário, não a teria visto. Ela estava suspensa ali, como se estivesse congelada no tempo. Nos filmes, eles estão sempre balançando e há um rangido, mas ela estava bem quieta. Simplesmente parada. Lembro-me de ter corrido até ela, tropeçando em uma caixa de leite cheia de cabos, e depois uma torre de latas de tinta rolou por toda parte enquanto me levantava do chão. Havia uma escada que ela havia usado... — Não consegui pronunciar as palavras, não consegui dizer "uma escada que ela havia usado para se enforcar".

Engoli em seco e continuei:

— Posicionei a escada na posição vertical e subi nela. Só depois que a coloquei no chão foi que percebi que minhas mãos estavam sujas de quando eu havia tropeçado. Estavam molhadas pela chuva e tinham tocado a sujeira, o óleo e a fuligem, e eu havia deixado manchas em todo o rosto dela.

Respirei fundo, revivendo o pânico, a ligação apressada para a emergência, a conversa entrecortada com meus pais. Eles tinham corrido para casa, e meus pais e Aiden chegaram à garagem apenas alguns passos antes da polícia, e ninguém pensou em manter Ryan do lado de fora. Ele tinha apenas oito ou nove anos quando viu a irmã morta no chão da garagem. E depois as luzes vermelhas e azuis, os paramédicos e a confirmação do que a pele fria e os olhos vazios já haviam evidenciado.

Lizzy Bell, voluntária em um abrigo de animais, fã de Britney Spears, e todas as outras milhares de coisas que fazem parte da vida de uma garota de dezenove anos, estava morta.

Por instantes, só houve o som de nossa respiração, o leve farfalhar dos lençóis enquanto Poppy esfregava o pé contra o meu, e então as lembranças voltaram lentamente para o fundo da minha mente.

— Minha mãe ficou tentando limpar as manchas — falei por fim. — Enquanto esperávamos que os legistas viessem buscar o corpo. Por todo aquele tempo. Mas graxa não sai com facilidade e, por isso, Lizzy ficou com aquelas manchas até o momento da despedida. Odiei isso. Odiei muito. Por isso, tomei como missão limpar aquela maldita garagem de cima a baixo, e foi o que fiz. E, desde então, tenho mantido tudo limpo em minha vida.

— Por quê? — perguntou Poppy, movendo-se para se apoiar em um dos cotovelos. — Isso o faz se sentir melhor? Você se preocupa com a possibilidade de algo assim acontecer de novo?

— Não, não é isso. Não sei por que ainda faço isso. É uma compulsão, eu acho.

— Parece uma penitência.

Não respondi àquilo, remoendo as informações na minha cabeça. Quando ela disse aquelas palavras, deu a impressão de que eu ainda lutava contra a morte dela, lutava contra a culpa de ter dormido até tarde naquele dia e não estar acordado para impedi-la. Mas já haviam se passado dez anos e eu não podia estar preso àquilo, certo?

— Como ela era? — perguntou Poppy. — Quando estava viva.

Pensei por um minuto.

— Ela era mais velha do que eu. Então, às vezes era maternal, às vezes era má comigo. Mas, quando eu tinha medo do escuro quando criança, ela sempre me deixava dormir em seu quarto, e sempre me protegia quando eu chegava em casa depois do horário combinado com meus pais, quando era adolescente.

Tracei as linhas iluminadas das persianas no edredom com meu olhar.

— Ela gostava muito, *muito mesmo*, de músicas pop horrorosas. Costumava deixar os CDs no rádio de Sean quando pegava o carro dele emprestado, e ele ficava muito irritado quando seus amigos entravam no carro e começava a tocar alguma *boy band* ou Britney Spears.

Poppy inclinou a cabeça.

— Lizzy é a razão pela qual você ouve Britney Spears — ela adivinhou.

— Sim — admiti. — As músicas me fazem lembrar dela. Ela costumava cantar tão alto em seu quarto que era possível ouvi-la em qualquer lugar da casa.

— Acho que eu teria gostado dela.

Sorri.

— Acho que teria gostado, sim. — Mas depois meu sorriso desapareceu. — No fim de semana do enterro, Sean e eu decidimos que iríamos fugir dos parentes que estavam em casa por alguns minutos e sair para comer no Taco Bell. Eu queria dirigir, mas não pensamos... não nos lembramos de que ela tinha sido a última pessoa a entrar no carro. A música começou a tocar, e Sean ficou... ele ficou chateado.

"Chateado" não era a palavra certa para descrever o estado de meu irmão mais velho. Ele tinha acabado de fazer vinte e um anos e, por isso, sofria o luto pela morte de Lizzy ao estilo irlandês, com muito uísque e pouquíssimas horas de sono. Eu havia girado a chave na ignição e as primeiras notas de "Oops!... I Did It Again" começaram a tocar absurdamente alto, porque Lizzy havia aumentado o volume, e nós dois congelamos, olhando para o rádio como se um demônio tivesse acabado de sair da abertura do CD. Ele então começou a gritar e xingar, chutando o painel com tanta força que o velho plástico se rachou, o carro inteiro tremendo diante de sua fúria e de sua dor tão grande. Eles eram os mais próximos em idade, Lizzy e Sean, por isso eram grandes amigos e inimigos também. Haviam compartilhado carros, amigos, professores e uma faculdade, com apenas um ano de diferença, e, de todos nós da família, a morte dela fez o estrago maior no dia a dia dele.

Então, Sean abriu um buraco no carro naquele dia, e depois fomos no Taco Bell e nunca mais falamos sobre isso. Até hoje, nunca falamos.

— Nunca contei essa história a ninguém antes — eu disse. — É mais fácil falar sobre a Lizzy assim.

— Assim como?

— Pelado e abraçado a você. Apenas... com você. Tudo é mais fácil com você.

Ela encostou a cabeça em meu ombro. Ficamos ali deitados por alguns instantes e, quando pensei que Poppy tivesse adormecido, ela disse na escuridão:

— Lizzy é o motivo pelo qual você tem medo de se soltar comigo?

— Não — respondi, surpreso. — Por que seria?

— Parece que ela é a motivação por trás de muito do que você faz. E ela foi machucada sexualmente. Eu me pergunto se isso o deixa com medo de fazer a mesma coisa, de fazer com outros o que aconteceu com ela.

— Eu... acho que nunca pensei nisso dessa maneira. — Encontrei os cabelos dela de novo e brinquei com eles. — Talvez seja por isso, não sei. Foi na faculdade que descobri que eu gostava de fazer sexo assim, mas era difícil. Quando conhecia uma garota confiante, inteligente e cheia de amor-próprio, ela não queria que o sexo fosse bruto. Quando conhecia uma garota que gostava de sexo violento, era assim por ter algum problema emocional, e sim, nesse caso, eu pensava em Lizzy. Quantos sinais nós deixamos passar! E se algum dia eu descobrisse que um cara havia se aproveitado dela porque ela se sentia assim...

— Parece que você teve muito azar com as mulheres.

— Não necessariamente. Tive algumas namoradas bem legais na faculdade. Mas era mais fácil manter essa parte de mim em segredo, ter as namoradas saudáveis e confiantes, e o sexo sem graça. Era mais seguro.

— Aí você se tornou padre.

— Isso era *bem* mais seguro.

Ela se sentou e olhou para mim, com linhas de sombra e luz da rua em seu rosto.

— Bem, você não está me machucando. Estou falando sério. Olhe para mim, Tyler.

Foi o que fiz.

— Não gosto de sexo bruto por ter problemas emocionais. Fui tratada como uma princesa a vida inteira, mimada, elogiada e protegida de tudo o que poderia me prejudicar. O Sterling foi a primeira pessoa que não me tratou assim.

Sterling.

Meu maxilar se contraiu. Não gostava do fato de ele ter sido o primeiro em tantas coisas para ela (o que, eu sei, não era nada razoável, mas, mesmo assim... Talvez o que eu não gostasse fosse do fato de ela se lembrar de tantas de suas primeiras vezes com ele de forma tão intensa).

— Parte disso provavelmente se deve ao fato de ser um tabu e, portanto, algo ligado à putaria, e por isso me excita. Mas o outro lado é porque isso faz com que eu me sinta inabalável. Forte. Como se o homem com quem estou me respeitasse o suficiente para ver isso. E sou forte o bastante para ter essa experiência no quarto e uma vida perfeitamente saudável fora dele.

— É uma pena que não tenha dado certo com o Sterling.

Uau, Tyler. Golpe baixo. Mas estava inquieto e com ciúmes, e sentindo que estava sendo acusado de algo que não era minha culpa.

Ela se enrijeceu.

— Não deu certo com o Sterling porque ele não consegue diferenciar os dois, o quarto e a vida real. Ele acha que, por eu gostar da maneira como ele me tratava durante o sexo, era assim que eu queria ser tratada o tempo todo. Que eu só queria ser uma prostituta, quando, na verdade, eu queria ser uma prostituta para ele apenas quando estávamos sozinhos. E foi por isso que me afastei dele na boate.

Não antes de deixar que ele fodesse você.

Como se pudesse ler meus pensamentos, ela estreitou os olhos.

— Você tem ciúmes dele?

— Não — menti.

— Você nem deveria estar deitado aqui comigo — disse ela. — Não podemos andar de mãos dadas em público, não podemos fazer nada juntos sem que isso seja um pecado. Você pode perder seu emprego e, essencialmente, ser exilado da única coisa que dá sentido à sua vida, e está preocupado com meu ex-namorado?

— Está bem, está bem. Sim. Sim, tenho ciúmes dele. Tenho ciúmes de ele voltar aqui atrás de você, e tenho ciúmes por ele *poder* fazer isso. Ele pode vir atrás de você. E eu não posso.

Minhas palavras ficaram suspensas no ar por um longo instante.

Ela abaixou a cabeça.

— Tyler... o que nós fizemos? O que estamos fazendo?

Lá vinha ela de novo com aquilo. Com aquilo sobre o que eu não queria pensar. Abracei-a e a puxei para cima de mim, deitando-me de modo que ela se ajoelhasse sobre meu rosto.

— Deveríamos conversar sobre isso — disse ela, então passei a língua em seu clitóris, ela gemeu e eu soube que tinha conseguido congelar o momento mais uma vez, deixando aquela conversa e todas as suas decisões para outra ocasião.

CATORZE

JESUS DISSE QUE O QUE É FEITO NA ESCURIDÃO será levado à luz. E, quando acordei sozinho em minha cama naquela manhã, soube exatamente o que Ele queria dizer. Porque tudo o que eu havia conseguido afastar na noite anterior estava de volta, em destaque, e não só tive de enfrentar aquilo como também tive de fazer isso sozinho.

Onde ela estava? Não havia nenhum bilhete, nenhuma mensagem, nenhuma caneca de café na pia. Ela tinha ido embora sem se despedir, e isso me deixou com um nó no peito.

Ela é uma pessoa comum, lembrei a mim mesmo. Era isso o que as pessoas comuns faziam: elas se conheciam, transavam e seguiam em frente. Não se apaixonavam em um piscar de olhos.

Na noite anterior, no entanto, ela estivera prestes a dizer isso. Estava a ponto de se declarar… ou será que havia sido coisa da minha cabeça? Talvez eu tivesse imaginado que aquela faísca entre nós era mútua, algo compartilhado. Talvez eu tivesse despertado a curiosidade dela — um padre bonitão —, e agora que ela havia satisfeito a curiosidade estava pronta para seguir em frente.

Havia quebrado meu voto por uma mulher que não se importava sequer o suficiente para ficar até o café da manhã.

Entrei no banheiro e, quando me vi no espelho, me deparei com um rosto com barba por fazer e cabelos desgrenhados, além da mancha inconfundível de um chupão na clavícula.

Odiava o homem daquele reflexo e quase dei um soco no espelho, querendo ouvi-lo se estilhaçar, querendo sentir a dor forte de mil cortes profundos. Depois me sentei na beirada da banheira, cedendo à vontade de chorar.

Eu era um bom homem. Tinha me esforçado muito para ser um bom homem, dedicando-me a levar a vida da maneira que Deus queria. Aconselhava, consolava, passava horas e horas em oração contemplativa e meditação.

Eu era um bom homem.

Então, por que havia feito aquilo?

Poppy não estava na missa matinal e não tive notícias dela durante todo o dia, embora tenha passado pela janela mais vezes do que o necessário para verificar se seu Fiat azul-claro ainda estava na garagem.

Estava.

A cada três minutos verificava se chegara uma mensagem no celular; digitei várias mensagens que apaguei e depois me repreendi por isso. Tinha acabado de chorar como um bebê no meu banheiro. Tinha chorado de soluçar, soluços idiotas que ecoaram pelo ambiente. Era melhor se nos mantivéssemos distantes um do outro. Não era capaz de manter a concentração quando estava perto dela. Não era capaz de manter o controle. Ela me fazia sentir como se cada pecado e castigo valessem a pena só para ouvir uma de suas risadinhas roucas, e o que eu precisava fazer agora era organizar a bagunça que eu chamava de vida e resolver as coisas. Aceitar aquela distância era o símbolo da prudência e da castidade, e o primeiro resquício de sabedoria que tinha demonstrado desde que a conhecera.

Meu orgulho ferido por ela ter ido embora sem se despedir nada tinha a ver com isso.

Naquela noite, aconteceu a festa de retorno às aulas do grupo de jovens, então passei a noite comendo pizza, jogando videogame e tentando evitar que os meninos fizessem papel de idiotas enquanto tentavam impressionar as meninas. Depois que o último adolescente deixou a igreja, limpei o porão e fui para casa, tirei a roupa e vesti um moletom. Fiquei olhando pela janela do meu quarto para a garagem de Poppy, perdido em pensamentos.

A igreja dizia que tudo a respeito de nós dois estava errado. Que era luxúria e fornicação. Mentira. Traição.

Mas a igreja também falava sobre o tipo de amor que transcendia todo e qualquer limite, e a Bíblia estava repleta de histórias de pessoas que cumpriam a vontade de Deus *e* tinham desejos muito humanos. Quer dizer, o que era o pecado? Quem estaria sendo prejudicado pelo fato de Poppy e eu nos amarmos?

É uma *questão de confiança*, lembrei a mim mesmo. Porque, enquanto eu lutava com a natureza epistemológica do pecado como o teólogo experiente que eu era, também era um clérigo, e clérigos tinham de ser práticos. A questão era que eu havia chegado ali para construir confiança na igreja, para desfazer os erros de outro homem. E, por mais que meu relacionamento com Poppy fosse consensual, isso ainda assim arruinaria tudo. Meu trabalho, meus objetivos, minha homenagem à morte de Lizzy.

Lizzy.

Tinha sido tão bom falar sobre ela. Não falávamos muito sobre ela em minha família. Na verdade, não falávamos nada, a menos que eu estivesse sozinho com minha mãe. E falar sobre ela não tinha aliviado a dor, necessariamente, mas a tornara diferente. Mais fácil. Saí da janela e fui até a mesa de cabeceira para pegar o terço que eu gostava de usar, um conjunto de contas de prata e jade.

Ele tinha sido de Lizzy.

Não rezei, mas passei as contas pelos dedos enquanto permanecia sentado, pensando e me rendendo à inquietação e, por fim, deixando a mente se perder no labirinto desgastado da preocupação e da culpa.

Na renovada dor espinhosa de sua ausência e em todos os medos que ela inspirava. Tudo isso contra o que lutar, e o que mais me assombrava ao adormecer era a possibilidade de que Poppy tivesse se cansado de mim.

No dia seguinte, houve o café da manhã com panquecas, e Poppy apareceu, embora tenha me evitado, conversando apenas com Millie e saindo assim que o último convidado subiu as escadas.

— Ela veio à reunião do "Vinde e vede" ontem à tarde — contou Millie. — Parece bastante interessada em participar. Eu lhe expliquei como seria o catecismo, e acho que está disposta, embora tenha perguntado se poderia fazer isso em outra igreja. — Millie olhou para mim com firmeza. — Vocês dois não se desentenderam, não é?

— Não — murmurei. — Está tudo bem.

— Então é por isso que hoje cedo vocês dois pareciam estar em agonia?

Estremeci. Millie era mais perspicaz do que a maioria das pessoas, mas não queria que *ninguém* notasse a dinâmica entre mim e Poppy, fosse ela tensa ou amigável. Só tínhamos feito sexo uma vez, e isso já estava se infiltrando por todas as fendas possíveis.

— A St. Margaret precisa dela, padre Bell. Espero que não planeje foder com tudo.

— Millie.

— O quê? — perguntou ela, pegando sua bolsa bordada. — Uma senhora idosa não pode falar palavrão? Atualize-se, padre.

E ela foi embora.

Millie tinha razão. A St. Margaret precisava de Poppy. E eu precisava de Poppy. E a St. Margaret precisava de mim, e Poppy precisava de mim. Muitas pessoas precisavam de muitas outras pessoas, e não havia como eu manter todos os pratinhos girando; deixaria algum deles cair e haveria consequências catastróficas.

Foi só no domingo à noite que a angústia me dominou e mandei uma mensagem para ela.

Pensando em você.

Meu peito e minha garganta pareciam ter sido costurados, e quase pulei quando vi os três pontos na tela, mostrando que ela digitava uma resposta. E então eles desapareceram.

Soltei um longo suspiro. Ela havia parado de digitar. Não ia responder.

Não queria nem pensar no que aquilo significava. Então, em vez disso, me deliciei com um ensopado feito por Millie, três episódios de *House of Cards* e uma boa dose de uísque.

Adormeci com o terço de Lizzy entre os dedos, de alguma forma me sentindo mais distante do que nunca de minha própria vida.

Não tinha visto Poppy na missa naquela manhã, então a última coisa que esperava depois da confissão de Rowan era que ela entrasse no confessionário.

Talvez tivesse sido o rangido hesitante da porta, o inconfundível farfalhar de um vestido contra coxas macias ou o arrepio que imediatamente se espalhou por minha pele, mas sabia que era ela sem que dissesse uma palavra sequer.

Ela fechou a porta da cabine e ficamos sentados em silêncio por um tempo, ela respirando com calma e eu batendo o polegar ansiosamente contra a palma da mão, odiando o fato de já estar meio duro só por estar ao lado dela.

Por fim, perguntei:

— Onde você esteve?

Ela soltou um longo suspiro.

— Aqui. Estive bem aqui.

— Não foi o que pareceu. — Estava envergonhado por soar tão amargo e ferido, mas também não me importava. Tyler Bell aos vinte e um anos nunca deixava uma garota passar por baixo de sua capa de orgulho, nunca demonstrava a uma moça que ela o havia machucado. Mas eu tinha quase trinta anos e já tinha passado da faculdade há muito tempo, e o que significava quase nada para mim naquela época tinha muito mais significado agora.

Ou talvez eu não tivesse mudado. Talvez esse fosse o efeito que Poppy teria sobre mim em qualquer idade, em qualquer lugar. Ela havia feito algo comigo, e pensei (com um pouco de petulância) que não era justo. Não era justo que ela pudesse simplesmente se sentar ali e não ficar tão abalada quanto eu em relação a nós, fosse lá o que "nós" significasse nesse caso.

— Está bravo comigo? — ela perguntou.

Eu me recostei na madeira.

— Não. — Reconsiderei. — Um pouco. Não sei.

— Então, está.

As palavras escaparam de meus lábios:

— É só que parece que estou arriscando tudo, e você não está arriscando nada, e você é quem está se afastando, e isso não parece justo.

— Estou me afastando do quê, Tyler? De um relacionamento que não podemos ter? De um sexo que vai destruir sua carreira ou coisa pior? Passei os últimos três dias batendo a cabeça contra a parede porque quero você, quero demais, mas, se o tiver, vou arruinar sua vida. Como acha que isso *me* faz sentir? Acha que eu quero destruir seu sustento, sua comunidade, só para ter o que quero?

Sua explosão permaneceu em minha mente por muito tempo depois que ela parou de falar. Isso não tinha me ocorrido, que ela pudesse se sentir culpada, que ela se sentiria culpada. Que quisesse me evitar porque não poderia suportar a culpa de participar de algo que me destruiria.

Não sabia como responder. Estava grato, confuso e ainda magoado, tudo ao mesmo tempo. Então, falei a única coisa que me veio à mente:

— Faz quanto tempo desde sua última confissão?

Ela suspirou.

— Então é assim que essa conversa vai continuar?

Não me importava com como a conversa se encaminharia, desde que acontecesse, desde que eu pudesse continuar conversando com ela.

— Se você quiser.

— Sabe de uma coisa? Eu quero.

Poppy

Sexo antes do casamento é pecado, certo? E tenho certeza de que fazer sexo com um padre é pecado. E provavelmente transar no altar não está em nenhum lugar das Encíclicas Papais, mas acho que também é pecado. Portanto, vou confessar esses pecados. Vou confessar como me senti delirante naquele altar, tendo você entre minhas pernas. Finalmente convencendo-o a se soltar. Estávamos mais humanos do que nunca, mais animalescos *do que nunca, mas, de algum modo, eu ainda me sentia muito próxima de Deus, como se a minha alma estivesse acordada, alerta e dançando. Eu olhava para o crucifixo, para Cristo pendurado na cruz, e pensava: é assim que é ser dilacerada por amor. É assim que é renascer. Olhava para a imagem por cima de seu ombro, e você me penetrava, assim como os pregos penetraram a carne de Cristo, e tudo pareceu um mistério secreto e cintilante, profundo e acroamático. Sinto como se tivéssemos feito algo insondavelmente ancestral, que nos deparamos com alguma cerimônia secreta que nos fundiu. Mas como posso saborear esse sentimento, como posso celebrá-lo se ele tem um preço tão alto?*

Disse a você que me sinto culpada, e isso é verdade, mas tem a ver com tantas outras coisas que não consigo separar a culpa da alegria e do desejo. A todo momento, acho que cheguei a uma decisão, que vou lhe dizer que devemos respeitar seus votos e escolhas, ou que vou lhe dizer que devemos descobrir um jeito, qualquer jeito que seja, de ainda podermos nos ver. Mas, aí, mudo de ideia.

A preocupação é um pecado, até eu sei disso, mas sou mais do que apenas um lírio do campo. Sou um lírio que foi arrancado da terra e colocado a seus pés. Quando se trata de você, estou sem raízes, indefesa e à sua mercê para receber sol e água. E eu nem deveria ser sua. Como posso não me preocupar?

Ontem à noite, quis muito responder à sua mensagem, mas não sabia o que dizer, como destilar meus pensamentos em duas ou três frases coesas. Queria ir até sua casa e conversar, mas sabia que, ao fazer isso, não seria capaz de não tocar você, de não transar com você, e não queria tornar as coisas mais complicadas do que já estavam.

Então fiquei olhando para sua mensagem, imaginando exatamente como você deveria estar pensando em mim, e me perguntei se estaria pensando sobre como foi me penetrar. Sobre como eu me movia sob seu corpo. Fiquei me perguntando se estava se lembrando de sua cozinha e de nós dois ali enquanto você me penetrava.

Portanto, eis aqui minha confissão final. Ajoelhei-me em meu quarto como se fosse rezar, mas, em vez de rezar, abri as pernas e me fiz gozar com os dedos, fingindo ser você.

E, quando cheguei ao orgasmo, pedi a Deus que você me ouvisse chamando seu nome.

QUINZE

AS PESSOAS PODERIAM ME JULGAR pela forma como minha respiração acelerou. Pela forma como me apalpei por cima da calça. Mas a imagem de Poppy de joelhos, com os olhos fechados e pensando em mim, enquanto seus dedos brincavam com aquela linda boceta, era demais para resistir.

— Poppy — falei, desafivelando meu cinto —, conte-me mais.

Sabia que ela tinha ouvido o cinto. Sabia que ela tinha ouvido o zíper. Sua respiração ficou um pouco alterada.

— Usei uma mão para tocar meus seios — ela sussurrou. — E a outra para estimular o clitóris. Eu queria tanto o seu pau, Tyler, só conseguia pensar nele. Em como ele me preenche. Em como você acerta o ponto perfeito, todas as vezes.

Ainda inclinado para trás, coloquei o pau para fora da cueca boxer e o agarrei, movendo a mão lentamente para cima e para baixo.

— No que estava pensando quando gozou? — perguntei. Meu Deus, como eu gostava dessa safadeza, gostava demais disso.

Poppy não me decepcionou.

— Pensei em você me comendo por trás enquanto me penetrava com os dedos. Em você tirando o pau para gozar em minhas costas.

Que merda. Eu já estava duro antes, mas agora… agora eu praticamente tinha um pau de concreto. Quem estava enganando com isso? Precisava transar com ela de novo, e ia fazer isso ali mesmo na igreja, no meio do dia.

— Vamos ao meu escritório — falei, os dentes cerrados. — Agora.

Ela saiu do confessionário e eu a segui, me ajeitando novamente, mas sem me preocupar em subir o zíper. Assim que entramos na sala, fechei e tranquei a porta, e parti para cima dela ao mesmo tempo que ela se atirava em mim.

Juntamo-nos como duas nuvens carregadas, uma tempestade de seres distintos que imediatamente se tornam um só. Éramos mãos, lábios e dentes, éramos mordidas, beijos e gemidos, e eu a guiei para trás, querendo colocá-la sobre a mesa, mas nossas pernas se enroscaram e caímos no chão, meus braços sendo uma gaiola ao redor dela.

— Você está bem? — perguntei, preocupado.

— Sim — ela respondeu com impaciência, agarrando meu colarinho para me puxar de volta para seus lábios. Seus beijos me levaram a um frenesi, a suavidade de sua boca ecoando o calor dentro de sua saia.

— Preciso ter você — consegui dizer entre os beijos. Era a constatação de um fato. Um aviso. Deslizei uma mão para baixo e descobri que, mais uma vez, ela estava sem roupas íntimas. — Que safada — eu disse. — Safada pra caralho.

Ela se contorceu sob meu toque, empinando a bunda para dar mais acesso à minha mão, e beijei seu pescoço enquanto enfiava dois dedos em sua boceta. Ela já estava tão molhada, e minha atitude grosseira parecia despertá-la ainda mais, porque suas mãos agarraram minha camisa e ela arfou enquanto eu continuava meu ataque, deixando coisas terríveis escaparem de minha boca, como *putinha* e *vadia* e *você quer, você sabe que quer*.

Ela gemeu, minhas palavras provocando-a mais do que meus dedos conseguiriam, e um lado meu estava envergonhado de quanto me excitava dizer aquelas coisas degradantes para ela, mas outro lado meu dizia a essa parte para calar a boca e fazer logo o que queria.

Grudei os lábios nos dela enquanto puxava a cueca para baixo o suficiente para liberar meu pau e, depois, movi os quadris para a frente, penetrando-a de uma vez.

Ela passou as pernas ao redor de minha cintura, e seus braços em volta do meu pescoço, a boca ardente passando por todos os lugares; era como segurar um fio elétrico, a maneira como ela se movia e se contorcia embaixo de mim enquanto eu a penetrava, deixando que a dúvida, o ciúme e o medo me dominassem. Eu a foderia até que ela sentisse ser minha. Eu meteria nela até que Poppy não conseguisse se afastar.

Eu a comeria até que *eu* não conseguisse me afastar.

Cada investida me deixava cada vez mais perto, mas um pensamento não me abandonava, e pressionei meu corpo contra ela, contra seu clitóris, sentindo-a se contorcer e se retorcer. Ela estava perto de gozar.

— Quero comer seu cuzinho, Poppy — falei. Passei a ponta de meu nariz ao longo da linha de seu maxilar, fazendo-a estremecer. — Quero foder você *lá*.

— Ai, meu Deus — ela sussurrou. — Sim. Por favor.

Não havia tempo para pensar na logística, não havia tempo sequer para pensar em arranjar algum outro lugar. A meros passos de distância havia algo que serviria, e não ia perder tempo procurando outra coisa.

Tirei meu pau, tão duro que doía, e me endireitei.

— Fique aí — ordenei, guardando meu membro de novo para fazer a curta caminhada até o sacrário nos fundos da igreja, o pequeno armário onde guardávamos os óleos sagrados.

Minhas mãos tremeram ao abrir a porta. Eram óleos que haviam sido benzidos durante a Semana Santa pelo meu bispo, óleos usados somente para sacramentos como batizado e crisma, e para a unção dos enfermos. Escolhi um frasco de vidro com óleo, o Óleo de Crisma, e voltei para onde Poppy estava, evitando olhar para o crucifixo e o tabernáculo.

Ela ficara à porta, a saia ainda enrolada ao redor da cintura, as bochechas coradas. Depois de trancar a porta novamente, fiquei de pé sobre ela e puxei a gola clerical, na tentativa de retirá-la.

— Não — disse ela, as pupilas grandes e escuras. — Deixe assim.

Meu pau pulsou. *Que safada.*

— Você vai me matar — disse a ela enquanto me ajoelhava. Eu a coloquei de bruços, de modo que sua deliciosa bunda ficasse de frente para mim e para que ela pudesse apoiar a cabeça em seus braços, se precisasse. Abri a tampa do frasco e pinguei um pouco do óleo na ponta do meu dedo, que depois usei para tingir um círculo escorregadio ao redor do botão cor-de-rosa apertado dela. Poppy estremeceu com a minha carícia, involuntariamente se contraindo toda vez que meu toque chegava ali. Mas sua boceta também se contraiu, e pude ver como ela começava a pressionar os quadris contra o chão, tentando aliviar um pouco a rigidez de seu clitóris.

Pinguei mais óleo em meus dedos e comecei a provocar a borda, massageando para soltá-la. O cheiro, um cheiro ancestral, de igreja, invadiu a sala.

— Sabe o que é isso, Poppy? — perguntei.

Ela chacoalhou a cabeça contra os braços.

— É um óleo sacramental. É usado para batismos e ordenações. É usado até mesmo para ungir as paredes de uma igreja durante sua construção. — Passei a mão pela inclinação lisa e firme de suas costas, sentindo-a suspirar sob meu toque, e, naquele momento, deslizei um dedo para dentro.

Ela arfou.

— Estou ungindo você agora — eu a informei. — Estou purificando você de dentro para fora. Está sentindo isso? É o meu dedo fodendo sua bunda. E já, já será meu pau. Meu pau vai consagrar você. Não, não se toque, linda. Vamos chegar lá juntos.

Peguei sua mão, que estava sob a barriga, e a coloquei perto de sua cabeça, enquanto continuava a massagear seu ânus com o óleo e meu dedo. Era muito apertado, e saber que meu pau tomaria aquele lugar em questão de minutos foi o suficiente para me transformar em um homem selvagem. Não podia mais esperar. Coloquei uma boa quantidade de óleo na palma da mão e, em seguida, segurei meu pau, e a visão à minha frente e minha própria mão forte e escorregadia quase me fizeram perder o controle.

— Tyler — disse Poppy, olhando para trás para me ver —, eu já fiz isso antes. Mas nunca com alguém do seu tamanho. — Ela parecia um pouco preocupada, mas também continuava a se esfregar no chão, desesperada para ser fodida.

Queria dizer a ela que seria gentil com seu cuzinho, mas também não queria prometer o que não sabia se conseguiria cumprir (porque, *porra*, eu mal conseguia me conter só de olhar para ela). Então, falei:

— Se você me mandar parar, eu paro na hora, está bem?

Ela assentiu e abaixou a cabeça, elevando os quadris para me encontrar. Inclinei-me para baixo, com uma mão guiando meu pau até a entrada dela e a outra pegando o óleo, derramando mais em sua bunda e em meu pau até nós dois estarmos muito escorregadios.

Coloquei o frasco no chão e comecei a acariciar suas costas enquanto me pressionava contra seu ânus, sentindo-a se abrir gradual e lentamente para mim, me recebendo.

A cabeça do meu pau forçou e forçou e, por fim, superou a resistência inicial. De repente, eu estava dentro dela e seu ânus envolvia meu membro num calor diferente de tudo o que eu já havia sentido antes, mesmo com as outras namoradas com quem já havia feito aquilo. Tive de abaixar a cabeça e respirar fundo várias vezes, com inspirações profundas, contando até dez, até ter certeza de que não iria perder o controle muito cedo, antes de saboreá-la adequadamente.

Pressionei um pouco mais.

— Ah, cordeirinho, vai ser apertado — eu avisei.

E foi mesmo.

Quando a penetrei até o fim, fiz uma pausa, dando a ela um momento para se acostumar com meu tamanho. Ela inspirou e expirou e, em seguida, inspirou com força e desejo, enquanto eu encontrava seu clitóris e começava a massageá-lo. Não me movi por muito tempo, deixando apenas que ela sentisse minha plenitude enquanto eu explorava toda a tensão que havia acumulado nela, levando-a ao precipício para que pudéssemos pular juntos.

Queria perguntar se ela estava pronta para mais, mas sabia como ela ficava frustrada com o Tyler bonzinho sempre pedindo permissão, então me movi devagar, atento a cada movimento, para o caso de ela sinalizar que precisava de um tempo ou que queria parar.

Levantei seus quadris, guiando-a para que ficasse de quatro. *Pausa.*

Endireitei meu corpo enquanto continuava a esfregar seu clitóris. *Pausa.*

Tirei só um centímetro e depois penetrei só um centímetro. *Pausa.*

E, pouco a pouco, ela passou do ajuste ao desejo, empinando a bunda como a gatinha gulosa que era, gemendo em protesto sempre que minha mão deixava seu clitóris. E proporcionei a ela mais e mais, até chegar ao ponto de sair até a cabeça e deslizar de novo para dentro, ainda sem pressa — até com calma, mas agora aumentando o ritmo.

O tempo todo, eu acariciava suas pernas e costas, esfregando seu clitóris, enquanto lhe dizia que era uma vadia muito boazinha por me deixar foder sua bunda deliciosa, uma putinha obediente, e que ela pertencia a mim, certo? Ela queria sentir só a mim dentro dela, só queria meu pau, meus dedos e minha boca.

Ela assentia com a cabeça ao ouvir minhas palavras, todas elas, e estremecia enquanto eu metia nela, coberta de suor e trêmula como se estivesse febril. Pretendia contê-la ainda mais um pouco, mas vê-la daquele jeito me deixou louco, obcecado com a ideia de ela gozar enquanto eu fodia seu cuzinho, então enfim me concentrei no clitóris pra valer, pressionando a ponta do meu dedo médio contra ele e fazendo círculos com a rapidez de que ela gostava.

Em segundos, ela gritava, pressionando a bunda contra meus quadris, de modo que eu estava enterrado até as bolas, seus dedos raspando no carpete e grunhidos ininteligíveis saindo de sua garganta.

Eu a vi se entregar por completo, fragmentos de Poppy Danforth, tão elegante e ponderada, se desfazendo ali na minha frente, deixando para trás uma criatura trêmula e incoerente de desejo e, depois, ela disse uma palavra, e foi isso: perdi totalmente o controle. O controle, meus votos, nada além da necessidade de marcar aquela mulher da forma mais primitiva e mais baixa possível.

Uma palavra.

Sua.

E então fui bruto, agarrando seus quadris e metendo nela, grunhindo, em busca do prazer máximo enquanto ela arfava após seus gemidos, e sua bunda estava tão escorregadia, tão apertada, me apertando e me agarrando, e depois tudo me tomou como um tsunami obscuro, um verdadeiro frenesi, comigo metendo e urrando enquanto sentia o prazer descendo minha coluna até chegar às bolas, e, porra, eu estava gozando, gozando, gozando, e as bordas de minha visão escureceram; ia desmaiar enquanto bombeava, desmaiaria ou apenas continuaria gozando e gozando, como se não tivesse fim.

Havia retirado meu pau no último momento para poder observar minha porra cobrindo a bunda e as costas dela, gotas e jatos como uma espécie de chuva, escorrendo pela sua entrada e sobre o contorno de suas costas e quadris.

Quando minha visão clareou e meus sentidos voltaram, pude admirar meu trabalho, a mulher ofegante e trêmula à minha frente, coberta *por mim*.

Poppy se esticou de barriga para baixo, de alguma forma tornando o movimento elegante e erótico.

— Me limpe — ela ordenou como a rainha que era, e me apressei em obedecer. Limpei-a com uma toalha molhada e a mantive no chão enquanto massageava seus quadris, coxas, costas e braços, murmurando as coisas mais doces em que pude pensar em latim e em grego, citando o Cântico dos Cânticos enquanto cobria cada centímetro de sua pele com beijos.

E percebi, pela maneira como ela sorria sozinha, pela maneira como fechava os olhos de vez em quando, como se tentasse conter as lágrimas, que isso era algo que Sterling nunca tinha feito. Ele nunca havia cuidado dela depois do sexo, nunca a havia acariciado, elogiado e recompensado.

Sequer tentei não me sentir triunfante com aquilo.

E, depois que a havia limpado, eu e ela nos sentamos e tratamos de nossa arrecadação de fundos. Ela me ajudou a preparar tudo para o grupo de estudos dos homens e depois foi para o grupo de mulheres na casa de Millie. E o tempo todo eu sentia o cheiro do bálsamo em sua pele e na minha, e apenas estar com aquela mulher a cada minuto de cada dia seria suficiente para saciar o desejo do meu corpo.

Ou, ainda mais perigoso, para saciar o desejo do meu coração.

DEZESSEIS

ALGO MUDOU PARA MIM NAQUELE DIA, algo que percebi estar mudando há algum tempo. Era como a sensação que eu tinha quando criança, quando tirava os patins depois de algumas horas com eles e meus pés pareciam anormais de tão leves. Ou talvez como a sensação de quando eu acampava com meu pai e Ryan, e finalmente podíamos jogar nosso equipamento no chão depois de várias horas de caminhada, e eu me sentia tão leve que podia jurar estar flutuando.

Não havia um nome para aquilo, mas trazia leveza e elevação, e tinha algo a ver com Lizzy. Algo a ver com o fato de ter falado sobre sua morte e as consequências dela para Poppy, algo a ver com as palavras murmuradas por Poppy: *Lizzy é o motivo pelo qual você tem medo de se soltar comigo*?

Percebi então, enquanto segurava o terço de Lizzy na mão, que ela era o motivo de muitas coisas. Ela era a razão de tudo. Sua morte era um peso que eu carregava comigo o tempo todo, um erro que eu tinha de vingar. Mas e se eu pudesse mudar isso? E se pudesse trocar vingança por amor? Afinal, era isso que os cristãos eram chamados a fazer: escolher o amor acima de tudo.

Amor. A palavra era uma bomba. Uma bomba sem explodir vivendo dentro do meu peito.

Naquela noite, mandei uma mensagem para Poppy.

Está acordada?

Um segundo se passou.

Sim.

Minha resposta foi imediata.

Posso ir até aí? Tenho um presente para você.

Bem, eu ia dizer não, mas agora que sei que tem um presente... Pode vir ;)

Atravessei o parque com cautela e em silêncio, vestindo camiseta escura e calça jeans. Era tarde, e o parque ficava em um vale natural, protegido da vista das pessoas, mas ainda me sentia nervoso enquanto caminhava a passos rápidos pela trilha, passando pela grama repleta de ervas daninhas até chegar ao portão de Poppy. Entrei, fazendo careta a cada rangido do trinco enferrujado, e, em seguida, fui até a porta dela, batendo uma vez no vidro com o nó do dedo.

Ela abriu a porta, e seu rosto se iluminou com o sorriso mais lindo que eu já tinha visto.

— Uau — disse ela. — Você está aqui. Como uma pessoa de verdade.

— Você duvidava de que eu fosse real antes?

Ela balançou a cabeça, ficando de lado para que eu pudesse entrar e fechando a porta em seguida.

— Nunca namorei alguém que eu não pudesse namorar de fato. Mas estava meio convencida de que você só existia dentro das paredes da igreja.

— Namorar? — Minha voz saiu ansiosa demais, animada demais. Pigarreei. — Então estamos namorando?

— Não sei como *você* chama quando fode a bunda de alguém, padre Bell, mas é assim que eu chamo.

Um medo repentino se instalou em meu estômago, e dei um passo em direção a ela, agarrando sua mão e puxando-a para mim, para que eu pudesse fitar seus olhos.

— Está dolorida? — perguntei, preocupado.

Ela sorriu para mim.

— Apenas da melhor maneira possível. — Ela se levantou para beijar meu queixo e depois foi para a cozinha. — Gostaria de tomar um drinque? Deixe-me adivinhar... um cosmo? Não... um martíni de romã.

— Haha. Uísque... irlandês ou escocês, tanto faz. Mas puro.

Ela fez um gesto em direção à sala de estar e eu fui para lá, aproveitando a oportunidade para dar uma olhada em sua casa. Havia, em grande parte, caixas e latas de tinta, e, apesar da mobília atraente e dos quadros e pinturas de bom gosto apoiados na parede, era bem evidente que Poppy não tinha muito interesse nas artes domésticas.

Pilhas de livros estavam encostadas na parede, esperando um lar permanente, e passei os dedos pelas torres de lombadas, abertamente satisfeito, mas secretamente com inveja de como aquela mulher era culta. Havia os nomes de sempre, é claro: Austen, Brontë e Wharton, mas também havia outros que eu não esperava na companhia deles, como Joseph Campbell, David Hume e Michel Foucault. Estava folheando *Assim falou Zaratustra* (conhecida nêmesis das minhas aulas de história e do mestrado em teologia) quando Poppy chegou com nossas bebidas.

Nossos dedos se roçaram quando peguei meu copo de Macallan e, em seguida, coloquei-o na mesa, e também o drinque de Poppy, porque eu queria beijá-la. Queria passar as mãos por aquele pescoço esguio e cobrir seu rosto enquanto eu explorasse sua boca, e queria levá-la de volta para o sofá para poder deitá-la e, lentamente, tirar cada camada de roupa de seu corpo.

Mas estava ali para fazer algo, não para transar com ela (bem, não *só* para transar com ela), então me contentei com um beijo e depois me afastei para pegar a bebida de novo. Ela parecia um pouco atordoada pelo beijo, com um sorriso sonhador nos lábios enquanto tomava um gole de sua taça de martíni, e então declarou que ia pegar algo para nós fazermos um lanche. Continuei minha lenta análise de sua sala de estar, sentindo-me relaxado e tranquilo. *Estou fazendo a coisa certa.* Aquilo poderia ser um recomeço para nós, para mim. Algo oficial para marcar nosso relacionamento — era assim que os rituais funcionavam, não era? Algo tangível para sinalizar o intangível. Um presente para mostrar a Poppy o que ela significava para mim — o que *nós* significávamos para mim —, para mostrar a ela a transformação estranha, mas também divina, que estava acontecendo em minha vida por causa dela.

A casa era pequena, mas havia sido reformada há pouco tempo, com suas portas de madeira elegantes e a grande lareira original, e faixas de acabamento grandes e limpas. Tinha uma ampla escrivaninha de madeira ao lado de uma janela, o único indício de qualquer intenção verdadeira de desfazer as malas e ficar, com um iMac, uma impressora, pilhas de pastas organizadas e uma pequena caixa de madeira cheia de canetas que pareciam caras.

Ao lado da escrivaninha, em uma caixa de papelão aberta, estavam seus diplomas emoldurados, negligenciados e soterrados em meio a outros artigos de escritório: blocos de Post-its semiusados e caixas abertas de envelopes.

Dartmouth — bacharelado em economia, *summa cum laude.*

Tuck School of Business em Dartmouth — mestrado em administração de empresas, *summa cum laude.*

E um que eu não esperava: *Universidade do Kansas* — bacharelado em belas-artes com habilitação em dança. Esse era datado da primavera passada.

Levantei o diploma quando Poppy voltou com uma tábua de madeira repleta de queijo e peras fatiadas.

— Você tem outra formação?

Ela chegou a ficar ruborizada, ocupando-se em colocar a bandeja sobre a mesinha de centro.

— Tinha muito tempo livre quando me mudei para cá e, quando comecei a ganhar bastante dinheiro na casa de strip, pensei em fazer bom uso dele. Desta vez, meus pais não estavam por perto para me dissuadir de cursar faculdade de dança, por isso fui em frente. Consegui fazer o curso em três anos, e não quatro.

Eu me aproximei dela.

— Pode dançar para mim um dia desses?

— Posso fazer isso agora — disse ela, apoiando a mão em meu peito e me empurrando para o sofá. Ela subiu em cima de mim, me montando, e meu pênis pulsou de imediato, interessado. Mas sua coxa encostou no bolso da minha calça, e me lembrei do motivo pelo qual estava ali, afinal.

Eu a prendi com um braço em volta de sua cintura, forçando-a a ficar quieta enquanto tirava o pequeno pacote de papel de seda embrulhado do bolso.

Ela inclinou a cabeça quando o entreguei a ela.

— Este é o meu presente? — perguntou, parecendo encantada.

— É... — Eu não sabia como explicar o que era. — Não é novo.

Ela o desembrulhou, olhando para o monte de contas de jade aninhadas no papel de seda. Puxou o terço lentamente, a cruz de prata girando sob a luz fraca.

— É lindo — ela sussurrou.

— Todo mundo deveria ter um belo terço. Pelo menos, é o que minha avó sempre dizia. — Deslizei as mãos até a parte externa das coxas de Poppy, principalmente para que eu pudesse olhar para outro lugar que não fosse para o terço. — Ele era de Lizzy.

Senti seu corpo tenso em meu colo.

— Tyler — ela disse com cuidado —, não posso aceitar isso.

Ela tentou me devolver o terço, mas peguei sua mão, coloquei o objeto dentro dela e a fechei.

— Depois que Lizzy morreu, ninguém quis nada dela que lembrasse o que ela havia passado na igreja. Sua Bíblia, os santinhos e as velas dos santos; meu pai jogou tudo fora. — Eu me encolhi, lembrando-me de sua fúria quando ele descobriu que eu havia tirado o terço dela do lixo. — Mas eu queria algo dela. Queria manter todas as partes dela vivas em minha memória.

— Você não quer mais se lembrar?

— Claro que sim, mas, depois que conversamos naquela noite… percebi que também preciso deixar partes dela irem embora. E, quando penso nela… bem, sei que ela amaria você. — Encontrei seus olhos. — Ela teria amado você como eu amo.

Os lábios de Poppy se entreabriram, seus olhos se arregalaram, esperançosos e assustados, mas, antes que ela pudesse responder ao que eu havia dito, peguei seus dedos e falei:

— Vou ensinar você a usar o terço.

Sim, eu era um covarde. Tinha medo de que ela não me dissesse que me amava, e tinha medo de que ela me dissesse que me amava, *sim*. Tinha medo do laço palpável entre nós, medo da fita que passava por minhas costelas e ao redor de meu coração, que também estava entrelaçada e envolvendo o coração dela.

Seus olhos não deixaram os meus quando levei sua mão da testa ao coração, e depois para cada ombro.

— Em nome do Pai, do Filho e do Espírito Santo — eu lhe disse. Depois, coloquei seus dedos no crucifixo. — Agora nós rezamos o Credo dos Apóstolos…

Rezamos tudo juntos, com ela em meu colo, sua oração repetida em voz baixa depois da minha, nossos dedos se movendo juntos pelas contas, e foi em algum momento perto da última dezena que me dei conta de como eu estava duro, de como os mamilos dela apareciam através da regata macia. Consciente daqueles grandes olhos âmbar, dos longos cabelos ondulados e da inteligência e atenção que transpareciam em cada uma das expressões dela.

Isso é amor, pensei, meio zonzo. É assim que nos sentimos ao nos entregarmos à cruz. Isso é o que significa assumir uma vida nova… *é essa a sensação com Poppy Danforth.* E, enquanto entoava as palavras finais do terço, quase me esqueci de para quem eu rezava.

Salve, Rainha, mãe de misericórdia, vida, doçura, esperança nossa, salve!

Mais tarde naquela noite, enquanto eu me movia sobre ela e dentro dela, aquelas palavras giraram em minha mente, palavras que eram inegavelmente ligadas a Poppy, tão indelevelmente ligadas ao brilho de sua mente e ao paraíso de seu corpo.

Salve, Rainha. Doçura.

Esperança.

DEZESSETE

— JORDAN.

O padre ajoelhado à minha frente não parou de rezar, nem mesmo se virou para me encarar. Apenas continuou murmurando com a mesma voz calma e no mesmo ritmo tranquilo, e eu conhecia Jordan bem o bastante para saber que essa era a maneira educada dele de me mandar ficar na minha até que ele terminasse.

Sentei-me no banco atrás dele.

Jordan era o único padre que eu conhecia que ainda rezava a Liturgia das Horas, uma prática tão monástica a ponto de ser quase obsoleta, o que provavelmente era parte da razão pela qual isso o atraía. Assim como eu, ele adorava coisas antigas, mas seu fascínio ia além de meros livros e encontros espirituais ocasionais. Jordan vivia como um monge medieval, uma vida quase completa e totalmente dedicada à oração e aos rituais. Foi essa natureza mística e sobrenatural que atraíra tantos jovens para sua paróquia; nos últimos três anos, fora a presença dele que revitalizara aquela velha igreja do centro da cidade prestes a fechar quando ele a havia assumido, transformando-a em algo próspero e cheio de vida.

Jordan terminou suas orações e fez o sinal da cruz, levantando-se com uma lentidão proposital para me encarar.

— Padre Bell — ele falou em um tom formal.

Evitei revirar os olhos. Ele sempre tinha sido assim, distante e intenso. Até mesmo na única vez em que acabara bebendo demais no churrasco do seminário e eu tivera que tomar conta dele, pois Jordan havia vomitado a noite toda. Mas o que parecia arrogância ou frieza era, na verdade, apenas um sintoma de sua vibrante vida interior, da constante atmosfera de santidade e inspiração em que vivia, uma atmosfera que lhe era tão palpável que ele não entendia por que as outras pessoas não a sentiam assim também.

— Padre Brady — respondi.

— Imagino que esteja aqui para uma confissão?

— Sim. — Fiquei de pé e ele me olhou de cima a baixo. Houve uma longa pausa, um longo instante em que seu rosto foi de confuso e triste a impenetrável.

— Hoje não — ele disse por fim, depois se virou e começou a andar em direção ao seu escritório.

Fiquei confuso.

— "Hoje não"? Não pode ouvir minha confissão hoje? Está ocupado ou algo assim?

— Não, não estou ocupado — ele disse, continuando a se afastar.

Meu cenho se franziu. Será que se podia negar a confissão a alguém de acordo com a lei eclesiástica? Tinha certeza de que não.

— Ei, espere aí — intervim.

Jordan não esperou. Nem mesmo se virou para demonstrar que tinha escutado o que eu havia falado ou que tinha percebido que eu estava correndo atrás dele.

Entramos em um pequeno corredor repleto de portas e, enquanto o seguia rumo ao escritório, notei que aquilo era mais do que sua atitude reservada de sempre. Padre Jordan Brady estava chateado.

Com certeza, não estava chateado quando eu chegara.

— Cara — falei, fechando a porta do escritório quando entrei —, que diabos é isso?

Ele se sentou à sua mesa, a luz do início da tarde tingindo os cabelos loiros de dourado. Jordan era um sujeito bonito, com o tipo de cabelo e pele saudável que normalmente só vemos em anúncios da Calvin Klein. Também tinha condicionamento físico — havíamos nos aproximado no primeiro semestre do curso de teologia após termos nos encontrado muitas vezes na academia da região. Acabamos dividindo um apartamento nos dois anos seguintes, e eu tinha certeza de ser a coisa mais próxima de um amigo que aquele cara tinha.

E foi por isso que me recusei a ser ignorado.

Ele ficou olhando para baixo enquanto ligava o notebook.

— Volte outra hora, padre Bell. Hoje, não.

— A lei canônica diz que você tem que ouvir minha confissão.

— A lei canônica não é tudo.

Aquilo me surpreendeu. Jordan não era de quebrar regras. Jordan estava muito perto de ser o assassino assustador de *O código Da Vinci*.

Sentei-me em uma cadeira à sua mesa e cruzei os braços.

— Não vou embora enquanto não me disser por que exatamente não quer ouvir minha confissão.

— Não me importo se ficar — ele disse com calma.

— *Jordan.*

Ele contraiu os lábios, como se resolvesse um conflito interno, e depois, enfim, olhou para a frente, os olhos castanhos preocupados e penetrantes.

— Qual é o nome dela, Tyler?

O medo e a adrenalina me invadiram. Será que alguém tinha nos visto? Será que alguém tinha descoberto o que estava acontecendo e contado a Jordan?

— Jordan, eu...

— Não se dê ao trabalho de mentir em relação a isso — ele falou, e não com repulsa, mas sim com uma intensidade que me perturbou, deixando-me mais assustado do que sua raiva conseguiria deixar.

— Você vai me deixar confessar? — perguntei.

— Não.

— Por que não, inferno?

— Porque — Jordan disse deliberadamente, apoiando os cotovelos na mesa e se inclinando para a frente — você não está pronto para parar. Não está pronto para desistir dela e, até que esteja, não faz sentido que eu o absolva.

Eu me recostei na cadeira. Ele tinha razão. Eu não estava pronto para desistir de Poppy. Não queria parar. Por que eu estava ali, então? Será que achava que Jordan ia fazer alguma oração especial por mim, e isso resolveria todos os meus problemas? Será que eu achava que fazer o esperado mudaria o que estava em meu coração?

— Como soube? — indaguei, olhando para minhas pernas e pedindo a Deus que ninguém nos tivesse visto juntos.

— Deus me disse. Quando você entrou. — Jordan disse aquilo de forma simples, da mesma maneira que alguém poderia dizer onde comprou suas roupas. — Assim como Ele está me dizendo agora que você não está no fim dessa história. Você ainda não está pronto para confessar.

— Deus disse para você — repeti.

— Sim — ele falou, assentindo.

Parecia loucura. Mas eu acreditava nele. Se Jordan me dissesse que sabia com exatidão quantos anjos poderiam passar pelo buraco de uma agulha, eu acreditaria nele. Jordan era esse tipo de homem: um pé em nosso mundo, o outro pé no outro mundo, e eu vivera o suficiente com ele durante nossos anos de amizade para saber que ele tinha de fato a capacidade de ver e sentir coisas que os outros não tinham.

Havia sido muito menos frustrante quando eu não era um dos "outros" em questão.

— Você quebrou seus votos — ele disse, desta vez com delicadeza.

— Deus também contou isso para você? — perguntei, sem me preocupar em disfarçar a amargura em minha voz.

— Não. Mas consigo perceber. Você carrega partes iguais de culpa e alegria.

Sim, isso resumia tudo.

Cobri o rosto com as mãos, não tomado pela emoção, mas subitamente dominado por tudo aquilo, envergonhado pela minha fraqueza na frente de um homem que nunca cederia a tentação alguma.

— Você me odeia? — murmurei, ainda com as mãos no rosto.

— Sabe que não o odeio. Sabe que Deus também não o odeia. E sabe que não vou contar ao bispo.

— Não vai?

Ele balançou a cabeça em uma negativa.

— Acho que não é isso o que Deus quer neste momento.

Levantei a cabeça, ainda abatido.

— Então, o que devo fazer?

Jordan olhou para mim com algo parecido com pena.

— Volte quando estiver pronto para se confessar — ele disse. — E, até lá, seja extremamente cuidadoso.

Cuidadoso.

Extremamente cuidadoso.

Pensei naquelas palavras quando visitei meus pais, enquanto lavava a louça do jantar na pia deles, enquanto dirigia para casa no escuro. Enquanto me esgueirava pelo parque para poder transar com Poppy de novo.

Nada a meu respeito era cuidadoso agora.

DEZOITO

CUIDADOSO.

Uma semana depois, encarava o teto da casa de Poppy. Ela estava pressionada contra mim, a cabeça aninhada em meu braço, a respiração lenta e uniforme. Fiquei observando seu rosto depois de fazermos amor, olhando as linhas suaves dela relaxarem do êxtase para a paz, sentindo nada além de contentamento. Mas, agora que fazia algumas horas desde que ela adormecera, o contentamento se transformara em uma dúvida ansiosa.

Ultimamente, a rotina estava sendo como um sonho ou um conto de fadas, em que meus dias eram preenchidos pela benevolência estruturada que era a vida como padre, e minhas noites eram repletas de suspiros e contato pele com pele.

À noite, podíamos fingir. Podíamos beber e assistir à Netflix, podíamos transar e tomar banho juntos depois (e em seguida transar de novo). Podíamos nos deitar um ao lado do outro e cair no sono suavemente. Podíamos fingir que éramos como qualquer casal em início de relacionamento; que não havia nada que nos impedisse de falar sobre assuntos normais de casal, como conhecer os pais um do outro ou onde passaríamos o Dia de Ação de Graças.

Mas tínhamos uma noção aguda e dolorosa de nossa própria atuação, de nosso fingimento. Fingíamos porque encarar a verdade era muito pior, a verdade de que aquele paraíso acabaria de uma forma ou de outra.

E se não precisasse acabar? E se eu ligasse para o bispo no dia seguinte e lhe dissesse que queria renunciar? Que eu queria ser destituído e transformado em um homem normal de novo?

Laicizado. Essa era a palavra para isso. Do latim *laicus*, que significa "laico". Ser transformado em laico.

E se, daqui a alguns meses, eu pudesse me ajoelhar na frente de Poppy e fazer mais do que lhe proporcionar um orgasmo? E se eu pudesse oferecer minha mão em casamento?

Fechei os olhos, desligando-me do mundo real e deixando a mente ir para onde eu nunca havia deixado antes: o futuro. Um futuro em que seríamos ela, eu e uma casa em algum lugar, e nossos filhinhos ao redor. Eu iria para onde Poppy fosse, e, se ela quisesse trabalhar em Nova York, Londres ou Tóquio, ou continuar em Kansas City, eu iria com ela. Eu era como Rute com Noemi, estava pronto para fazer de sua vida e de seus desejos os meus, e, fosse qual fosse o lugar para onde Poppy quisesse ir, formaríamos um lar juntos. Passaríamos horas transando e nos amando. Um dia, veria sua barriga crescer, gerando um filho meu.

Mas o que eu faria? Tinha dois diplomas, ambos igualmente inúteis no mundo real, inúteis em todos os lugares, exceto nos templos de Deus e nos templos de aprendizado. Acreditava que poderia lecionar teologia ou algum idioma, talvez. Sempre quis ser um acadêmico, sentado em alguma biblioteca empoeirada, debruçado sobre livros empoeirados, escavando conhecimentos esquecidos do mesmo modo que um arqueólogo escava vidas esquecidas. A ideia me entusiasmava, atingindo os pensamentos como chuva, gotas e respingos de possibilidades. Novas cidades, novas universidades… Uma lista se formou em minha cabeça com lugares que tinham os melhores cursos de estudos clássicos e os melhores currículos de teologia; tinha de haver um modo de unir as duas coisas, talvez me candidatar a um programa de doutorado ou procurar um emprego como professor...

Abri os olhos e aquela chuva agradável e fantástica cessou, o peso de tudo o que eu teria de abandonar se abatendo sobre mim. Estaria deixando aquela cidade: Millie, o grupo de jovens, o grupo de homens, todos os paroquianos que eu havia levado cuidadosamente de volta a Deus. Estaria deixando o café da manhã com panquecas, o depósito de roupas e todo o trabalho de combate a predadores no clero. Abandonaria o dom de transformar o pão em carne, o vinho em sangue, de ser a mão que puxava o véu que separava este mundo do outro. Abandonaria o padre Bell, o homem que eu me tornara, e teria de transformá-lo, deixando que se tornasse um monte de penas mortas e descartadas, criando uma nova forma com uma pele rosada e dolorida.

Eu tinha uma vida de construção de tesouros no céu, me esforçando como um corredor de maratona, e estava pensando em desistir disso para quê? Tentei impedir que os versículos que eu sabia de cor tomassem minha mente, versículos sobre semear carne e colher corrupção, versículos sobre as paixões da carne travando uma guerra contra minha alma. *Fazei, pois, morrer tudo o que em vós pertence à terra.*

Fazer morrer meu amor por Poppy.

Senti um nó na garganta e a boca seca; minha ansiedade aumentou, como se alguém segurasse uma faca contra minha garganta, exigindo que eu escolhesse agora, mas como poderia escolher quando ambas as escolhas tinham um custo tão alto?

Porque, se eu permanecesse onde estava, perderia a mulher que dormia ao meu lado, a mulher que discutia sobre disparidades raciais e de gênero em *The Walking Dead*, que fazia citações literárias obscuras do nada, que bebia com vontade e que me fez gozar com mais força que nunca na vida.

Essa constatação fez com que o pânico se abatesse sobre mim.

Virando-me para ela, passei a mão pela lateral de seu corpo, pela encosta de suas costelas e pela curva do quadril. Ela se mexeu um pouco e se aconchegou mais, ainda dormindo profundamente, e senti um aperto no peito.

Não podia perdê-la.

E não podia ficar com ela.

Aquele tipo de medo, aquele tipo específico de pânico, não deveria ter me deixado duro, mas deixou. Duro o suficiente para que eu tivesse de me acariciar. Fui tomado pela necessidade de ter aquela mulher mais uma vez, de me enterrar dentro dela, como se mais um orgasmo pudesse fazer a diferença e afastar nosso futuro sombrio.

Deslizei uma mão entre nós e virei meu corpo em direção ao dela, encontrando aqueles lábios macios entre suas pernas, e comecei a provocá-los, passando os dedos por seu clitóris e pela pele rosada de sua vagina. Ela se mexeu e soltou um suspiro feliz e sonolento, as pernas se abriram para me dar mais acesso, embora os olhos permanecessem fechados, e seu rosto, relaxado. Poppy ainda dormia.

Inclinei a cabeça para pegar um mamilo na boca, chupando-o com suavidade, passando a língua ao redor dele, e ela começou a se contorcer, mas ainda dormia e, porra, eu não podia esperar mais. Levantei uma de suas pernas e a coloquei sobre meu quadril enquanto me posicionava diante de sua vagina. Mantendo-a imóvel, movimentei-me para dentro e, como uma cortina caindo sobre uma janela ensolarada ou uma porta fechada para abafar o barulho de uma festa, as dúvidas se dissiparam de imediato. Elas desapareciam diante de nossa conexão, quando eu sentia sua boceta apertada me agarrando. Deus, eu poderia ficar assim para sempre, sem nem mesmo me mexer, apenas ali, dentro dela, sentindo-a despertar e se esticar como uma gata preguiçosa enquanto eu segurava seus quadris colados aos meus.

Finalmente, seus olhos se abriram, sonolentos, mas satisfeitos.

— *Hum…* — ela resmungou, enganchando sua perna com mais segurança em minha cintura. — Gosto de acordar assim.

— Eu também — falei com a voz rouca, estendendo a mão para afastar uma mecha de cabelo de sua bochecha.

Ela apoiou uma mão em meu ombro e me empurrou para trás, rolando comigo de modo que eu ficasse deitado com ela em cima de mim, e começou a me cavalgar com movimentos lentos e sonolentos. O sono e o sexo haviam desgrenhado seus cabelos, que pendiam em ondas emaranhadas e bagunçadas ao redor dos ombros alvos e dos seios macios, e a luz da rua que entrava pela janela tingia suas curvas de luz e sombra.

Às vezes, ela era bonita demais de se olhar.

Eu me recostei, descansando os braços atrás da cabeça, apenas observando enquanto ela me enchia de prazer e se movia mais e mais rápido, os olhos fechados e as mãos apoiadas em minha barriga. Desse ângulo, eu podia ver seu clitóris intumescido se esfregando contra minha pelve, vislumbres do ponto onde eu a preenchia, e, *minha nossa*, poderia perder o controle agora mesmo se não tomasse cuidado.

— Essa é a minha gostosa — sussurrei. — Pode me usar para gozar. Assim. Você está tão sexy agora. Vamos lá, linda, até o fim. Vamos.

Sua boca se abriu e observei, fascinado, os músculos de seu abdome se contraírem, enquanto ela soltava gemidos e tremia durante o clímax, deslizando para a frente e se deitando contra meu peito um pouco depois.

Abracei-a com força e nos virei de costas, de modo que fiquei por cima, e então me abaixei e chupei seu pescoço. Passei a mão por ela e encontrei o que eu queria, a pequena e apertada portinha atrás de sua boceta. Ela se pressionou contra o colchão, como se tentasse se afastar do meu toque, mas isso não adiantaria, não resolveria nada, pois eu tinha planos para aquela parte dela que iam muito além de só a ponta do meu dedo.

— Está dizendo não?

Ela mordeu o lábio e depois balançou a cabeça.

— Não é um *não*. Sim.

— Então me dá seu cuzinho — rosnei em seu ouvido. — Me dá, para eu não precisar pegar.

Ela soltou um pequeno suspiro, um suspiro que me deixou louco, e depois parou de tentar resistir ao meu toque.

— Tem lubrificante — ela falou, arfando. — Na mesinha de cabeceira.

Sem me dar ao trabalho de sair de dentro dela, simplesmente me alonguei sobre seu corpo, alcançando a gaveta da mesinha de cabeceira, e peguei o novo frasco de lubrificante.

— Parece que andou se preparando, cordeirinho.

— Era isso ou pegar meu próprio óleo especialmente benzido — disse ela, um pouco brincando, outro tanto sem fôlego.

Eu me afastei dela, inclinando o corpo para trás, e abri mais suas pernas. Dediquei um tempo para aquecê-la, gradualmente aplicando o lubrificante enquanto esfregava seu clitóris com a outra mão, penetrando-a nos dois orifícios até que ela estivesse bem escorregadia e se retorcendo. Em seguida, segurei as coxas dela e penetrei o ânus.

Deveria ter parado, dado a ela um instante para se ajeitar, mas estava tão assombrado por dúvida e pavor que as únicas coisas que acalmariam meus pensamentos eram os impulsos de meus quadris, as unhas dela cravadas em minhas costas, a sensação quente — escaldante — dela recebendo meu pau.

— Tyler — ela arfou.

— Cordeirinho — eu a chamei, ficando de joelhos e colocando as mãos nos quadris dela.

— Vou gozar de novo.

— Ótimo. — Meu próprio clímax também se aproximava, uma pulsação forte na virilha, intensificada pela visão dos arrepios que cobriam sua pele, que se tornava mais avermelhada enquanto ela brincava com o clitóris.

— Hum, está tão gostoso, linda — grunhi. — Você é uma boa menina. Mostra pra mim o quanto gosta disso.

Seus olhos se fixaram nos meus.

— Me fode como se quisesse que eu fosse sua.

Suas palavras abriram aquela porta, sacudindo meu coração, e fechei os olhos. Poderia facilmente comê-la daquela forma porque eu queria *mesmo* que ela fosse minha, para sempre. Nós nos conhecíamos havia apenas seis semanas, e eu a queria para o resto da vida.

Como eu era idiota.

Puxei-a para mais perto, penetrando sua abertura estreita várias e várias vezes, observando seu tesão aumentar enquanto Poppy continuava a pedir para ser minha, e como ela não via que já era? Que eu já era dela? Pertencíamos um ao outro, e, quando vi sua boceta pulsar com o orgasmo, quando fui até o fundo e jorrei dentro dela, percebi que não havia como desfazer isso, não havia como desemaranhar o que havia se tornado tão emaranhado no último mês e meio.

Quando ambos terminamos, ficamos olhando um para o outro, e todo o consolo que eu havia conseguido extrair desapareceu em um instante. Levantei-me para pegar uma toalha morna e, quando voltei, Poppy me observava de modo pensativo.

— Tyler.

— Sim? — Sentei-me na cama e comecei a limpá-la.

— Não sei por quanto tempo vou conseguir aguentar.

Congelei.

— O que quer dizer com isso?

— Você sabe o que quero dizer — ela falou, e houve hesitação em suas palavras. — Quero ficar com você. Dizer que você é meu. Estou apaixonada por você, Tyler, e está me machucando o fato de não haver futuro para nós.

Terminei de limpá-la enquanto pensava em uma resposta, jogando a toalha usada em uma cadeira próxima.

— Não sei como será o futuro — eu disse por fim. — Sei que amo você... mas também amo meu trabalho e minha vida. Poppy, o que tenho aqui... é mais do que apenas caridade ou oração. É um estilo de vida. Posso dedicar minha existência inteira para o meu Deus, cada minuto de cada dia, e não sei se consigo viver sem isso.

Ambos ignoramos o fato de que aqueles últimos minutos não tinham nem de longe sido vividos para Deus, que tinham sido para nós e para mais ninguém.

— Acha que não sei disso? — perguntou ela, sentando-se. Poppy não se preocupou em se cobrir com o lençol, e me forcei a desviar o olhar daqueles seios empinados para poder me concentrar no que ela dizia. — É só nisso que penso. Não posso fazer você desistir daquilo que sei que você ama. Que inferno! É isso que eu amo em você. O fato de ser apaixonado, generoso e espiritual, de ter dedicado a vida a Deus. Mas então me preocupo — havia lágrimas em seus olhos agora — com que abra mão de mim.

— Não — sussurrei. — Não faça isso com você.

Mas não lhe disse o que ela queria ouvir. Não sabia se abriria mão dela ou não, porque, embora isso me matasse, ser descoberto e perder tudo pelo que havia lutado também me mataria.

Percebi o momento em que ela se deu conta de que eu não ia lhe dizer que ficaríamos juntos e, antes que pudesse falar algo mais — não sei o quê, mas *alguma coisa* —, ela se deitou de novo, virando-se de lado para ficar de costas para mim.

— Quero tanto você que sinto gosto de sangue quando penso nisso. Mas não serei a razão pela qual você perderá sua vida — ela disse, sua voz reverberando como um sino em minha mente. — Não serei motivo de nenhum arrependimento. Acho que não conseguiria suportar... olhá-lo e tentar imaginar se há uma parte de você que me odeia só um pouquinho por ter sido o motivo de sua laicização.

Ela sabia até o termo correto... Tinha pesquisado, com certeza. Isso me animou ao mesmo tempo que me entristeceu.

— Eu nunca seria capaz de odiar você.

— De verdade? Mesmo que eu o fizesse escolher entre mim e seu Deus?

Que inferno, essa tinha sido pesada.

— A decisão não diz respeito só a isso, Poppy. Não faça assim.

Ela respirou fundo, o tipo de respiração que normalmente pressagiava uma resposta incisiva, mas pareceu congelar naquele momento. E disse:

— É melhor você ir para casa. Já está perto de amanhecer.

Sua firmeza acabou comigo. Queria confortá-la, abraçá-la, transar com ela. Por que tínhamos de falar sobre essas coisas horríveis quando podíamos continuar fingindo?

— Poppy…

— Até mais tarde, Tyler.

Seu tom foi muito firme. Eu estava dispensado.

Atravessei o parque enevoado, as mãos nos bolsos e os ombros curvados para me proteger do frio da noite de setembro, tentando orar, mas só encontrava fragmentos de pensamentos para enviar a Deus.

Ela deseja uma vida plena, falei para Deus em silêncio. Ela desejava uma vida com casamento e filhos, uma vida em que o amor pudesse estar tão presente como o trabalho, a família e os amigos, uma vida em que ela não precisaria se esconder. E como julgá-la por isso?

O que devo fazer?

Deus não respondeu. Provavelmente porque eu havia quebrado meu voto sagrado de servi-Lo, profanando Sua igreja em todos os sentidos, e cometido repetidamente um monte de pecados dos quais eu quase nem me arrependia, pois estava muito apaixonado. Tinha idolatrado Poppy Danforth e agora colheria as consequências de ter me isolado de Deus.

Me arrepender. Tenho de me arrepender.

Mas deixar de ver Poppy… Só de pensar nisso, já sentia um buraco se abrindo em meu peito.

Subi as escadas e caminhei até a porta dos fundos da casa paroquial, passando pela cozinha sob a luz azulada do amanhecer. Ainda tinha algumas horas para dormir antes de me levantar para a missa matinal, e esperava que algo estivesse diferente pela manhã, que o caminho a seguir fosse claro, mas sabia que não seria, e ter essa consciência era muito, muito deprimente.

— Saindo até de madrugada?

Quase tive um ataque cardíaco.

Millie estava sentada na minha sala de estar, em meio à escuridão, vestindo um conjunto de moletom.

— Millie — eu disse, tentando fingir que não tinha quase me mijado. — O que está fazendo aqui?

— Faço caminhadas — ela falou. — Todo dia bem cedo. Acho que você nunca notou, já que parece dormir até o último instante possível.

— Não notei, você tem razão. — Ela estava me convidando para um passeio?

Millie soltou um suspiro.

— Padre Bell, eu sei de tudo.

— Como?

— Eu *sei*. Sobre você e Poppy. Vi você atravessando o parque várias manhãs.

Ai, que merda.

Merda, merda, merda.

— Millie...

Ela ergueu a mão.

— Não faça isso.

Me joguei em uma cadeira, o desespero e o pânico formando um nó em meu estômago. Alguém sabia, alguém sabia, alguém sabia. É claro que sempre seria assim. Jamais teria o privilégio de escolher sozinho como tudo isso se desenrolaria, e eu era um maldito idiota por pensar o contrário.

Olhei para cima com os olhos arregalados, e o que saiu não foi gracioso, gentil nem egoísta, mas puro instinto de sobrevivência, uma atitude bem rasa.

— Millie, por favor, você não pode contar a ninguém. — Ajoelhei-me na frente dela. — Por favor, por favor, não conte ao bispo, eu não sei como sobreviveria a isso… — Mas, então, parei com aquilo, porque estava implorando a uma mulher honrada que abandonasse sua honra por um pecador não arrependido. — Sinto muito — falei. — Você deve achar que sou uma pessoa terrível, uma pessoa horrível… Estou muito envergonhado. Não sei nem o que dizer.

Ela se levantou.

— Você pode dizer que será cuidadoso.

Olhei para ela.

— O quê?

— Padre, vim aqui para alertá-lo, e há uma razão para eu ter feito isso em vez de falar com o bispo. Esta cidade precisa de você, e definitivamente não precisa de outro escândalo envolvendo um padre. — Ela balançou a cabeça com um sorriso sutil. — Principalmente quando se trata de algo tão inofensivo como se apaixonar por uma mulher adulta que seria perfeita… se você não fosse um padre.

— Millie… — eu disse, e minha voz estava embargada, desesperada. — O que devo fazer?

— Não tenho essa resposta para você — respondeu ela, caminhando em direção à porta. — Só sei que é melhor tomar uma decisão logo. Essas coisas nunca ficam ocultas, padre, por mais que tente. E não é possível que uma mulher como ela esteja disposta a ser sua amante secreta pelo resto de seus anos. Ela vale muito mais do que isso.

— Ela vale — repeti, um peso frio e sólido como ferro me esmagando quando percebi que eu não era melhor do que Sterling. Estava obrigando-a a fazer essencialmente a mesma coisa, só que não estava nem fazendo o favor de ser franco em relação a isso… ou de oferecer algo em troca.

— Adeus — despediu-se Millie, e acenei com a cabeça em resposta, arrasado e agitado; arrasado e agitado demais para pensar em dormir.

Fazia mesmo apenas duas semanas que eu havia dado o terço de Lizzy para Poppy? E agora tudo parecia estar se desfazendo, como contas de um terço rompido espalhadas pelo chão, numerosas e rápidas demais para que conseguisse pegá-las.

Millie sabia. Jordan sabia. Poppy talvez nem quisesse ficar comigo...

Saí para uma longa corrida e depois cheguei cedo à igreja para abri-la e me preparar para a missa, distraído durante toda a cerimônia devido ao encontro com Millie, à discussão anterior com Poppy, ao fato de que agora duas pessoas sabiam do meu caso, e isso era gente demais.

Amante secreta.

Cuidadoso.

Estou apaixonada por você, Tyler.

Na verdade, estava tão distraído que quase derramei o vinho e, sem querer, fiz a oração de encerramento duas vezes seguidas, minha mente a quilômetros de distância da invocação sagrada da divindade e perdida no turbilhão de como tudo estava dando errado naquele exato momento.

Depois da missa, saí da sacristia de cabeça baixa, verificando o celular (Poppy não tinha ido à missa e não havia me mandado mensagem), e fiquei ponderando se ela ainda estaria com raiva de mim. Por isso não notei que havia alguém de pé no corredor central, pelo menos não até que o barulho de um movimento chamasse minha atenção.

Era um homem; alto, de cabelos pretos, da minha idade. Usava terno cáqui, gravata azul e um prendedor de gravata prata, muito elegante para uma sexta-feira de setembro em Weston, mas, de alguma forma, a roupa caía bem nele, sem que parecesse ridículo. Ele tirou os óculos escuros e me observou com um olhar azul gelado.

— Você deve ser Tyler Bell.

— Sou — confirmei, guardando o celular no bolso da calça. Havia tirado a casula, a estola e todos os outros adereços do meu ofício, além da gola de padre, e sentia-me subitamente malvestido, como se precisasse de algum tipo de armadura extra, de autoridade extra, diante daquele homem.

E isso era uma bobagem. Ele era um visitante em minha igreja. Eu só precisava ser amigável.

Dei um passo à frente e apertei sua mão, um gesto que ele pareceu apreciar, com um pequeno sorriso de avaliação.

— Posso ajudá-lo em alguma coisa? — perguntei. — Infelizmente, você perdeu a missa da manhã, mas teremos outra amanhã.

— Não, acho que já ajudou — disse ele ao passar por mim, correndo o olhar por todos os cantos da igreja. — Só queria conhecê-lo e ver com meus próprios olhos quem é o tal padre Tyler Bell.

Ah...

A inquietação se instalou em minhas entranhas. Mesmo sabendo que isso não era possível, fiquei preocupado com a possibilidade de ele, de algum modo, estar envolvido com o fato de Millie e Jordan saberem a verdade; temi que estivesse ali para puxar o véu que revelaria minhas atitudes.

O homem se virou e me encarou.

— Gosto de saber o tamanho e a forma do meu adversário.

— Adversário?

— Por Poppy, é claro.

Foi preciso apenas um instante para que minha mente se recuperasse, para reavaliar aquele encontro e entender que eu estava falando com Sterling Haverford III. Para avaliar seu corpo (o canalha estava em boa forma), suas roupas (caras, que baita canalha) e sua postura, que era de uma confiança quase absurda, beirando a arrogância, e estava ali a fenda na armadura daquele homem. Ele não tinha dúvidas de que seria bem-sucedido, não tinha dúvidas de que sairia dali com o que queria (e, sim, eu suspeitava de que Poppy era um *objetivo* para ele, e não uma *pessoa*). Naquele instante, eu sabia exatamente onde estávamos, exatamente com quais armas ele estaria lutando, e sabia que uma dessas armas era o controle emocional que exercia sobre ela, e que eu poderia muito bem perder a batalha... a batalha que eu não tinha o direito de travar.

E aquele simples instante foi tudo de que Sterling precisou para sentir-se em vantagem. Seus lábios se retorceram num sorriso, sutil o suficiente para ser ignorado, mas o bastante para demonstrar com clareza como ele encarava os *adversários*.

No entanto, eu não era idiota, não importando o que Sterling pudesse pensar, e com certeza não satisfaria suas expectativas de como ele achava que eu me comportaria.

— Receio que esteja enganado — eu disse, abrindo um sorriso simpático. — Não há concorrência. A senhora Danforth tem frequentado minha igreja e está interessada em seguir o caminho da conversão, mas esse é o máximo a que nossa amizade se estende. — Quase odiei a facilidade com que a mentira saiu da minha boca. Mentir era algo que eu costumava me orgulhar de não fazer, mas havia muitas coisas das quais não podia mais me orgulhar. E aquele momento não tinha a ver com moralidade, e sim com sobrevivência.

Sterling levantou uma das sobrancelhas.

— Então é assim que vai ser. — Ele enfiou as mãos nos bolsos, e tudo em sua postura indicava reuniões de conselho empresarial, iates e arrogância.

Seja bonzinho, Tyler, seja bonzinho, disse a mim mesmo. *Melhor ainda: seja o padre Bell.* O padre Bell não tinha ciúmes daquele homem, não sentia inveja de sua boa aparência, de suas roupas caras e da maneira com que demonstrava ter domínio sobre Poppy. O padre Bell não se envolveria em uma discussão com um desconhecido, e com certeza não se meteria na barbaridade de competir por uma mulher adulta que era capaz de fazer as próprias escolhas e exercer o livre-arbítrio.

Eu me encostei em um banco e lhe dei outro sorriso, sabendo que minha postura transmitia um controle tranquilo e uma simpatia casual, ao mesmo tempo que o fazia notar que eu era tão alto e forte como ele.

— Desculpe. Acho que não estou entendendo você — falei por fim. — Como acabei de lhe dizer, não há competição.

Ele entendeu minhas palavras de um modo diferente do que eu quis dizer.

— Você gostaria de pensar assim, não é? — Ele me olhou mais uma vez e depois pareceu mudar de ideia, encostando-se em um banco e cruzando os braços. — Ela falou sobre mim? Tenho certeza de que sim. Confissão... Isso é coisa de católico, certo? Ela me mencionou em suas confissões?

— Não tenho liberdade para...

Ele acenou com a mão e sua aliança de casamento brilhou no dedo.

— Claro. Claro que sim. Bem, talvez ela não queira confessar coisas sobre mim, afinal de contas. Quantas vezes eu a faço gozar. A intensidade com que grita meu nome. Todos os lugares em que já a comi. Sabia que uma vez eu a fodi a poucos metros de um senador dos Estados Unidos? Durante a abertura de uma exposição no Met. Ela estava sempre a fim. Comigo, pelo menos.

Apenas os anos cultivando compaixão e autodisciplina me impediram de socar o rosto quadrado daquele cara. Não apenas por ciúme, mas também pelo desejo machista de proteger a dignidade de Poppy e impedir que suas escolhas fossem rechaçadas por aquele cretino.

Ela não precisa que você defenda a honra dela, o Tyler feminista disse. Mas o Tyler normal, o irlandês-americano que gostava de transar, tomar uísque e berrar obscenidades em jogos de futebol, não se importava. Não importava se Poppy precisava de mim e não importava que eu não tivesse o direito de agir; o universo havia se desequilibrado com a babaquice daquele cara e meu punho estava ansioso para corrigir a situação.

— Toquei num ponto sensível? — perguntou Sterling, sorrindo.

— Considero Poppy uma de minhas fiéis — respondi, inclinando a cabeça em sinal de admissão. Felizmente, minha voz não revelou nada além de uma leve desaprovação. — Não me agrada ouvir nada que desrespeite qualquer um deles.

— Ah, com certeza — rebateu Sterling. — E admiro o comprometimento com sua narrativa. Também sou um homem de aparências. — Ele tirou um envelope de papel pardo de dentro do terno e o entregou a mim. — Entretanto, também sou um homem de recursos e, portanto, podemos ir além dessa encenação e chegar ao cerne da questão.

Fiquei olhando para ele ao desenrolar o cordão do envelope e tirei as fotos grandes e brilhantes que estavam ali dentro. Um lado meu temia que fossem fotos de Poppy e dele, mais evidências do passado de ambos para me perturbar, mas não. Não, era muito, muito pior.

Um homem de ombros largos atravessando um pequeno parque à noite. Esse mesmo homem perto de um portão escuro de um jardim. Uma foto através de uma janela da cozinha de um homem e uma mulher se beijando.

Exalei profundamente.

Não havia nudez, graças a Deus, e nada mais pecaminoso do que um beijo, mas isso não importava, porque não havia dúvidas de que era meu rosto em todas elas, e isso era suficiente. Na verdade, era mais que suficiente — aquelas fotos eram condenatórias.

— E fique tranquilo, pois tenho todos os arquivos digitais delas — declarou Sterling com alegria. — Portanto, fique à vontade para guardá-las. Como lembrança.

— Você nos seguiu — eu disse.

— Eu lhe disse que sou um homem de recursos. Poppy continuou se recusando a atender minhas ligações, mesmo depois de eu ter dito que estava vindo buscá-la, e comecei a me perguntar se ela havia conhecido outra pessoa. Então, dei uma investigada. Como ela *ainda* não aceitou minha proposta, não teria me importado se ela estivesse transando com alguém. Mas se apaixonar por outro homem... Bem, sei que Poppy e eu sabemos o tipo de obstáculo que isso representaria.

— Você colocou alguém para nos seguir — repeti. — Está se ouvindo? Isso é loucura.

Sterling parecia indignado.

— Por quê?

— Porque — respondi, a raiva me dominando e tornando as palavras difíceis de articular — as pessoas não colocam gente para seguir os outros. *Muito menos* ex-namoradas. Isso é perseguição; isso é, na verdade, um crime. Não importa se você é rico e pode pagar outra pessoa para persegui-la. É a mesma coisa.

O homem ainda parecia indignado.

— É por isso que está chateado? Não com o fato de eu ter provas que podem arruinar sua vida? Não por saber que eu, inevitavelmente, vou embora desta cidade com Poppy ao meu lado?

— Você tem tanta certeza desse resultado — falei, tentando deixar de lado o fato de ele ter seguido Poppy —, mas se esquece de que isso não tem nada a ver com você ou comigo, já que a escolha é dela.

Sterling deu de ombros, como se eu estivesse sendo deliberadamente obtuso ou deliberadamente detalhista, e ele não tivesse mais tempo para isso.

— Então, qual é o cerne da questão? — perguntei, enfiando as fotos de volta no envelope.

— Como?

— Você disse que queria passar pela encenação e ir direto ao cerne da questão. — Joguei as fotos no banco ao meu lado e me levantei, cruzando os braços. Fiquei feliz ao ver que Sterling também se endireitou, como se estivesse insatisfeito com os centímetros que eu tinha a mais do que ele. (Em altura, quero dizer — por mais que houvesse um lado ridículo meu que estava feliz por ter sido o "maior" que Poppy já tivera.)

— Sim. Bem, veja só, padre. — Ele disse a palavra "padre" como se estivesse entre aspas. (Eu me permiti outra breve fantasia em que metia um soco no olho dele.) — Quero que Poppy volte para Nova York comigo. Quero que ela seja minha.

— Mesmo sendo casado.

Ele me olhou de novo, aquele olhar ligeiramente incrédulo de "você é um idiota", e isso teria me incomodado se eu não tivesse a moral mais alta nesta briga. Só que... eu não podia reivindicar de verdade nenhuma moral agora, alta ou baixa, não é mesmo? O pensamento me deprimiu imensamente.

Felizmente, Sterling não percebeu e continuou:

— Sim, mesmo eu sendo casado. O casamento não é um sacramento em minha família; é uma declaração no imposto de renda. E não tenho a menor intenção de colocar um acordo legal acima do que eu desejo para a minha vida. Nunca amei minha esposa, e ela sente o mesmo em relação a mim.

— Mas você ama Poppy?

Sterling contraiu os lábios.

— Amor e desejo são essencialmente a mesma coisa — ele se esquivou. — Não que um homem como você entenda disso.

— Respeito sua honestidade, pelo menos — falei. — Não está mentindo para si mesmo, e presumo que não mentirá para ela.

Esse elogio inesperado pareceu surpreendê-lo, mas ele se recuperou com rapidez.

— Poppy não se importa com isso tanto quanto você pensa. Você pode ter a ilusão de que ela não voltará comigo a menos que eu a ame, mas ela não é como você. Ela entende de números, de lógica, de hipotecas. Estou lhe oferecendo a moeda que ela conhece: dinheiro, luxúria e segurança, e é por isso que vencerei.

Pensei em seu choro no confessionário, quando ficamos juntos no santuário, banhando-nos na presença de Deus. Ela não era apenas uma planilha com as pernas abertas, e Sterling era um idiota por ter crescido com ela sem perceber todas as facetas profundamente espirituais e emocionais de Poppy Danforth.

— Ela é muito mais do que isso.

— Que fofo. É fofo mesmo, de verdade. — Sterling colocou os óculos escuros de novo. — E, se quer saber, você é muito *menos* do que eu esperava. Estava esperando encontrar um papa Alexandre VI, mas acabei encontrando um Arthur Dimmesdale. Estava preparadíssimo para uma luta difícil, mas suspeito que não precisarei me esforçar.

— Não se trata de uma luta — eu disse. — Mas sim de uma pessoa.

— Ela é uma mulher, padre. — Sterling abriu um sorriso branco e largo. — E, em breve, será *minha* mulher.

Não respondi, embora todos os neurônios gritassem "você está errado, você está errado, você está errado". Apenas observei enquanto ele acenava para mim e caminhava tranquilo pelo corredor até a porta, as mãos nos bolsos, como se não tivesse quaisquer preocupações no mundo.

DEZENOVE

A DIFERENÇA ENTRE OS TIPOS DE INVEJA É SUTIL, mas distinta, uma vez que você percebe os sabores e os contornos de ambas. Um tipo de inveja é querer o que outra pessoa tem, por exemplo, querer o mesmo tipo de carro ou casa do vizinho. (Ou querer ser o homem que tem o coração de sua namorada, e não um babaca que provavelmente tem uma gaveta só para os prendedores de gravata.)

Outro tipo de inveja é odiar o fato de que outra pessoa tem algo que você não tem e *odiá-la* por isso, como querer furar os pneus do vizinho porque ele não merece uma BMW e todo mundo tem consciência desse fato, e, se você não pode ter uma, então não é justo que ele tenha.

Sterling se enquadrava nesse segundo tipo. Não que ele necessariamente quisesse Poppy, não além da maneira como devia querer todas as outras coisas em sua vida: uma nova casa de férias, um novo iate, um novo prendedor de gravata. Mas a ideia de que outra pessoa a tivesse acabava com ele por dentro, um parasita insaciável de posse que se instalava em suas entranhas.

Tive muito tempo para pensar sobre isso porque Poppy decidiu sumir. No começo, depois que Sterling foi embora, tentei agir com calma, andando em meu escritório e ligando para ela, e depois mandando uma mensagem, o envelope de papel pardo como uma carta incandescente abrindo um buraco na minha mesa. O que eu diria se ela atendesse? Diria apenas que Sterling tinha me visitado, ah!, e que estava nos vigiando, e, ah!, que estava me chantageando para deixá-la; uma sexta-feira totalmente normal e, a propósito, quer assistir a uma série hoje à noite?

Mas ela não respondeu às minhas ligações nem às minhas mensagens, e ela costumava responder prontamente. Assim, passei uma hora inteira andando em círculos em meu escritório. Deveria simplesmente ir até a casa dela. O assunto era mesmo importante, e precisávamos conversar sobre ele naquele instante, mas, com o confronto de Millie ainda em minha mente — sem mencionar aquele maldito envelope fazendo meu coração arder em chamas, cheio de culpa, a centímetros de mim —, estava assustado demais para ir até a casa dela sem sermos flagrados... *de novo.*

E então quis gritar comigo mesmo por ser tão covarde. Precisávamos resolver isso, que era mais importante do que qualquer outra coisa. Apenas sairia para correr de novo, só isso. Todos estavam acostumados a me ver correndo a qualquer hora do dia e da noite e, se por acaso eu passasse correndo pela antiga casa dos Anderson, ninguém acharia estranho.

Vesti rapidamente as roupas de corrida, prendi o celular no braço e cheguei à casa de Poppy em menos de dois minutos. Seu Fiat estava na garagem, mas, quando entrei no jardim (grato mais uma vez pelos arbustos que proporcionavam uma ótima cobertura) e bati à porta, não houve resposta. Onde diabos ela estava? Aquele assunto era tão importante, e ela não estava disponível? O que estava fazendo? Tirando um cochilo? Tomando banho?

Bati à porta e esperei. Mandei mensagem, bati e esperei. Andei e esperei, bati mais um pouco e depois vociferei um "foda-se", destrancando a porta com a chave que estava embaixo do vaso de bambu.

Mas, quando entrei, percebi que ela não estava cochilando nem no chuveiro. Havia um tipo de silêncio que se espalhava pelos cantos e que só era possível com o vazio, a ausência, e, como esperado, vi que o celular e a bolsa dela não estavam na mesa, onde ela normalmente os deixava, embora as chaves ainda estivessem lá. Então ela tinha ido a algum lugar sem as chaves. Será que tinha ido para o centro da cidade? Para a loja de eletrônicos ou talvez à biblioteca?

Eu me virei para sair, mas um pensamento se formou e me apunhalou no peito como uma lâmina gelada.

E se ela estivesse com Sterling?

Eu me recostei na parede. Fazia sentido. Afinal, o que eu havia pensado? Que ele tinha ido ali só para me avisar? Que declararia guerra e depois esperaria alguns dias para fazer o primeiro ataque? Não, ele devia ter ido direto para a casa de Poppy depois de sair da igreja, e, enquanto eu andava pelo carpete gasto do meu escritório como um idiota, ele estivera ali persuadindo-a a ir a algum lugar com ele. Para jantar. Para tomar um drinque. Para algum hotel elegante em Kansas City, onde ele a comeria contra uma janela ampla, que ia do chão ao teto.

Aquela lâmina gelada me apunhalou várias vezes: na garganta, nas costas, no coração. Nem me dei ao trabalho de combater os dragões gêmeos do ciúme e da suspeita que se enroscavam em torno de meus pés, porque sabia, sem sombra de dúvida, que estava certo. Não havia outra razão para ela ignorar minhas ligações e mensagens.

Ela estava com Sterling. Ela estava com Sterling e não comigo, e eu era totalmente impotente para mudar essa situação.

Depois de constatar que Poppy não estava em casa naquela tarde, passei pela cafeteria, pela biblioteca e pelo jardim da vinícola, só para confirmar se ela não tinha ido trabalhar de algum outro lugar.

Mas não, ela não tinha ido a nenhum daqueles lugares, e, quando cheguei em casa e desprendi o iPhone do braço, ela ainda não havia mandado mensagem nem ligado.

O bispo Bove, sim.

Não retornei a ligação.

Naquela noite, no grupo de jovens, eu estava péssimo. Irritado, distraído, mas felizmente era a noite de jogar Xbox, e minha frustração e tensão se misturaram às dos adolescentes bagunceiros que jogavam comigo. No final da noite, fiz a oração de forma breve e direta.

— Deus, o salmista nos diz que sua palavra é como uma lamparina para os nossos pés; que, mesmo que nem sempre saibamos para onde o Senhor nos guia, o Senhor promete que nos mostrará o próximo passo. Por favor, mantenha sua lamparina acesa para nós, para que nosso próximo passo, nossa próxima hora e nosso próximo dia sejam claros. Amém.

— Amém — murmuraram os adolescentes logo antes de irem para casa, de voltarem para seus problemas que (para eles) eram tão preocupantes e estressantes quanto os meus. Deveres de casa, paixonites, pais antipáticos e uma formatura que parecia muito distante. Eu me lembrava muito bem desses problemas, embora tenham sido ofuscados pela morte de Lizzy. Os adolescentes sentiam de maneira diferente da dos adultos; sentiam de forma intensa e poderosa, sem a estrutura da experiência para lembrá-los de que não seriam destruídos por uma nota ruim ou por um amor não correspondido.

Mas eu tinha aquela estrutura de experiência. Então, por que ainda assim sentia que poderia ser destruído?

Depois do grupo de jovens, sentei-me em minha sala de estar com o celular nas mãos, decidindo se deveria ligar para o bispo, e se ele havia ligado porque Millie ou Jordan haviam contado sobre meus votos desfeitos, imaginando se conseguiria manter o fingimento mesmo que ele *não* soubesse. E foi aí que eu vi: uma mensagem com foto.

Tinha sido enviada de um número desconhecido, mas soube quem era o remetente quando abri a mensagem e vi a foto, uma foto de Poppy em um carro, o rosto virado para a janela. A foto estava um pouco escura, como se a pessoa que a tinha tirado não houvesse usado flash; a foto parecia ter sido tirada no banco de trás, o que me fez pensar que havia um motorista na frente. Consegui distinguir as mechas de cabelo ao redor de seu pescoço e orelhas, o brilho dos pequenos brincos de diamante que ela às vezes usava, o brilho perolado de sua blusa de gola com laço.

Sterling queria que eu soubesse que ele estava com Poppy. E eu sabia que poderia ser algo tão inocente quanto um jantar e uma conversa, mas, para ser sincero, quando é que um jantar com um ex poderia ser algo completamente inocente?

Tentei engolir a sensação de estar sendo traído. Que direito eu tinha sobre o tempo dela, quando só podia lhe dar fragmentos roubados do meu? Eu não era o tipo de namorado — ou o que quer que eu fosse — que desejava o relato de cada um de seus minutos, de cada um de seus pensamentos, na esperança, movida pelo ciúme, de que isso a mantivesse fiel. Mesmo que eu tivesse o direito de exigir sua fidelidade — algo que eu não tinha, já que era infiel em meu próprio caminho, traindo-a com a Igreja —, ainda assim não o faria. O amor é dado livre e incondicionalmente, e até eu sabia disso.

Além do mais, isso era exatamente o que Sterling queria. Ele desejava que eu ficasse remoendo os fatos com fúria, que ficasse pensando em sua vitória, mas eu não lhe daria essa satisfação nem causaria a Poppy o transtorno de fazer acusações por mensagem de texto ou recado na caixa postal.

Esperaríamos para falar sobre isso até que ela voltasse. Essa era a atitude razoável a ser tomada.

Mas, estranhamente, ter um plano de ação (ou um plano de inação, digamos assim) não ajudou. Tentei assistir à TV e ler, tentei dormir, mas em cada pausa do diálogo, em cada quebra de parágrafo, estava aquela imagem de Poppy e todas as imagens horríveis dela e de Sterling conversando, se tocando e transando. Por fim, desisti de tudo e desci as escadas para o porão da casa paroquial, onde levantei pesos e fiz abdominais até que a lua começasse a desaparecer, depois tomei quatro dedos de Macallan doze anos e fui para a cama.

Acordei pela manhã com os músculos doloridos, a consciência ainda mais pesada e um telefone ainda sem chamadas ou mensagens perdidas. Entreguei-me à fantasia de jogá-lo em uma panela de água fervente e ir embora, ou talvez colocá-lo no micro-ondas para puni-lo por tudo o que tinha dado terrivelmente errado nas últimas vinte e quatro horas, mas, em vez disso, preferi abandoná-lo enquanto me preparava para a missa e depois para o café da manhã com panquecas.

A manhã passou em um borrão robótico, sobretudo depois que Millie me disse que Poppy havia avisado que não poderia ajudar naquele dia (e a notícia foi acompanhada de um olhar que não era exatamente mordaz, mas com certeza era reprovador, e devo ter feito uma cara bem lamentável, porque ela cedeu e me deu um beijo seco na bochecha antes de sair).

E então me vi em uma tarde de sábado sem nada para fazer a não ser evitar lidar com meus sentimentos, e quer saber? Decidi que iria me exercitar um pouco mais.

E beber. Isso também.

Quando enfim terminei de limpar o porão da igreja e fui para casa, vi que o bispo Bove havia ligado mais uma vez e me enviado uma mensagem bastante confusa, que incluía vários emojis — os quais, presumo, tinham sido acidentais.

Eu deveria retornar a ligação dele.

Mas, em vez disso, vesti o short de ginástica, peguei a garrafa de uísque quase vazia, desci as escadas e coloquei um CD da Britney para tocar no volume mais alto que os alto-falantes permitiam, penalizando meus músculos, que ardiam com ainda mais peso, mais abdominais, mais agachamentos, e bebendo uísque direto da garrafa entre uma série e outra.

Eu beberia e suaria até esquecer que Sterling existia. Diabos, eu beberia até esquecer que Poppy existia.

Estava chegando perto disso. As flexões naquele estado de embriaguez mostravam quanto meu corpo não gostava de estar entorpecido e ter de fazer esforço ao mesmo tempo, e meus braços estavam prestes a ceder quando a música parou de modo abrupto, e ouvi meu nome ser chamado pela única voz que eu queria ouvir.

Assustado, ajoelhei-me quando Poppy veio até mim, vestindo a mesma blusa clara de gola com laço que usava na foto da noite anterior. Será que isso significava que havia passado a noite com Sterling? O uísque e a exaustão tinham me desestabilizado o suficiente para que eu quisesse perguntar exatamente isso — ou melhor, *acusá-la*.

Mas depois ela também se ajoelhou e, sem hesitar, enfiou os dedos em meu cabelo suado, encostando o rosto no meu.

Quando seus lábios me tocaram, todo o resto sumiu, como se fosse papel picado jogado no ar. Esqueci por que estava castigando meu corpo, por que estava bebendo, por que não tinha conseguido dormir na noite anterior. Ela passou os braços ao redor da minha cintura e entreabriu os lábios, me chamando para dentro de sua boca, e fui para onde era convocado, encontrando sua língua e beijando-a com tudo que havia em mim. Agarrei sua nuca com a minha mão, de um modo que não podia agarrar seu compromisso ou seu tempo, e minha outra mão passou por baixo da saia lápis amassada que ela usava, encontrando a renda da calcinha e empurrando-a para o lado, para encontrar a pele macia entre suas pernas. Sem preâmbulo ou prólogo, enfiei um dedo dentro de sua boceta, que estava apertada e não totalmente pronta para mim, embora tenha notado que estava chegando lá.

Ela gemeu contra minha boca diante da invasão, interrompendo o beijo com um suspiro quando comecei a esfregar seu clitóris com o polegar enquanto enfiava outro dedo dentro dela.

Poppy se inclinou contra mim enquanto eu cuidava de sua boceta e, Deus me perdoe, estava com tanto ciúme de que Sterling pudesse tê-la tocado na noite anterior que não era capaz de discernir se a tocava para o prazer dela ou para o meu — como se pudesse recuperá-la se a fizesse gozar.

Era tão gostoso e irritante ao mesmo tempo observá-la arfar em meu ombro, com o cabelo e a maquiagem do dia anterior, as roupas amarrotadas e aquela aura toda de vergonha, que não foi de admirar que Poppy tenha hesitado quando ouviu minha voz ordenar:

Fique de quatro, sem olhar para mim.

Ela engoliu em seco e obedeceu lentamente.

— Tyler... — disse ela, como se estivesse percebendo, pela primeira vez, que talvez me devesse uma explicação.

— Não. Você não pode falar. — Minha voz estava rouca por causa do exercício e do uísque. — Nem uma palavra que seja.

Meu pau ficou duro no instante em que ouvi a voz dela, mas, quando desci a saia dela pelos quadris e baixei a calcinha até os joelhos, estava tão duro que doía.

Eu deveria avisá-la de que estive bebendo. Deveria avisá-la de que estou com raiva.

Mas só puxei meu short para baixo para expor meu pau, sem pensar em nada além de foder aquela boceta; porém, quando encostei a cabeça do pau em sua entrada, o ciúme me dominou. O ciúme e talvez minha consciência, que fora espancada e amordaçada, mas ainda não estava pronta para me permitir transar com uma mulher estando bêbado e com raiva.

Então, me afastei e, em vez de fazer sexo com ela, eu me masturbei, olhando para a bunda dela enquanto me acariciava. Não foi silencioso; eu grunhia toda vez que minha mão deslizava de volta para a glande, e minha mão e meu pênis faziam o som característico da masturbação. Poppy reagiu, começando a se virar para mim.

— Isso não é justo! — protestou ela. — Não faça isso, Tyler. Me fode. Eu quero que você me foda!

— Vire-se.

— Você não vai nem me deixar ver? — perguntou ela, e parecia magoada, excluída.

Mas que merda, pensou o Tyler do uísque, e o Tyler bonzinho estremeceu. Mas não. Não, ela deveria se redimir. De algum modo.

Bati em sua bunda e ela se esfregou contra minha mão, soltando um gemido baixo que me dizia que ela queria mais, e eu queria lhe dar mais, mas um lado meu também não queria lhe dar nada, não até que eu soubesse que ela não tinha voltado com Sterling, mas que se danasse, aquilo poderia ser parte de sua expiação, e bati nela mais vezes, a palma pousando em sua bunda, alternando os lados, até ela ficar bem vermelha.

Podia vê-la ficar mais molhada, sua boceta praticamente clamando por mim, mas não me importei, deixei que clamasse. E, quando chegou a hora, como uma correnteza violenta, gozei por cima de toda a roupa dela, um orgasmo intenso, mas breve, porque ela não estava ali comigo. Poppy não estava satisfeita, e eu também não estava, embora não se tratasse de satisfação, mas de um tipo de vingança, e, meu Deus, eu era um baita de um imbecil.

Eu me agachei, com as bochechas coradas de vergonha. Deveria tocá-la; deveria abrir suas pernas e lambê-la até ela gozar. Que tipo de desgraçado fazia isso com uma mulher — estando bêbado e com ciúmes — e não retribuía o favor? Mas como poderia tocá-la naquele momento, quando me sentia tão nojento com todos os meus pecados e fracassos, quando ainda estava tão desconfiado e chateado a ponto de não confiar em mim mesmo para controlar o corpo dela?

Não podia. Havia sido uma atitude idiota, mas seria ainda pior tocá-la com o tipo de sentimento que eu tinha dentro de mim.

Depois de guardar o pau, peguei uma toalha para ela e limpei meu sêmen de suas roupas da melhor maneira que consegui.

— Você... Nós não vamos... — Ela se virou e ficou de frente para mim, sem se preocupar em ajeitar a roupa, e ver sua boceta exposta causou uma reação direta em meu pau. Eu ficaria duro novamente em um minuto.

Forcei-me a desviar o olhar.

— Deixe-me ajudá-la a se levantar. E depois acho que você deveria ir para casa.

Ela se levantou e se encostou em mim.

— Você andou bebendo — concluiu ela, olhando para o meu rosto. — Está com uma cara péssima.

Ela se aproximou para acariciar meu rosto, e agarrei sua mão, segurando-a no ar, enquanto lutava contra milhares de tentações sombrias, a sensação de que, se eu metesse nela com força suficiente, arrancaria de Poppy a lembrança de Sterling.

Soltei sua mão.

— Vá para casa — falei, cansado. — Por favor, Poppy.

Seus olhos se endureceram, enormes pedras de ágata em determinação.

— Não — anunciou ela, e lá estava aquela voz firme, aquela voz de quem estava no comando. — Vamos subir. Agora.

Eu não ia discutir, por causa da voz e porque ela precisava mesmo subir se quisesse ir embora, mas, quando chegamos à minha sala, ela colocou as mãos em meus ombros e me guiou até o banheiro em vez de ir até a porta; eu estava muito mais bêbado do que pensara, pois mal conseguia andar sem bater na parede e, droga, ainda estava claro lá fora. Tinha conseguido encher a cara e gozar em cima da mulher mais perfeita do mundo, tudo isso antes das quatro da tarde.

Tyler Bell: herói americano.

Deixei que Poppy me guiasse até a beirada da banheira, onde me sentei.

— Por que não vai para casa? — pedi. — Por favor, vá para casa.

Ela se ajoelhou e desamarrou o cadarço dos meus tênis, puxando os cordões com impaciência.

— Não vou deixar você assim.

— Não preciso que cuidem de mim, droga.

— Por quê? Porque se sente muito vulnerável? É por isso que não quer transar comigo? É por isso que não quis me tocar? Ou que nem mesmo me olha nos olhos?

— Não — balbuciei, embora fosse a verdade, e nós dois soubéssemos disso.

— Levante-se — ordenou ela, de novo com aquela voz autoritária, e obedeci, sem gostar da submissão, mas apreciando a interação, o modo como ela se preocupava comigo, como se eu tivesse importância. Como se ela me amasse.

Ela puxou meu short para que eu ficasse nu e depois passou por mim para ligar o chuveiro.

— Entra.

Tentei protestar, até ver que ela estava desabotoando sua blusa e tirando os sapatos de salto alto. Ela se juntaria a mim.

O jato quente parecia o paraíso nos músculos doloridos, e então Poppy estava lá comigo. Havia algo como uma toalha de rosto, e por um tempo só senti o aroma fresco do sabonete, a massagem da toalha e a chuva suave de água quente e reconfortante. Quando ela me fez ajoelhar a fim de lavar meu cabelo, obedeci sem questionar, pressionando o rosto contra sua barriga, imaginando se havia uma palavra para aquela pele que significasse mais do que firme, mais do que macia e sexy, que significasse todas essas características juntas.

Fechei os olhos e gemi quando ela massageou meu couro cabeludo, os dedos aplicando o tipo de pressão que relaxava e estimulava ao mesmo tempo. Virei o rosto e beijei seu umbigo, um beijo suplicante. Mas não sabia pelo que suplicava.

O que eu sabia era que, pela primeira vez em vinte e quatro horas, não estava fervilhando de emoções, não estava me remoendo de culpa, não estava me punindo. Estava com Poppy, e sua boceta estava muito perto da minha boca, e me abaixei e beijei seu clitóris, sentindo-a estremecer.

Mas, então, ela apoiou as mãos em meus ombros, me empurrando para longe.

— Não enquanto eu não terminar de cuidar de você — disse ela com firmeza, enxaguando o xampu do meu cabelo. Poppy me fez permanecer ali enquanto lavava rapidamente o próprio corpo e passava xampu em seus cabelos. Não estava se exibindo, não estava tentando ser sexy, mas ainda assim foi uma das coisas mais sensuais que eu já tinha visto: a maneira como seus mamilos escorregavam entre os dedos conforme ensaboava os seios, o modo como a espuma descia por sua barriga e escorria pelas nádegas arredondadas, à medida que ela mantinha a cabeça para trás e ficava sob o jato de água.

Quando ela fechou o chuveiro, eu já estava duro como uma rocha, e a peguei olhando para a minha ereção pelo canto do olho, de uma forma faminta que me fez querer atacá-la ali mesmo no chão do banheiro. Mas também estava ficando sóbrio (não muito) e me dando conta do idiota que tinha sido com ela no porão, percebendo como não era merecedor do tratamento carinhoso que ela estava me dando naquele momento. Por isso, não fiz nada, apenas me enxuguei com uma toalha e me deixei ser levado com tranquilidade até a cama.

— Deite-se — disse ela. — E durma.

Ela não ia ficar comigo? Que droga.

— Poppy, sinto muito. Não sei o...

— O que deu em você? — Ela terminou a frase por mim. — Pelo jeito, meia garrafa de uísque. Mas... — e, nesse ponto, ela olhou para baixo — ... acho que eu merecia isso.

— Não — falei com firmeza, mas não muito, porque, agora que havia me acomodado no travesseiro, percebi que o quarto girava. — Você não merecia nada disso. Estou muito envergonhado, e não mereço sua presença aqui. Você deveria ir embora.

— Não vou embora — disse ela com a firmeza que eu não tivera. — Você vai tirar um cochilo e eu vou ler um livro; quando você acordar, sei de um jeito com que pode me recompensar. Está bem?

— Ok — sussurrei, sem saber se merecia uma chance de recompensá-la ou não. Mas também queria que ela soubesse *por que* eu tinha sido tão idiota, *por que* tinha agido como um baita imbecil. Era aquele desejo humano estúpido de justificar as próprias ações, como se eu pudesse apagar todos os erros se ela entendesse minhas razões.

Como alguém que ouvia atos equivocados de pessoas e as razões para esses atos no dia a dia de trabalho, eu deveria entender. Mas estava desesperado para que Poppy não me odiasse, e, sim, talvez houvesse um lado meu que quisesse transferir a culpa, porque, convenhamos, ela tinha passado a noite com Sterling e depois aparecido com as roupas do dia anterior, e como diabos eu deveria reagir?

— Sei que você estava com ele ontem à noite — falei e depois prendi a respiração, com medo de que ela confirmasse e com mais medo ainda de que tentasse negar.

Mas ela não fez nenhuma das duas coisas. Apenas suspirou e puxou o cobertor até o meu peito.

— Sei que você sabe — disse ela. — Sterling me disse que enviou aquela foto.

Então, ela desviou o olhar.

— Eu o odeio demais.

Aquilo me animou um pouco. Talvez a noite anterior não tivesse incluído sexo, afinal. Talvez aquilo tudo não fosse um prelúdio elaborado para Poppy me dizer que estava me trocando por Sterling.

— Eu não transei com ele, Tyler — explicou ela, percebendo meu olhar.

E eu acreditei. Talvez tenha sido a maneira franca com que ela havia dito. Talvez tenham sido seus olhos, arregalados e inocentes. Ou talvez tenha sido algo mais efêmero do que isso, alguma conexão espiritual que me dizia que suas palavras eram verdadeiras.

Fosse como fosse, optei por acreditar que ela me dizia a verdade.

Ela respirou fundo.

— Falaremos mais quando você acordar. Mas eu não… Nada aconteceu. Eu não o toquei. Ele não me tocou. — Ela encontrou minha mão e a apertou, e esse aperto foi o eixo sobre o qual o quarto se inclinou de novo. — Eu só quero *você*, padre Bell.

VINTE

— ACORDE, DORMINHOCO.

A voz atravessou o véu enevoado e denso do sono pesado, ondas sonoras e receptores nervosos trabalhando juntos para despertar meu cérebro, para me convencer a acordar e voltar ao mundo da vida sóbria.

Meu cérebro não estava acreditando. Eu me virei, mas em vez de encontrar um dos meus travesseiros antigos e finos, meu rosto encontrou pele nua. Coxas nuas. Passei um braço ao redor delas em um gesto automático, enterrando meu rosto na pele macia e cheirosa.

Os dedos se entrelaçaram em meus cabelos.

— Está na hora de acordar.

Foram mais as coxas do que o pedido, mas enfim consegui forçar meus olhos a se abrirem e, assim que o fiz, me arrependi.

— Ai — gemi. — Estou me sentindo péssimo.

— Por causa da bebida ou por causa da maneira como agiu? — Mantive o rosto contra a coxa de Poppy.

— Por causa das duas coisas — murmurei.

— Foi o que pensei. Bem, é hora de se sentir melhor. Coloquei algumas roupas para você na cama.

As coxas se afastaram, o que me deixou triste. Ela colocou os pés no chão e se levantou, esticando os braços como se estivesse na mesma posição há muito tempo, mas não estava mais nua; vestia, uma túnica curta com cinto na cintura e sandálias de gladiador.

— Você saiu — acusei.

Ela assentiu com a cabeça.

— Não poderia ir para onde estamos indo com uma de suas camisetas e com certeza não iria com minhas roupas sujas. Só fiquei fora por uns minutos, juro.

Eu me sentei lentamente e tomei a água e o analgésico que ela me ofereceu.

— Agora se vista — disse ela. — Temos um encontro.

Trinta minutos depois, estávamos entrando na rodovia interestadual com o Fiat dela. Eu vestia jeans escuros e um suéter macio que Sean havia me dado no Natal anterior, na tentativa contínua de melhorar meu guarda-roupa. Era um visual simples — apesar do preço ridículo do suéter —, e me perguntava por que estávamos indo até a cidade se não fosse para ir a algum lugar elegante e caro.

— Para onde estamos indo? — perguntei.

Poppy não respondeu, verificando os retrovisores e esticando o pescoço ao passo que avançava pelo trânsito intenso de sábado à noite. Decidi não a pressionar, embora a curiosidade estivesse me matando, assim como a leve apreensão de que alguém nos visse juntos.

Por fim, ela disse:

— Para um lugar ao qual eu queria levá-lo há algum tempo. Mas primeiro: ontem. Precisamos conversar sobre ontem.

Sim, precisávamos, mas, agora que sabia que ela não tinha dormido com Sterling, eu meio que queria evitar aquela conversa dolorosa. Aquele último dia e meio havia nos levado para além da fase do fingimento, na qual podíamos imaginar o mundo lá fora como uma tempestade irrelevante batendo sem eficácia na janela, e eu odiava isso. Porque, além desse lugar, estavam todas as decisões e discussões que aos poucos destruiriam minha vida, um pedaço de cada vez.

— Bom, Sterling foi à minha casa ontem — disse ela. — Depois de falar com você.

Ela sabia sobre nossa conversa?

Como se estivesse lendo minha mente, Poppy continuou:

— Sterling adora se gabar de suas conquistas. Nos negócios, amorosas, motivadas por vingança, qualquer tipo de vitória. Acho que ele pensou que eu ficaria impressionada com o fato de ele ter nos encurralado com a evidência fotográfica de nosso relacionamento.

Meu Deus. Ele era um imbecil.

— Você tem de entender: eu sabia que ele acabaria vindo e que eu diria a Sterling que não queria ficar com ele. Mas também sabia que ele não aceitaria nada menos que uma rejeição completa, cara a cara, e senti que pelo menos lhe devia um jantar, uma chance de conversar sobre tudo. Afinal, namoramos por *anos*...

— Anos que ele passou traindo você — murmurei.

Poppy olhou para mim. O olhar não era totalmente agradável.

— Mesmo assim — ela continuou, a voz agitada —, concordei em ir até a cidade e jantar com ele. Acabamos conversando até tão tarde que dormi no quarto de hotel dele.

Não gostei daquele detalhe.

Não gostei nem um pouco daquele detalhe.

— Mas, como eu disse — ela falou —, nada aconteceu. Cochilei no sofá e depois o motorista dele me trouxe de volta para casa. Para você.

— Então, agora ele sabe que você não quer mais nada com ele? Ele vai embora?

— Sim?

— Isso é uma pergunta? Está dizendo que não sabe com certeza?

Seus olhos permaneceram na estrada.

— Quando saí, hoje cedo, Sterling disse que compreendia minha decisão. Disse que não queria que eu ficasse com ele sem querer, que era importante para ele como eu me sentia. E que, portanto, se afastaria.

Pensei no homem que eu havia conhecido no dia anterior, nos olhos azul-claros e na voz calculista. Ele não parecia o tipo de homem que recuaria um passo. No entanto, parecia ser o tipo que mentiria dizendo que recuaria um passo.

— As fotos que ele tirou de nós… Ele fez todo um esforço para montar um possível esquema de chantagem e simplesmente vai abrir mão disso?

Poppy mordeu o lábio, olhando por cima do ombro e mudando de faixa de novo. Eu gostava da maneira como ela dirigia: rápida, eficaz e com um toque de agressividade que nunca se traduziu de fato em alguma manobra insegura.

— Não sei — respondeu ela, um pouco desanimada. — Ele parecia muito determinado, e então, sim… é difícil imaginá-lo fazendo todo esse esforço só para depois ir embora, mas também não acho que ele mentiria sobre isso.

— Pois eu acho — falei em voz baixa.

Ela ouviu.

— Olha, Sterling não é um santo, mas não é justo crucificá-lo só porque ele é meu ex. Sim, ele fez coisas ruins, mas não é um psicopata. É apenas um garoto mimado que nunca teve alguém que lhe dissesse não. E eu, sinceramente, acho que ele não fará nada com aquelas fotos.

Ela o está defendendo? Parecia estar, e isso me irritou um pouco.

— Ele chegou a se oferecer para entregar os arquivos para você? Ou mesmo excluí-los?

— O quê? Não. Mas…

— Então, acho que ele não está desistindo de nada — respondi, mantendo os olhos na janela, onde os campos cobertos pelo crepúsculo transformavam-se lentamente na expansão da cidade. — Ele disse o que sabia que você queria ouvir, mas isso ainda não acabou, Poppy. Não vai acabar enquanto ele não conseguir o que quer. Que é você.

A mão dela deslizou sobre a minha e, por um minuto de petulância, pensei em ignorá-la, em não entrelaçar meus dedos nos dela — se para machucá-la ou para mostrar minha discordância, não tinha certeza.

Meu Deus, como eu estava sendo idiota.

Quando segurei sua mão, agarrei-a com força.

— Me desculpa — falei. — É como se houvesse um tridente apontado para o meu coração. Como se eu pudesse perdê-la ou perder meu emprego, ou ambos.

— Você não está me perdendo — Poppy insistiu, olhando para mim. — E não perderá seu emprego. A menos que queira.

Encostei a cabeça no vidro frio da janela. E lá estava ela... a escolha. Preto e branco, noite e dia, um ou outro. Poppy ou Deus.

— A Millie sabe — declarei do nada.

Senti sua mão tensa na minha, e lá estava ela de novo, aquela raiva estranha, porque qual era o sentido de Millie, a Millie incrível e confiável, ser mais preocupante do que Sterling? Mas prendi o fôlego e depois soltei a respiração. Eu me recusava a deixar que aquela série de eventos criasse um abismo entre nós.

Não permitiria isso.

— Ela não vai contar a ninguém — tranquilizei Poppy. E em seguida contei a ela o que havia acontecido comigo no dia anterior; escolhi contar tudo, até meus pensamentos terríveis e idiotas, porque devia isso a ela. Queria dever isso a ela. Afinal, o que eu tinha a perder? Estava prestes a perder tudo, de qualquer maneira. Valia mais ser honesto.

Ela ouviu enquanto eu lhe contava tudo, sobre Millie, sobre a chantagem de Sterling, e sobre como eu havia adivinhado que Poppy estava com ele antes mesmo de receber aquela mensagem dele, e sobre todos os sentimentos desagradáveis e ciumentos que se acumularam no meu peito. Quando terminei, ela contraía os lábios, formando uma linha vermelha com eles, escondendo aqueles dentes que eu achava tão estranhamente sensuais, com uma expressão séria que, de algum modo, era igualmente atraente.

— Sei que não nos conhecemos há muito tempo — disse Poppy. — Mas não precisa se preocupar com a possibilidade de eu trair você. Isso não vai acontecer. Ponto-final. Eu não traio.

— Eu não quis dizer… — Lutei para encontrar as palavras certas. — Conheço *você*, você de verdade, e sei que não faria nada para me machucar. Mas também sei que Sterling é mais do que apenas um ex-namorado para você. Sei que há algo entre vocês que é antigo e poderoso, e acho que foi isso que me deixou preocupado, não a ideia de que você poderia ter uma falha de caráter.

— Não importa quanta história exista entre mim e Sterling. Nunca vou trair você. Não faz parte da minha natureza.

Esperava que isso fosse verdade. Esperava muito. Mas me ocorreu que não havia como eu ter certeza de que ela não me trairia, não havia garantia para confiar em alguém amado e nenhum tribunal para processá-lo se uma traição acabasse por ocorrer. Amar Poppy e escolher confiar nela em relação a Sterling, isso me tornaria vulnerável.

Mas ela já estava em uma situação vulnerável, amando um homem que não tinha permissão para retribuir seu amor, então talvez estivéssemos quites nesse assunto.

Para aliviar o clima, falei:

— Acho que entendo isso. Sean e Aiden têm até um nome para explicar pessoas como você. Eles dizem que a pessoa tem o gene da monogamia.

— O gene da monogamia — ela repetiu. — Acho que é isso mesmo.

Eu me recostei no banco. O centro de Kansas City apareceu, monólitos de vidro e concreto se estendendo rumo a um céu cor de lavanda, o rio abaixo parecendo uma serpente cinza da cor do aço.

— Também costumavam brincar dizendo que eu tinha o gene do celibato — acrescentei. — Embora agora eu não tenha tanta certeza. — Luzes da rua e dos semáforos se espalhavam pelo carro, e Poppy manobrava com habilidade em meio ao trânsito para entrar no centro da cidade. — Talvez não fosse o gene do celibato — eu disse, mais para mim mesmo do que para ela. — Talvez fosse porque sempre estive esperando você.

Ela respirou fundo e direcionou o carro para um beco entre dois prédios. Antes que eu pudesse perguntar o que estava fazendo, ela parou o carro e logo estava no meu colo, o que fez meu pênis se animar, interessado.

Seus lábios encontraram os meus com urgência, uma fome intensa e determinada, e suas mãos me percorreram todo: meu cabelo, meu peito, puxando com impaciência o botão do meu jeans.

— Eu amo você — ela repetiu várias vezes, e a tensão da viagem se dissipou. — Amo você, amo você, amo você. E sinto muito por tudo que aconteceu hoje.

Encontrei sua bunda sob o vestido e a apertei, deslizando os dedos por baixo de suas coxas para roçar em sua calcinha, que estava úmida.

Mas, antes que eu pudesse me aprofundar mais ali, ela se afastou, ofegante.

— Temos uma grande noite pela frente, por isso não quero estragá-la começando antes da hora — anunciou ela com um sorriso. — Mas você não sabe o que faz comigo quando diz coisas assim.

— É tudo verdade — sussurrei. — Eu me preocupo com você e só queria que… — puxei-a com força contra mim, seu seio em meu rosto, sua boceta contra a ereção coberta pelo tecido da calça — … só queria que fosse assim o tempo todo. Você e eu. Sem decisões. Sem problemas. Apenas… nós.

Ela beijou o topo da minha cabeça.

— Bem, se é uma fuga o que está procurando, então vai gostar da noite.

No começo, achei que Poppy tivesse perdido a cabeça, porque, em vez de ir a um restaurante, cinema ou qualquer coisa remotamente parecida com um encontro, ela entrou no estacionamento de um prédio comercial (e eu só sabia que era de um prédio comercial porque os Irmãos Investidores trabalhavam dois arranha-céus adiante, e Aiden namorava uma garota que trabalhava naquele mesmo prédio).

Fomos até o saguão envidraçado do elevador, e Poppy passou um cartão-chave na porta protegida. Quando a porta se abriu com um clique, ela me levou até o elevador mais distante, passou o cartão de novo, e subimos até o trigésimo andar.

Finalmente, arrisquei-me a perguntar:

— Para onde estamos indo?

Ela me deu um sorriso sutil, um daqueles sorrisos que me deixavam maluco por sua boca.

— Para o meu trabalho.

Mal tive tempo de processar a informação. Antes que me desse conta, estávamos entrando, e Poppy acenava para a mulher na recepção (que vestia um terno sob medida, como se trabalhasse em um escritório de investimentos, e não em uma casa de strip). Poppy empurrou as portas de vidro fumê, e eu a segui, e então estávamos dentro do clube mais exclusivo da cidade, o lugar que havia atraído uma aluna de MBA de Dartmouth, algo que Wall Street não conseguira fazer.

Paredes haviam sido construídas ao redor do espaço, bloqueando as janelas, provavelmente para que as luzes não vazassem para fora durante a noite (e para que a luz do dia não entrasse). Mas havia um espaço considerável entre paredes e janelas, o que significava que qualquer visitante poderia pegar seu drinque e passear pelo corredor, contemplando a paisagem urbana, assim como vários homens faziam agora, alguns deles distraídos no que pareciam ser ligações de negócios, enquanto Poppy me conduzia pela mão.

Aqui e ali, as paredes terminavam e ofereciam um vislumbre do interior da sala principal. Duas ou três mulheres dançavam sozinhas em caixas envidraçadas, mas várias estavam no chão, e eu desviava, por extinto, os olhos de todas as mulheres expostas. Talvez, no fundo, eu ainda fosse um padre, afinal de contas.

Mas meu olhar foi atraído para o vestido curto de Poppy, que revelava o formato de sua bunda.

Padre? Sei.

Passamos por uma das aberturas, e Poppy me levou a uma das salas.

— O que vamos fazer?

— Meu chefe disse que posso usar estas salas quando quiser. E quero usá-las agora mesmo.

— Para mim?

— Para você. Agora, espere aqui — disse ela com um sorriso e saiu, fechando a pesada porta de madeira com um estalo.

Então, eram aqueles os quartos particulares que ela mencionara, como aquele em que ela transara com Sterling. O pensamento fez meu ciúme ganhar força, mas me lembrei do carro e das desesperadas declarações de amor de Poppy. Ela estava ali... comigo. Não com ele.

Mas por que aquela serpente de raiva ainda rastejava dentro de mim? Eu me odiava por senti-la, mas não conseguia expulsá-la, não conseguia desenterrá-la. Ela se esgueirava por minhas veias, fazendo cócegas na ponta dos dedos com o ímpeto de... quê? Dar uma surra nela por passar um tempo com o ex sem minha permissão? Transar com ela até que ela reclamasse, até que meu pau fosse a única coisa de que se lembrasse?

Meu Deus, eu era um maldito filisteu.

Para me distrair, analisei o ambiente ao redor. Nunca tinha ido a uma casa de strip antes, mas aquela era com certeza bem mais agradável do que eu esperava. Havia uma cadeira e um sofá, ambos de couro (*fáceis de limpar*, pensou uma voz com amargura), e um estrado no meio da sala, largo o suficiente para abrigar um pole dance, mas também largo o suficiente para que uma dançarina se apresentasse sem ele.

A luz azul e roxa estava fraca, e a música estava alta, mas não o bastante para ser incômoda. O tipo de volume para fazê-la se infiltrar em seu sangue com um compasso forte e exigente, fundindo-se com os próprios pensamentos e aumentando a pulsação — adrenalina gotejando lenta e constantemente.

Eu me sentei no sofá de couro e me inclinei para a frente, fitando minhas mãos. O que estava fazendo ali? Por que ela havia me levado até ali? Dentre tantos lugares...

Mas então a porta se abriu e parei de me perguntar qualquer coisa que fosse; só queria saber quando poderia transar com ela, porque... *Meu Deus*.

Ela usava uma peruca azul-bebê e uma maquiagem tão pesada que tudo o que eu conseguia imaginar eram aqueles olhos bem marcados a lápis preto me encarando enquanto ela chupasse meu pau. E logo percebi o que ela quis dizer quando falou que ali só havia garotas que parecessem requintadas. Porque, embora eu não entendesse nada de lingerie, sabia que o tecido delicadamente bordado de sua calcinha transparente provavelmente não era o traje normal de uma stripper. Nem o sutiã de seda que completava o conjunto ou as peças de renda que cobriam os mamilos — tudo em um tom suave de champanhe. Uma tira da mesma seda cor de champanhe estava amarrada em seu pescoço com um laço, e eu queria desembrulhá-la no ato como se fosse um presente. Ela sempre estava maravilhosa, tanto vestida quanto nua, mas naquele instante tinha se transformado; era uma Poppy que eu só tinha visto de relance, mesmo em nossos momentos mais íntimos.

Ela se aproximou de mim, tão graciosa em seus saltos de quinze centímetros quanto se usasse sapatilhas de balé, e estendeu a mão.

— Sua carteira.

Confuso, tirei a carteira do bolso da calça jeans (que, de repente, estava muito apertada) e a entreguei a ela. Poppy tirou várias notas de cinquenta e outras de cem do sutiã e as colocou dentro de minha carteira, entregando-a de novo para mim.

— Quero fazer um jogo com você — disse ela.

— Está bem — respondi, minha boca de súbito seca. — Vamos fazer esse jogo.

Ela lambeu os lábios, e percebi que eu não era o único absurdamente excitado naquele momento.

— Você é só um cliente, e eu sou só uma dançarina, está bem?

— Está bem — repeti.

— E você sabe que há certas regras para as salas privadas, não sabe?

Balancei a cabeça, incapaz de evitar que meu olhar percorresse seu corpo, sua lingerie cara, aquela tira de seda amarrada em seu pescoço, que poderia facilmente ser transformada em uma coleira...

— Bem, primeiro você tem que me pagar pela minha presença aqui. — Ela colocou uma mão no quadril, tão impaciente e tão gostosa que todos os argumentos filosóficos que o Tyler bonzinho pudesse ter elaborado sobre fingir algo tão degradante (e em uma casa de strip, ainda por cima) desapareceram. E, quando coloquei as notas em sua mão, a atmosfera mudou no mesmo instante. Não havia mais jogo, e aquela se tornou nossa realidade. Não importava o fato de que nos amávamos, de que o dinheiro nem era meu; eu estava pagando e ela estava aceitando o dinheiro, e agora ela estava no palco, com uma mão no pole dance e os olhos fixos em mim.

Poppy se pôs a dançar, e me inclinei para trás, querendo memorizar cada detalhe daquilo, o modo como suas pernas envolviam aquele poste à medida que ela se balançava, como seu cabelo azul roçava nos ombros, como os músculos dos braços e ombros se contraíam e se tensionavam.

A luz fraca, a música alta, o anonimato do sexo em exibição na minha frente... tudo isso combinado com a chama em seus olhos, com o fato de ela *me* querer, e só a mim, naquele momento. Agora, entendia por que Herodes havia oferecido a Salomé tudo o que ela quisesse depois que dançou para ele. Havia algo delicioso na disputa de poder entre nós. Na teoria, eu detinha todo o controle e a dignidade naquela situação, mas, na verdade, era o contrário. Ela estava me cativando, estava me colocando sob seu domínio, até que eu quisesse lhe dar tudo, não apenas o dinheiro que ela havia colocado em minha carteira, mas minha casa, minha vida, minha alma.

Poppy e sua dança dos sete véus.

Ela então se curvou, e me distraí com o fato de que sua bunda estava agora no centro de tudo, que podia ver a sombra de suas dobras através do tecido, e teria feito qualquer juramento naquele instante para acariciá-la ali.

Eu me remexi, tentando aliviar a pressão na calça jeans, mas foi inútil. Ela se posicionou à minha frente, com uma mão em cada um de meus joelhos, e os abriu para que pudesse se colocar entre eles. Virou-se para que sua bunda ficasse na minha cara, tão perto que eu conseguia ver as flores individuais bordadas na lingerie, e passei um dedo por elas.

Poppy pegou minha mão.

— Você tem que pagar mais se quiser tocar — ronronou, e eu segui Herodes pelo caminho da perdição espiritual, porque nenhum preço era alto demais para ela.

Sem questionar, entreguei o dinheiro, que ela enfiou no sutiã. Em seguida, levou minhas mãos aos seus quadris e desceu com elas por suas pernas, voltando a subir em seguida, até os seios. Brinquei um pouco com os adesivos que cobriam o mamilo, tanto amando quanto odiando a sensação desconhecida de ter seus mamilos bloqueados para mim.

Ela se sentou no meu colo, pressionando a bunda contra a ereção, e recostou a cabeça em meu ombro enquanto eu acariciava seus seios. Encostei o rosto em seu pescoço.

— Aposto que faz isso com todos os caras que vêm aqui.

— Só com você — disse ela com uma voz aveludada, contorcendo-se contra mim, a fricção contra meu pênis me fazendo gemer baixinho. Ela se virou, de modo a ficar de frente para mim.

— Sabe — disse ela, com a mesma voz baixa e sensual —, nunca deixo os caras fazerem isso, mas, se quiser, deixo você ver minha boceta.

Sim, por favor.

— Eu adoraria. — Fiquei muito orgulhoso por ter conseguido não guinchar como um adolescente.

Ela estendeu a mão, e eu peguei a carteira de novo. Ainda bem que isso era um jogo; nunca conseguiria pagar Poppy com meu salário de padre.

Depois de receber o pagamento, ela subiu no estrado e abriu bem as pernas novamente, puxando a calcinha para o lado para me mostrar o que eu queria ver. Estava úmida, e era de um cor-de-rosa atraente à fraca luz azulada da sala, a cor que os pintores do Renascimento deviam ter usado para pintar a luz do céu.

Fiquei olhando, hipnotizado, enquanto ela descia a mão pelo pescoço lentamente, passando-a pelos seios, até a suave elevação do osso púbico. Então ela traçou círculos largos e delicados ao redor da boceta, espirais aleatórias perto do umbigo e nas coxas, aproximando-se cada vez mais, e, quando enfim tocou seu clitóris, soltei um suspiro trêmulo que não sabia estar segurando.

Ela também suspirou ao toque, esfregando o quadril contra a mão, como se tentasse inconscientemente foder o ar, e eu estava começando a perder a noção de tudo que não fosse aquela boceta. Será que ela não sabia que eu poderia fazer isso por ela? Que poderia fazê-la se sentir bem, se ao menos ela me permitisse fazer isso?

Eu me levantei e caminhei até o estrado. Nossos olhos estavam no mesmo nível, e sustentei seu olhar à medida que deslizava as mãos dos joelhos dela até a parte interna de suas coxas, meus polegares chegando perto de sua boceta. Fiz isso de novo, desta vez ousando chegar mais perto, me perguntando se ela permitiria, se sua luxúria superaria as regras em relação a dinheiro. Passei os polegares sobre suas dobras e ela estremeceu, e eu também, porque, *porra*, ela estava molhada. Tão molhada que eu sabia que seria capaz de enfiar meu pau sem resistência alguma.

— Quer enfiar os dedos em mim? — ela perguntou.

Assenti com a cabeça, usando os polegares e abrindo suas dobras, afastando aquela pele rosada e macia de modo que sua entrada ficasse completamente exposta, implorando por dedos ou por um pau.

— Isso vai lhe custar caro — disse Poppy com malícia, colocando as mãos sobre as minhas.

— É duro negociar com você — sussurrei. "Duro" era a palavra certa para descrever como eu me sentia também. Estava a três segundos de abrir o zíper da calça jeans e resolver o problema com as próprias mãos (por assim dizer).

Peguei a nota e a dobrei, no sentido do comprimento, para que ficasse mais fácil para Poppy guardá-la, mas desta vez ela não a pegou com os dedos, e sim com a boca, os lábios roçando nos meus, e foi muito humilhante, maravilhosamente humilhante; o Herodes em mim estava exultante em seu trono, encantado com o prazer de um rei ao vê-la com o dinheiro entre os dentes, sabendo que agora podia tocar a boceta dela como quisesse.

Ela se colocou de joelhos, como se quisesse ficar de pé, mas eu teria aquilo pelo que havia pagado, e naquele momento *exato* passei o braço em torno de sua cintura e a puxei para baixo, para os dois dedos que eu tinha prontos à sua espera. Ela gemeu, e eu abri um leve sorriso, planejando tirar o máximo proveito daquele serviço. Com o braço em volta de sua cintura, eu a puxei ainda mais para baixo, de modo que a boceta dela roçasse na minha mão (que no momento estava esmagada contra o estrado, mas não me importei); assim, o ponto cheio de nervos se esfregava sem parar na minha palma. Flexionei os dedos para cima, encontrando o ponto de textura macia que a faria sair do controle.

Movi os dedos enquanto sussurrava em seu ouvido:

— Se eu fizer você gozar, vai ter que me pagar?

Ela riu, mas o riso logo se transformou em um suspiro sufocado enquanto eu a pressionava com mais força contra minha mão. Mordi sua clavícula e a pele macia ao redor dos adesivos, sua umidade tremendo contra minha mão e aquele laço de seda implorando para ser usado para prender seus pulsos; então ela gozou com um ruído agudo, fazendo pressão contra mim enquanto eu a apertava com mais força, dedicando-me com mais afinco, arrancando até a última gota de prazer de seu orgasmo.

Quando se acalmou, seu corpo relaxou contra o meu, mas eu estava longe de me sentir relaxado. Tirei a mão de baixo dela e levei meus dedos aos seus lábios, fazendo-a sentir o próprio gosto neles, enquanto usava a outra mão para desabotoar a calça jeans.

Poppy olhou para baixo e de volta para o meu rosto.

— Quer que eu o coloque na minha boca? — ela perguntou, fitando-me com os olhos semicerrados, de um modo que me deixava totalmente incapaz de formular pensamentos coerentes.

Peguei algumas notas e as coloquei em seu sutiã. Em seguida, peguei o laço de seda e o desamarrei lentamente, desnudando aquele lindo pescoço para que eu o chupasse e mordiscasse, enquanto deslizava a seda em minhas mãos, em reverência, como se segurasse minha estola ou meu cíngulo.

Puxei o tecido e o prendi de novo ao redor de seu pescoço em um nó firme, amarrando-a em um nó seguro — o tipo de nó que me permitiria puxá-la sem me preocupar em apertar seu pescoço.

Com a coleira presa, enrolei a ponta solta uma vez em minha mão e testei puxá-la. Ela se movimentou um pouco para a frente, emitindo um barulho de surpresa, mas suas pupilas se dilataram e sua pulsação se fez notar no pescoço, então me senti à vontade para puxar de novo, forçando-a a deslizar com vagarosidade para fora do estrado e se ajoelhar. Eu me sentei na cadeira e fiz com que ela se arrastasse até mim, observando como seus seios balançavam nesse movimento.

Quando estava entre meus joelhos, puxei-a para cima, talvez com um pouco mais de força do que deveria, mas quase nem enxergava naquele instante, tamanho o tesão. Eu fora vencido pelo meu homem primitivo interior e por meu Herodes íntimo, e tudo o que ele queria era aquela linda boca de lábios vermelhos em meu pau naquele momento.

Ela passou os dedos por baixo do elástico da minha boxer preta e o puxou para baixo, e meu pau surgiu, projetando-se com liberdade, sobressaindo entre o V formado pelo zíper aberto. Enrolei a ponta da coleira em minha mão mais algumas vezes até que ficasse esticada, e depois puxei sua cabeça na direção do meu pau, mas ela não abriu a boca de imediato, mantendo os lábios vermelhos selados. No entanto, esboçava um sorriso e tinha uma expressão de prazer nos olhos, e me lembrei da cena do balcão da cozinha, várias semanas antes, quando ela me pediu que roubasse beijos dela. Não, quando quis que eu os *forçasse*.

Então, apertei a coleira com mais força e dei um puxão, sua boca agora pressionada contra a parte de baixo do meu pênis, sua respiração perto o suficiente para me deixar louco.

Participe do jogo, Tyler.

— Eu paguei para você chupar — sussurrei. — Você pode me chupar ou posso obrigá-la a fazer isso. Então, a menos que queira que eu a obrigue, é melhor abrir essa boquinha linda e fazer seu trabalho, porra.

Ela estava toda arrepiada, e não deixei de notar como tentava esfregar as coxas uma na outra. Impaciente, enfiei um dedo entre seus lábios e os forcei a se separarem.

— Me chupa — dei a ordem —, ou vou piorar as coisas.

Não era preciso ser um observador muito atento para notar o interesse em seus olhos ante a ameaça; ela queria que eu piorasse as coisas, mas também acho que queria me chupar, porque enfim pousou os lábios de maçã do amor na cabeça do meu pau e, me encarando, deslizou a boca para baixo e me cobriu, a língua esticada e quente contra meu pau.

Mantendo a mão firme na coleira, inclinei-me para trás a fim de assistir ao espetáculo, ver seus seios se moverem enquanto ela me tocava, observar aqueles olhos âmbar me encarando com uma expressão que me deixaria duro no chuveiro por anos. E aqueles lábios como uma linda auréola vermelha em volta do meu pau... eram a única auréola que eu queria de novo, um círculo de desejos perversos e prazeres diabólicos.

Ela subia e descia, às vezes me pressionando com a língua, às vezes desenhando uma linha quente e larga pelo meu pau. Eu me movimentei para cima, a fim de encontrá-la, atingindo o fundo de sua garganta, e, perdendo toda a paciência, agarrei sua nuca para impedi-la de se afastar. Segurei sua cabeça com as mãos e bombeei dessa forma por bastante tempo, fodendo sua garganta como eu fodia sua boceta: com força e sem dó, e ela merecia isso por ser uma provocadora tão descarada e sem-vergonha.

— Você gosta, né? — perguntei. Ela respirava com cuidado pelo nariz e não conseguia falar, então falei por ela. — Sei que gosta. Você gosta quando um cliente a trata com grosseria. Fica molhada ao ser tratada como a vagabunda que é, não é?

Ela fez um barulho que poderia ter sido um sim ou um não, ou simplesmente um gemido de puro prazer. Fosse o que fosse, me deu um frio na barriga, e segurei sua cabeça com força, sentindo as bolas tensas, com vontade de gozar. Mas não queria gozar em sua boca.

— Pare — ordenei, puxando a coleira. Ela obedeceu, os olhos lacrimejantes e borrados, e um dos maiores sorrisos que eu já tinha visto em seu rosto.

Usei a coleira para trazer seu rosto até o meu enquanto me inclinava em sua direção.

— Quanto custa para te foder?

Seu sorriso se transformou em uma expressão mais sombria, uma expressão que me prometia tudo o que eu queria.

— Nós… nós não devemos fazer isso — ela disse sem forças.

— Não me importo — vociferei. — Quero transar com você. Quanto é?

— Tudo que você tem — ela disse, arqueando a sobrancelha de modo desafiador, e eu a elogiei mentalmente por sua dedicação ao jogo. Peguei a carteira e o dinheiro que restava, cerca de setecentos dólares (caramba, Poppy tinha muito dinheiro), e joguei as notas para o alto. Elas pousaram lentamente no chão.

— Pegue-as com a boca.

— Não.

— Não? — Puxei a coleira, apenas o suficiente para que Poppy se lembrasse dela. — Quero receber aquilo pelo que paguei. Agora. Pegue-as… com a boca — repeti lentamente.

Notei o instante em que ela cedeu por causa do movimento dos ombros, mas, quando começou a se abaixar para pegar a nota mais próxima, pisei no dinheiro.

— Primeiro tire a calcinha.

Ela prendeu o lábio inferior entre os dentes, e não sei como estava meu rosto, mas qualquer expressão que houvesse ali deve tê-la convencido de que não seria bom me testar. Poppy se levantou, segurou as laterais da calcinha e a abaixou, com um salto dourado saindo do chão e depois o outro.

Em seguida, curvou-se e começou a recolher o dinheiro. Mantive a coleira solta enquanto ela fazia isso, desenrolando-a para que tivesse bastante folga, lambendo os lábios ao ver a perfeição inchada exposta entre suas pernas. Quando chegássemos em casa, queria adorá-la com a boca, queria que ela gozasse em minha língua várias vezes. Ela merecia isso, meu cordeirinho, por ter se esforçado tanto por mim, criando esse jogo em que eu podia receber muito dela. Sim, depois disso, iria recompensá-la.

Mas por enquanto…

Fui para o chão atrás dela, também de joelhos, e, como a música estava muito alta, acho que Poppy não me ouviu. Estava completamente curvada, com o rosto virado para o chão, a bunda virada para o alto, e peguei meu pau e enfiei nela de uma vez e com força, até o fim, dando-lhe um tapa forte nesse movimento.

Ela gemeu — um som de aprovação —, e isso foi o suficiente para manter minha consciência afastada enquanto eu a fodia com mais força do que seria puramente cavalheiresco, não necessariamente rápido, só com *força* e *profundidade*, o tipo de profundidade que a fez dobrar os dedos dos pés e minhas bolas baterem contra seu clitóris.

E então a cobra voltou a se arrastar, aquela serpente furiosa e amarga, quando me lembrei de que eu não era o primeiro homem a fazer aquilo com Poppy ali, que já a tinham comido assim antes, neste mesmo lugar; aquela raiva fez minhas palmas formigarem e minha virilha queimar.

Eu queria puni-la. Queria machucá-la como ela me machucava, fazendo com que me importasse tanto, porém, em vez de machucá-la, eu me afastei e me levantei, com o pau molhado e duro como aço, pulsando de desejo de foder a boceta ainda exposta para mim.

Eu não queria ser Herodes. Não de verdade.

Sentei-me na cadeira.

— Venha aqui. — Apontei com a cabeça em direção ao meu pau, para que ela soubesse o que eu queria, e ela não hesitou em subir em meu colo e se sentar em mim, descendo com a boceta apertada e quente, os seios bem na minha cara.

E ali, agora que eu podia ver seu rosto, agora que eu não podia ser brutal, confessei:

— Não posso, não desse jeito. Isso me faz querer…

Mas não consegui pronunciar as palavras. Eram horríveis demais. Em vez disso, enterrei o rosto em seus seios, sentindo o cheiro de lavanda dela, o tecido cheiroso do sutiã.

Ela puxou meu cabelo, inclinando minha cabeça para trás.

— Me machucar?

Fechei os olhos. Não conseguia fitá-la. Ela devia me odiar, mas ainda assim estava trepando comigo, balançando para a frente e para trás, e não para cima e para baixo, usando meu pênis para gozar como se o resto fosse irrelevante.

Minha nossa, que tesão.

— Imaginei que isso aconteceria — pontuou ela. — Foi por isso que trouxe você aqui.

Meus olhos se abriram.

— O quê?

— Você é um homem, Tyler. Não importa o que eu lhe diga ou até mesmo no que queira acreditar... Sempre haverá esse neandertal dentro de você, que vai querer ser meu dono. Você pode ser meu dono, se necessário, e pensei que... — Ela diminuiu o ritmo dos movimentos, parecendo incerta pela primeira vez. — Pensei que, se brincássemos assim, seria mais fácil para você se soltar. Para satisfazer esse lado que não quer reconhecer. Esse lado do qual você se esconde. Porque ele é maior do que você pensa.

Como se para enfatizar o próprio ponto de vista, Poppy desceu as unhas por minha barriga, com força, e bati em sua bunda tão rápido que eu nem sabia o que estava fazendo. Ela soltou um pequeno gemido e se jogou em cima de mim.

— Está vendo? Você precisa disso. E eu preciso disso. Vou levar você em todos os lugares em que já estive e vou deixar você me comer nesses lugares, para que possa reescrever minha história como sua história, se quiser — ela prometeu. — Deixe-me dar isso a você.

Eu a encarei com espanto. Com gratidão. Ela era muito astuta e generosa, e é claro que eu não havia precisado me preocupar em cuidar de seu bem-estar. Como sempre, ela tinha nós dois sob controle quando entregava o controle para mim.

— Não sei o que dizer — admiti.

— Diga que sim. Diga que vai terminar o jogo.

Eu estava errado. Ela não era Salomé agora. Era Ester, usando o próprio corpo para salvar seu reino, nosso reino de duas pessoas. E como eu poderia agir de acordo com meu desejo de fazer com que ela fosse minha sabendo disso? Sabendo como ela era generosa e corajosa?

— Não me parece certo tratá-la assim… tomar você como uma espécie de propriedade. E, mais importante, não quero te machucar.

— Eu *quero* que você me tome como se eu fosse sua propriedade — reiterou ela, inclinando-se para sussurrar em meu ouvido. A mudança de posição fez com que sua boceta se apertasse ao redor do meu pênis, e eu respirei fundo. — E, se me machucar, eu vou dizer. Você confia que vou dizer se quiser parar, e eu confio que você vai parar se eu disser. O que acha?

Sim, eu achava ótimo. Parecia bom demais para ser verdade, mas, por outro lado, aquela era a minha Poppy, uma mulher feita como se o próprio Deus a tivesse projetado para mim. E talvez Ele tivesse mesmo feito isso.

Decidi confiar nela. Confiar n'Ele.

Decidido, agarrei suas coxas e me levantei, mantendo sua pélvis presa à minha enquanto me aproximava do sofá. Eu a beijei, um beijo suave e ardente, um lembrete do quanto eu a amava antes que minha parte bruta assumisse o controle, o que aconteceu logo depois que nossas bocas se separaram. Coloquei Poppy no chão e a apoiei sobre o braço do sofá, de modo que sua bunda ficasse mais alta do que a cabeça, e então posicionei a cabeça do meu pau em sua entrada.

— Junte as pernas — ordenei. — Deixe-a mais apertada.

Ela obedeceu, e eu me afundei com um gemido.

— Que apertadinha — consegui dizer. — Você faz tudo ser tão gostoso.

Penetrei-a de novo, com força suficiente para que ela tirasse os pés do chão, e continuei assim, com sua bela bunda enchendo minhas mãos e sua boceta de cetim em volta do meu pau, e seus gemidos enquanto ela pressionava o clitóris contra o braço do sofá.

E nesse momento de seu amor parecido ao de Ester, por nós e um futuro que era tão efêmero a ponto de não existir, me ocorreu que não havia pecado ali. Aquilo era amor, sacrifício, o oposto do pecado, e talvez fosse estranho sentir que era como se Deus estivesse ali conosco, no quarto dos fundos de uma casa de strip, mas senti; era como se Ele testemunhasse esse momento em que Poppy se abria para o pior de mim e o apagava com seu amor, assim como Deus fazia por nós, pecadores, a cada momento, todos os dias.

Aquele sentimento que Poppy e eu dividimos no santuário, aquele sentimento de Deus, de presença e promessa, estava ali, naquele momento, apertando meu peito, deixando minha cabeça zonza com a potência do próprio ar, e mais uma vez me senti como um noivo, o homem que grita sua alegria para todos os amigos e a família ouvirem, e aquele cômodo era nossa *chupá*, nossa tenda matrimonial; as fracas luzes azuis eram as lâmpadas das dez virgens, nossos corpos ecoando a união que Deus já havia forjado entre nossas almas imortais.

Como aquilo poderia não ser um casamento? Como aquilo poderia não ser real e íntimo, ambos nus, um com o outro na presença de Deus? No mínimo, aquilo era um noivado, uma promessa, um juramento.

Dei uma palmada em minha noiva, desejando poder beber seus gritos como uísque e comer seus gemidos depois. Eu a fodi com força, observando os cabelos azuis que caíam sobre suas costas, as delicadas linhas de sua cintura pequena, que se expandiam para os quadris e a bunda perfeitos, sua boceta molhada me agarrando e a abertura rosada de seu cuzinho, tudo meu. Eu era o rei de tudo o que estava vendo. Não, eu era o dono de tudo o que via, e eu lhe dava palmadas e a fodia com força, várias vezes, até ela enfim — enfim — emitir um ruído que era um tanto ofegante e um tanto lamentoso, enquanto pulsava ao redor do meu pau, as mãos agarrando o couro conforme se perdia de tudo, menos da reação de seu corpo ao meu.

Eu também estava perdido — naquele momento em que eu havia reescrito a história, a história do corpo dela, em que eu havia feito aquele quarto ser *meu* e dos orgasmos que *eu* lhe proporcionava. Onde eu fizera Poppy ser minha e de nenhum outro homem, onde eu fizera um juramento de casamento em meu coração, e foi esse *meu* que me fez afastá-la e forçá-la a se ajoelhar. Eu queria que ela testemunhasse meu orgasmo, queria que ela visse o que me proporcionara.

A coleira em uma mão, a outra mão apertando meu pênis, usando a umidade que ela havia deixado em mim como lubrificação, e foram necessários apenas alguns movimentos para eu disparar jatos de porra em seus lábios que esperavam, no pescoço longo como o de cisne e perto de seus longos cílios.

A língua dela, pontiaguda e rosada, lambeu uma gota de seu lábio superior, e então ela me lançou um olhar tranquilo e feliz, que fez mais um jato de esperma pousar em sua clavícula.

Nós dois respiramos de modo ofegante por um momento, com o prazer ainda pairando no ar, mas era a única coisa densa nele: a tensão, a amargura e a raiva de antes haviam desaparecido. Tinha funcionado, o jogo de Poppy tinha funcionado. Havia esgotado o ciúme e os impulsos primários e, ainda por cima, também esgotara outra coisa. Minha culpa, talvez, ou a sensação de pecado. Algo tinha mudado, como acontecera comigo naqueles momentos no altar, em que a linha entre o sagrado e o profano se confundira por completo, e eu sentira que havia participado de algo sagrado, pressionado as mãos nuas no propiciatório em uma nuvem de incenso e suor.

Ajoelhei-me em frente a ela e desamarrei a coleira de seda, usando o material para limpar com cuidado meu gozo de seu rosto.

— Acabou o jogo — falei com gentileza, passando a ponta do meu nariz ao longo de seu maxilar.

— Quem você acha que ganhou? — ela murmurou.

Eu a envolvi em meus braços e a puxei para mim, beijando o topo de sua cabeça.

— Precisa perguntar? Foi você, meu cordeirinho.

Ela se aninhou em mim, e eu a balancei para a frente e para trás, aquela minha preciosidade, minha doce mulher.

— É sempre você quem ganha.

VINTE E UM

A NOITE DE OUTONO PESAVA SOBRE O CARRO enquanto dirigíamos para casa, e eu não tirava os olhos do perfil de Poppy, que estava iluminado pelas luzes do painel e marcado contra a noite escura de céu limpo, parecido com veludo.

O que havia acontecido na boate… tinha sido algo bem safado, catártico e estimulante, embora eu não conseguisse articular para mim mesmo exatamente o porquê. A resposta pairava fora de meu alcance, brilhando além de um véu que eu só conseguia roçar com meus pensamentos, e, quando saímos da cidade, parei de lutar contra isso e me deixei envolver pela presença majestosa que era minha Ester, minha rainha.

Queria que ela fosse minha noiva.

Queria que ela fosse minha noiva.

O pensamento chegou com a clareza do aço frio, firme e verdadeiro, não mais algo que eu sentia no momento do sexo ou envolvido com Deus, mas algo que eu sentia sóbrio e calmo. Eu amava Poppy. Queria me casar com ela.

E, assim, o véu enfim caiu e eu *entendi*. Entendi o que Deus estava tentando me dizer nos últimos dois meses. Entendi por que a igreja era chamada de Noiva de Cristo, entendi por que o Cântico dos Cânticos estava na Bíblia, entendi por que o Apocalipse comparava a salvação do mundo a uma festa de casamento.

Por que eu havia sentido que a escolha era entre Poppy e Deus? Nunca tinha sido assim, nunca tinha sido um ou outro, porque Deus habitava o sexo e o casamento tanto quanto o celibato e o serviço ao próximo, e podia haver tanta santidade em uma vida como marido e pai quanto em uma vida de sacerdote. Arão não era casado? O rei Davi? São Pedro?

Por que eu havia me convencido de que a única maneira de um homem ser útil a Deus era no clero?

Poppy cantarolava com o rádio naquele momento, um som que mal podia ser ouvido em meio ao ruído monótono do Fiat na estrada, e fechei os olhos para escutar ao mesmo tempo que orava.

É essa a Sua vontade para mim? Estou cedendo à luxúria? Ou estou finalmente realizando Seu plano para minha vida?

Mantive a mente quieta e o corpo imóvel, esperando que a culpa ou a voz estrondosa do céu me dissessem que eu estava condenado. Mas não havia nada além de silêncio. Não era o silêncio vazio que senti antes de tudo aquilo, como se Deus tivesse me abandonado, mas um silêncio pacífico, destituído de culpa e vergonha, o silêncio que se estabelecia quando se está em verdadeira comunhão com Deus. Era a sensação que eu tivera em frente ao tabernáculo, no santuário com Poppy, quando enfim a tornara minha, no altar.

E, mais tarde, quando estávamos em sua cama, com meu rosto entre suas coxas, foi o capítulo 29 do livro de Jeremias que veio à tona como resposta às minhas orações.

Tomai esposas e gerai filhos e filhas... Conheço meus projetos para vós, projetos de felicidade e não de sofrimento, para vos dar um futuro repleto de esperança...

Não contei a Poppy sobre minha epifania. Em vez disso, depois de fazê-la gozar várias vezes, fui para minha própria cama, querendo dormir sozinho com esse novo conhecimento, essa nova certeza.

E, quando acordei cedo naquela manhã a fim de me preparar para a missa, a certeza ainda estava lá, brilhando clara e sem peso dentro do meu peito, e tomei minha decisão.

Essa missa seria a última que eu celebraria.

— Se sua mão o faz tropeçar, corte-a! É melhor entrar na vida mutilado do que ter duas mãos e ir para o inferno… E se seu olho o fizer tropeçar, arranque-o; é melhor entrar no Reino de Deus com um olho só do que ter dois olhos e ser lançado no inferno…

Olhei para a congregação diante de mim e para o santuário que estava cheio por minha causa, por causa de três anos de labuta e trabalho incessantes. Olhei de novo para o lecionário e continuei a ler a seleção do Evangelho daquele dia.

— O sal é bom, mas, se o sal perdeu seu sabor, como é possível temperá-lo novamente? Tenham sal em vocês mesmos e estejam em paz uns com os outros. — Respirei fundo. — O Evangelho do Senhor.

— Louvado seja Jesus Cristo — a congregação declarou em uníssono e depois se sentou. Vi Poppy sentada perto do fundo, usando um vestido de linho verde-menta, acinturado com um largo cinto de couro. O sol entrava pelas janelas para emoldurá-la com perfeição, como se Deus estivesse me lembrando de minha decisão, do motivo pelo qual eu estava fazendo aquilo.

Eu me permiti olhar por mais um instante para o meu cordeirinho com aqueles feixes de luz cintilantes e tesselados, e depois me inclinei para beijar a mensagem que acabara de ler, murmurando a oração silenciosa que eu deveria fazer naquele momento e em seguida outra, silenciosa, pedindo coragem.

Fechei o lecionário com cuidado, revelando meu celular com anotações para a homilia. Com relutância, escrevi o tipo de homilia que se esperaria com essa leitura do Evangelho, sobre a natureza de nos sacrificarmos para evitar o pecado, sobre a importância da abnegação e da disciplina. Sobre nos mantermos santos para a obra do Senhor.

A hipocrisia me assombrou enquanto eu digitava cada palavra, hipocrisia e vergonha, e, ao olhar para as anotações naquele momento, mal conseguia me lembrar da agonia em que aquele homem se encontrava, dividido entre duas coisas que, no final das contas, eram falsas. O caminho a seguir agora estava nítido. Tudo o que eu tinha de fazer era dar o primeiro passo.

Virei o celular de modo que a tela ficasse voltada para baixo e ergui os olhos para as pessoas que confiavam em mim, que se importavam comigo, as pessoas que compunham o corpo vivo de Cristo.

— Passei a semana escrevendo uma homilia sobre esse trecho. E então, hoje, ao acordar, decidi jogar tudo no lixo. — Fiz uma pausa. — No sentido figurado, quero dizer. Pois estava no celular, e nem mesmo eu sou santo o suficiente para abrir mão do meu iPhone.

As pessoas riram, e o som me encheu de coragem.

— Esse trecho tem sido usado por muitos clérigos como plataforma para a condenação, a declaração final de Jesus de que devemos abandonar toda e qualquer tentação para não perdermos a chance de salvação. E minha antiga homilia não estava muito longe dessa ideia. De que a negação de si próprio e o constante afastamento da tentação são o caminho para o céu, nosso caminho para a porta pequena e estreita.

Olhei para baixo, para minhas mãos apoiadas no topo do púlpito, para o lecionário à minha frente.

— Mas me dei conta de que o perigo de pregar isso é que vocês poderiam sair daqui hoje com uma imagem de Deus como um deus pequeno e estreito, um deus tão pequeno e tão estreito como aquela porta. Percebi que poderiam sair daqui e acreditar, real e verdadeiramente, que, se falharem uma vez, se escorregarem e agirem como os seres humanos instáveis e falhos que são, Deus não os vai mais querer.

A congregação ficou em silêncio. Eu estava saindo do território católico normal ali, e eles sabiam disso, mas eu não estava com medo. Na verdade, me sentia mais em paz do que em qualquer outro momento que houvesse feito uma homilia.

— O Jesus do Evangelho de Marcos é um deus estranho. Ele é conciso, enigmático, impenetrável. Seus ensinamentos são severos e implacavelmente exigentes. Ele fala sobre coisas que consideraríamos ou milagrosas ou insanas; fala em línguas, em manusear serpentes, em ingerir venenos. No entanto, ele também é o mesmo Deus que encontramos em Mateus 22, que nos diz que os maiores mandamentos, as únicas regras que precisamos seguir, são os que dizem respeito a amar a Deus com todo o coração, com toda a alma e com toda a mente, e amar o próximo como a nós mesmos. Então, qual Jesus está certo? Qual orientação devemos usar quando formos confrontados com desafios e mudanças? Será que nos concentramos em erradicar todo o mal ou nos concentramos em cultivar o amor?

Fui para trás do púlpito, precisando me movimentar durante a fala, à medida que pensava no que queria dizer.

— Acho que a resposta é que devemos seguir este chamado de Marcos para vivermos em retidão, mas com a ressalva de que temos de redefinir a retidão para nós mesmos. O que é uma vida justa? É uma vida na qual você ama Deus e ama o seu próximo. Jesus nos diz como amar no Evangelho de São João: *não há amor maior do que dar a vida pelos amigos*. E Jesus nos mostrou esse amor quando deu Sua própria vida. Por nós. Seus amigos.

Olhei para cima e encontrei os olhos de Poppy, e não pude evitar um discreto sorriso. Ela era muito bonita, mesmo naquele momento, com a testa enrugada e mordendo o lábio, parecendo preocupada.

— Deus é maior do que nossos pecados. Deus quer você como você é: tropeçando, pecando, confuso. Tudo o que Ele pede de nós é amor; amor por Ele, amor pelos outros e amor por nós mesmos. Pede que entreguemos nossa vida, não para vivermos como ascetas, desprovidos de qualquer prazer ou alegria, mas para darmos a Ele nossa vida, a fim de que Ele possa aumentar nossa alegria e nosso amor.

Fiquei olhando para o rosto das pessoas, observando todos eles, que variavam de pensativos a inspirados e até mesmo duvidosos.

Não havia problema, eu colocaria aquele sermão em prática para eles. À tarde, ligaria para o bispo Bove e entregaria minha própria vida. Eu me demitiria do clero. E depois pediria Poppy em casamento.

Levaria minha vida repleta de amor, exatamente como Deus queria.

— Isso não será fácil para nós, católicos. De certa maneira, é mais fácil insistir no pecado e na culpa do que no amor e no perdão, especialmente o amor e o perdão para si mesmo. Mas isso é o que nos foi prometido, e eu, por exemplo, não vou recusar a promessa de Deus de uma vida plena e repleta de amor. E quanto a vocês?

Recuei para trás do púlpito, soltando um suspiro de alívio. Havia dito o que precisava dizer.

E agora era hora de entregar minha vida.

VINTE E DOIS

NÃO CONSEGUI ENCONTRAR POPPY depois da missa, mas tudo bem. Eu queria ligar para o bispo naquele exato momento, enquanto minha mente e espírito sentiam-se confiantes. Queria seguir em frente, queria explorar aquela nova vida, e queria começar a fazer isso de imediato.

Foi só quando estava realmente digitando o número do bispo Bove que se tornou evidente a realidade completa e complexa do que estava fazendo. Deixaria a congregação em apuros, já que precisariam de padres visitantes até que pudessem encontrar um novo para a St. Margaret. Pior ainda: estaria repetindo os fatos da partida do meu antecessor. Sim, estava indo embora para me casar, não porque estivesse sendo preso, mas mesmo assim. Será que meus paroquianos se sentiriam do mesmo modo?

Não haveria mais painéis e convenções, a luta pela pureza no clero. Nenhum trabalho em nome de Lizzy, por Lizzy. Não haveria mais grupos de jovens nem grupos de homens, não haveria mais cafés da manhã com panquecas.

Será que eu estava realmente pronto para abrir mão de tudo isso por uma vida com Poppy?

Pela primeira vez, a resposta foi um definitivo "sim". Porque não estaria abrindo mão de tudo isso, na verdade. Encontraria maneiras de servir como fiel; faria o trabalho de Deus de outras maneiras e em outros lugares.

O bispo Bove não atendeu, mas ainda era cedo, e ele poderia estar em reunião com a congregação depois da missa. Parte de mim sabia que eu deveria esperar, que deveria falar com ele pessoalmente em vez de deixar uma mensagem, mas não podia esperar, não podia nem pensar em esperar; ainda que mais conversas acontecessem após aquela mensagem de voz, mesmo assim desejava dar início ao processo antes de ir até Poppy. Queria me encontrar com ela como um homem livre, capaz de oferecer meu coração por completo e sem reservas.

Assim que ouvi o sinal, comecei a falar. Tentei manter a mensagem breve e direta, porque era impossível explicar tudo com clareza sem me aprofundar também em meus pecados e votos quebrados, e *isso*, pelo menos, eu realmente preferia não fazer em uma mensagem de voz.

Quando terminei de explicar minha renúncia em meio minuto, desliguei e fiquei olhando para a parede do meu quarto por um instante.

Tinha conseguido. Estava acontecendo de verdade.

Eu tinha deixado de ser padre.

Eu não dispunha de uma aliança e, com meu salário, não podia sair para comprar uma, mas fui ao jardim da casa paroquial colher um buquê de anêmonas, todas as pétalas brancas como neve e o meio preto como azeviche, e envolvi os caules com barbantes da sala de catecismo. As flores eram elegantes, mas sem exagero, exatamente como ela, e continuei fitando-as ao atravessar o parque até a casa dela, com o coração na boca.

O que eu diria? Como diria? Será que deveria me ajoelhar ou isso era algo que só faziam nos filmes? Deveria esperar até conseguir comprar uma aliança? Ou pelo menos quando não fosse mais um desempregado?

Sabia que ela me amava, que queria um futuro comigo, mas e se eu estivesse indo rápido demais? E se, em vez de um "sim" extasiante, eu recebesse um "não"? Ou, quase pior... um "não sei"?

Respirei fundo. Certamente, era com isso que todos os homens lidavam quando se preparavam para pedir alguém em casamento. Só que eu nunca havia pensado que um pedido de casamento estivesse em meu futuro, pelo menos não nos últimos seis anos e, por isso, sequer tinha imaginado como faria isso ou o que diria.

Por favor, que ela diga sim, orei. *Por favor, por favor, por favor.*

E, então, balancei a cabeça e sorri. Aquela era a mulher com quem eu estivera na noite anterior, em nosso ninho, com Deus perto de nós. Era a mulher que havia sido minha eucaristia pessoal no altar da igreja. A mulher que Deus tinha feito e trazido para mim... Por que eu tinha dúvidas? Ela me amava e eu a amava, e é claro que ela ia dizer sim.

Percebi tarde demais que eu ainda usava a roupa de padre, algo que eu já havia oficialmente (de certo modo) abandonado, mas já estava na metade do parque, levava flores nas mãos e não queria voltar atrás por causa de um detalhe que no momento era tão trivial.

Na verdade, a ironia disso me fez sorrir um pouco. Um padre fazendo um pedido de casamento com sua roupa de padre. Parecia o cenário de uma piada ruim. Poppy também acharia engraçado; já imaginava o sorrisinho que ela abriria quando tentasse não rir, os lábios contraídos e tentando não mostrar as covinhas, os olhos âmbar reluzentes. Porra, ela era linda, ainda mais quando ria. Ela ria do jeito que sempre imaginei que as princesas rissem quando eu era menino: de maneira ensolarada, leve, com uma sonoridade majestosa na voz.

Abri o portão para o jardim dela, com meu estômago dando piruetas, o rosto doendo de tanto sorrir, a mão trêmula ao segurar o buquê de flores frescas, ainda úmido devido à garoa matinal.

Caminhei entre as flores e plantas, pensando no Cântico dos Cânticos, o noivo indo até a noiva, cantando ao longo da caminhada. Sabia exatamente como ele devia estar se sentindo.

Como um lírio entre os arbustos, assim é meu amor entre as mulheres.

Subi o alpendre, segurando as flores com firmeza enquanto me encaminhava à porta dos fundos.

Você cativou meu coração, minha noiva. Você o cativou com um simples olhar...

Murmurei os outros versos para mim mesmo enquanto me preparava para abrir a porta. Talvez eu os murmurasse para Poppy mais tarde, talvez os traçasse com os dedos em suas costas nuas.

A porta estava destrancada, e entrei em sua casa, sentindo o cheiro de lavanda que era todo dela, mas não a vi na cozinha nem na sala de estar. Devia estar no quarto ou no chuveiro, embora eu esperasse que ela ainda estivesse com aquele lindo vestido cor de menta. Queria despi-la depois, expor cada centímetro da pele de marfim enquanto ela murmurasse "sim" para mim repetidas vezes. Queria chutá-lo para longe de nossos pés quando a tomasse em meus braços e enfim fizesse amor com ela como um homem livre.

Respirei fundo ao dobrar o corredor, prestes a anunciar minha presença, mas algo me fez congelar; instinto, talvez, ou o próprio Deus. De qualquer forma, o que quer que fosse, hesitei, a respiração presa na garganta, e foi então que ouvi.

Uma risada.

A risada de Poppy.

Não era uma risada qualquer. Era baixa e ofegante, e um pouco nervosa. E depois um homem disse:

— Poppy, deixa disso. Você sabe que quer.

Eu conhecia a voz daquele homem. Só a tinha ouvido uma vez antes, mas a reconheci de imediato, como se a tivesse ouvido todos os dias de minha vida, e, quando dei mais um passo para o corredor, pude enfim ver o quarto dela, e toda a cena me foi revelada, nua e crua.

Sterling. Sterling estava ali, na casa de Poppy, no *quarto* dela, o paletó jogado de qualquer jeito sobre a cama e a gravata solta.

Poppy também estava lá, ainda com aquele vestido cor de menta, mas sem os sapatos e as maçãs do rosto coradas.

Sterling e Poppy.

Sterling e Poppy juntos; e agora ele estava com Poppy em seus braços, o rosto perto do dela, as mãos dela em seu peito.

Afaste-o para longe, uma voz desesperada implorou dentro de mim. *Afaste-o para longe.*

E houve um momento em que pensei que ela faria isso, quando seu rosto se inclinou e ela deu um único passo para trás. Mas depois algo passou por seu semblante: determinação, talvez, ou resignação, eu não sabia dizer, porque a parte de trás de sua cabeça com mechas perfeitamente arrumadas apareceu na minha frente.

E ele a beijou. Ele a beijou, e ela permitiu. Ela não só deixou, como também retribuiu, abrindo aqueles doces lábios vermelhos, e eu era Jonas engolido pela baleia, eu era Jonas depois que o verme tinha comido a planta que lhe dava sombra... Não, eu era Jó, Jó depois de ter perdido tudo e todos, e não havia mais nada para mim, porque então a mão dela deslizou para trás do pescoço dele, e Poppy suspirou contra seus lábios, e Sterling soltou uma risada de vitória, pressionando-a contra a parede atrás deles.

E eu senti o gosto de cinzas em minha boca.

As flores devem ter caído de minha mão, porque, quando voltei para a casa paroquial, não estavam mais comigo, e eu não sabia se haviam caído dentro da casa dela ou no jardim, ou mesmo no caminho de volta pelo parque; não sabia porque não conseguia me lembrar de nenhum detalhe sequer do caminho de volta para casa — se fiz barulho quando saí, se os dois me notaram, se meu peito estava de fato sangrando ou se era só impressão minha.

O que eu lembrava era que havia recomeçado a chover: uma chuva constante, chuva de outubro, mas só fui capaz de me lembrar disso porque estava molhado e gelado quando voltei a mim, parado em silêncio em minha cozinha escura. Deveria estar furioso naquele momento. Arrasado. Tinha lido os romances, visto os filmes, e aquele era o momento em que a câmera daria um zoom em minha expressão torturada, em que uma montagem de dois minutos substituiria meses de desgosto. Mas não senti nada. Não senti nada. Absolutamente nada, exceto umidade e frio.

Estava na estrada.

Não tinha certeza de qual conjunção de decisões havia me levado àquilo, exceto que a tempestade tinha se tornado mais forte e que houvera trovões e, de repente, minha cozinha parecia a garagem dos meus pais, que foi o primeiro e único outro lugar onde minha vida se desintegrara em cinzas.

Só que a morte de Lizzy me deixara com raiva de Deus, e no momento eu não estava com raiva de Deus. Estava apenas desolado e sozinho, porque havia desistido de tudo — dos meus votos, da minha vocação, da missão em nome de minha irmã —, e isso fora retribuído com a pior das traições, e sabe de uma coisa? Eu merecia. Se estava sendo punido, eu merecia. Merecia cada segundo de dor, por ter vivido todos aqueles segundos roubados de prazer intenso e suor...

Não fora assim que Adão tinha se sentido? Expulso do jardim para o solo frio e pedregoso de um mundo indiferente, e tudo isso por não ter resistido e seguido Eva até o fim?

Dirigi até Kansas City e, uma vez ali, continuei por horas. Sem ir a lugar algum, sem olhar para nada. Sentindo todo o peso da traição de Poppy em cima de mim, toda a traição dos meus votos e, o pior de tudo, sentindo o fim de algo que significava tudo para mim, mesmo que houvesse sido por um curto período.

Não estava com o celular e não conseguia lembrar se aquela tinha sido uma decisão intencional ou não, se eu havia decidido trocar o silêncio sepulcral ao estilo de Poppy pelo silêncio sepulcral ao meu modo, porque sabia, no fundo, que ela não me mandaria mensagem nem ligaria, pois nunca fazia isso quando brigávamos, e também sabia que eu ficaria infeliz toda vez que verificasse o telefone, a decepção ao perceber que não havia nada na tela a não ser o horário.

Assim, quando bati à porta de Jordan à meia-noite e ele a abriu para mim e para a chuva implacável, ele não me deu as costas como da última vez. Lançou-me um longo olhar: penetrante, mas não indelicado, e depois meneou a cabeça.

— Entre.

Eu me confessei ali mesmo, na sala de estar de Jordan. Foi triste pra caramba.

Sem saber por onde começar ou como explicar tudo, apenas narrei a ele a história desde o primeiro dia em que conheci Poppy. O dia em que apenas ouvi sua voz. Sua voz ofegante e repleta de camadas de incerteza e dor. E então a história se desenrolou dali, com toda a luxúria, toda a culpa, todos os milhares de maneiras ínfimas pelas quais me apaixonei e todos os milhares de maneiras pelas quais me afastei do sacerdócio. Contei-lhe sobre ter ligado para o bispo Bove, sobre meu buquê colhido à mão. E, depois, contei-lhe sobre Sterling e o beijo, que foi como se todos os medos e paranoias que eu tinha em relação a eles houvessem se transformado em algo monstruoso e enfurecido. A infidelidade era terrível, mas quão pior era a infidelidade quando você suspeitara o tempo todo de que havia algo entre as duas partes suspeitas? Meu cérebro não parava de gritar comigo que *eu devia ter percebido*, e o que eu esperava que acontecesse? Será que esperava mesmo um final feliz? Nenhum relacionamento com um início tão pecaminoso poderia levar à felicidade. Eu sabia disso agora.

Jordan ouviu com paciência o tempo todo, seu rosto sem nenhum traço de julgamento ou repulsa. Às vezes, seus olhos se fechavam, e eu me perguntava o que mais ele estava ouvindo além da minha voz — quem mais, na verdade —, mas descobri que não tinha mais energia para me importar com nada, nem mesmo com minha própria história, que se tornou lenta e dolorosa quando cheguei à parte em que tinha encontrado Sterling e Poppy. O que mais eu poderia dizer? O que mais eu poderia sentir?

Cobri a cabeça com as mãos, mas não para chorar — a raiva e a tristeza ainda pairavam de forma esquiva, fora de alcance. Havia apenas choque e vazio, a sensação de atordoamento depois de sair de uma zona de guerra.

Inspirei e expirei entre os dedos, e a voz de Jordan surgiu como se viesse de algum lugar remoto, embora estivéssemos sentados perto o suficiente para que nossos joelhos se tocassem.

— Você a ama de verdade? — perguntou ele.

— Sim — respondi, ainda com as mãos no rosto.

— E acha que está tudo acabado entre vocês?

Demorei um pouco para responder, não porque eu não soubesse, mas porque as palavras eram muito difíceis de falar.

— Não vejo como poderia ser de outra maneira. Ela quer ficar com Sterling. Ela deixou isso bem claro. — É evidente que, se ela aparecesse na porta da casa de Jordan, eu a tomaria em meus braços sem uma única palavra.

Menos como o amor incondicional de Deus, mais como o desespero de um viciado.

— Sem ela… — Jordan encontrou meus olhos. — Você acha que ainda quer deixar o sacerdócio?

A pergunta de Jordan me atingiu com a força de um canhão. Para ser sincero, eu não sabia mais o que queria. Quer dizer, nunca havia desejado deixar de ser padre para ficar com uma mulher; havia desejado ficar *com Poppy* em vez de ser padre. Não queria a liberdade de transar; queria a liberdade de transar *com ela*. Não queria uma família; queria uma família *com ela*.

E, se não pudesse tê-la, então não queria essa outra vida. Queria Deus e queria as coisas do jeito que estavam. Achei que poderia ligar para o bispo, explicar tudo e esperar que ele me permitisse continuar na igreja. Seria difícil ficar em Weston, ainda mais sabendo que Poppy também estava lá, passando por todos os lugares em que havíamos estado juntos, mas, por outro lado, pelo menos eu teria a paróquia e as missões às quais dedicar meu tempo.

Quanto mais eu pensava sobre o assunto, melhor me parecia; pelo menos poderia manter parte de minha vida do jeito que era. Poderia manter minha vocação, mesmo que perdesse meu coração.

— Acho que não quero mais deixar o sacerdócio — respondi.

Jordan ficou em silêncio por um minuto.

— Está pronto para sua penitência?

Assenti, ainda sem me preocupar em levantar a cabeça.

— Você terá um dia inteiro com Deus, um dia de completa e total companhia com ele. Ele quer conversar com você, Tyler. Quer estar com você neste momento de sofrimento e confusão, e você não deve excluí-lo em sua dor.

— Não — murmurei. — Essa penitência não é suficiente. Preciso de… Mereço algo mais difícil, algo pior…

— Como o quê? Uma camisa que irrite sua pele? Andar descalço por três meses? Autoflagelação completa?

Olhei para a frente a fim de encará-lo.

— Não estou fazendo piada.

— Nem eu. Você veio até mim para pedir absolvição, e estou lhe dando a absolvição, assim como a mensagem de Deus para você. Na verdade, este dia de penitência deveria ser amanhã. Fique aqui comigo hoje à noite, e, não importa o que aconteça, você passará o dia de amanhã aqui. Terá a igreja só para você após a missa da manhã, portanto, muito tempo e espaço para orar.

O rosto de Jordan estava como sempre: calmo e bonito ao mesmo tempo, e eu sabia, sem dúvida, que ele tinha razão. Um dia de reflexão após a alegria inebriante dos últimos três meses não era pouca coisa para mim, e era também exatamente aquilo de que eu precisava. Seria doloroso passar horas me analisando com honestidade e conversando abertamente com Deus, mas as coisas necessárias em geral são dolorosas.

— Você tem razão — admiti. — Está bem.

Jordan assentiu com a cabeça e fez uma oração silenciosa de absolvição, e depois nos sentamos em silêncio por alguns minutos. A maioria das pessoas se sentia desconfortável com o silêncio, mas Jordan, não, ele se sentia à vontade com isso. Em casa consigo mesmo, tranquilo. E isso tornava um pouco mais fácil o fato de estar comigo mesmo, apesar de todos os sentimentos ainda não sentidos pairando sobre mim.

Pelo menos até o telefone tocar.

Tirados de nosso devaneio, nós dois olhamos para o telefone de Jordan sobre o balcão da cozinha. A esta altura, já eram quase duas da madrugada, e Jordan se levantou com rapidez, porque chamadas telefônicas àquela hora costumavam ser as ruins: notícias de acidentes de carro, reviravoltas inesperadas para pior, pacientes internados enfim dando os últimos suspiros. O tipo de coisa para a qual as pessoas precisavam de um padre a seu lado.

Eu o vi atender o telefone, fazendo em silêncio uma oração para que ninguém estivesse seriamente ferido, uma oração de puro hábito, palavras ditas por rotina. Depois, Jordan olhou para mim.

— Sim, ele está comigo — declarou com a voz baixa, e meu coração começou a bater com força, porque não podia ser Poppy, não podia ser, mas e se fosse? Ah, meu Deus, eu daria qualquer coisa para que fosse.

— Claro, só um momento — disse Jordan, entregando-me o telefone. — É o bispo — ele sussurrou.

Meu coração parou de bater por um instante; senti um frio na barriga. O bispo, às duas da madrugada?

— Alô? — respondi ao telefone.

— Tyler. — E bastou essa única palavra para eu saber que algo estava profunda e perturbadoramente errado, porque nunca tinha ouvido meu mentor com a voz tão chateada. Será que era só por eu ter desistido?

— Sobre aquela mensagem de voz — falei —, sinto muito por não ter esperado para falar com o senhor pessoalmente. E, agora que tive tempo para pensar, não tenho certeza de que quero deixar o clero. Entendo que tenho muito a explicar e muito a expiar, mas as coisas mudaram para mim hoje e…

A voz do bispo era pesarosa quando ele me interrompeu.

— Infelizmente, receio que algumas outras coisas tenham vindo à tona… publicamente…

Que merda.

— Que coisas?

— Tentei ligar para você o dia todo, e liguei para seus pais e alguns de seus paroquianos, mas ninguém sabia onde você estava. E foi só agora à noite que pensei que poderia ter ido falar com seu confessor.

O bispo parecia estar protelando, como se hesitasse em me contar sobre o acontecido, mas eu precisava saber.

— Bispo, por favor.

Ele suspirou.

— Algumas fotos foram divulgadas. Nas redes sociais. Você e uma mulher… uma paroquiana, creio eu, Poppy Danforth.

As fotos. Aquelas com as quais Sterling me chantageara.

Soube então que estava em grande apuro; que Sterling havia cumprido a promessa de destruir minha vida, mas, naquele momento, a principal coisa que me chamou a atenção foi o som do nome de Poppy nos lábios de outra pessoa, como se o nome dela pronunciado em voz alta fosse uma palavra mágica, e foi essa magia que enfim me acordou, abrindo um buraco em meu peito como uma bala atravessando uma lata de refrigerante.

As lágrimas começaram a rolar pelo meu rosto, quentes e rápidas, mas consegui manter a voz firme.

— Certo.

— Certo? Então já sabia das fotos?

— Sim — consegui dizer.

— Droga, Tyler — disse o bispo. — Mas que *droga*.

— Eu sei. — Estava chorando sem parar e, de repente, algo foi colocado em minha mão. Um copo de uísque de cor âmbar e com uma única pedra esférica de gelo no meio.

Jordan estava de pé ao meu lado e meneou a cabeça para o copo.

As coisas estavam mesmo muito ruins se o próprio Jordan Brady estava me oferecendo um drinque. Nem imaginava que ele tivesse uma garrafa de bebida alcoólica, para começo de conversa.

— Tyler… — disse o bispo — … não quero ter de afastá-lo.

O significado não deixava dúvidas. Ele queria que eu renunciasse. *Será muito melhor para o comunicado à imprensa*, pensei. "O padre arrependido que já havia renunciado" era muito melhor do que "o padre agressor sexual que teve de ser expulso".

— Essas são minhas duas únicas opções? Renunciar ou ser afastado?

— Suponho que sim… se o relacionamento terminou…

— Terminou.

— … teria de haver punição e, sem dúvida alguma, uma realocação…

Eu já esperava isso, mas a informação me deixou arrasado. Teria de me mudar. Uma nova paróquia, novos rostos, enquanto a antiga precisaria lidar com um monte de boatos sobre meus pecados. Não importava o que acontecesse, não importava se todo o restante corresse com perfeição, ainda assim, eu perderia isso. Minha paróquia. Minha gente.

Minha culpa.

— ... e, mesmo assim, não sei como o cardeal se sentiria em relação a isso, Tyler. — O bispo parecia cansado, mas também outra coisa: afetuoso. Estava lá, bem no fundo de sua voz. Ele me amava, e isso me fez sentir ainda mais profundamente infeliz e envergonhado por estar tendo aquela conversa com ele. — Se estiver de fato comprometido a permanecer no clero, então vamos descobrir os próximos passos.

Não me senti aliviado com isso, talvez porque ainda não tivesse certeza do que queria, mas agradeci mesmo assim, porque sabia a confusão gigantesca que havia criado para a arquidiocese, e sabia que o simples fato de pensar em permanecer no clero já piorava tudo.

— Vamos conversar amanhã à noite — continuou o bispo. — Até lá, por favor, não fale com a imprensa nem entre na internet. Não faz sentido complicar as coisas enquanto não soubermos com certeza para onde estamos indo.

Demos boa-noite e desligamos. Depois de beber meu uísque, caí em um sono sem sonhos no sofá duro e pouco acolhedor de Jordan.

VINTE E TRÊS

FUI À MISSA DE JORDAN BEM CEDO na manhã seguinte, com um número significativamente maior de pessoas em comparação às missas matinais que eu celebrava.

Tinha ligado para Millie assim que acordei, para lhe dizer onde eu estava e como entrar em contato comigo. Millie, que usava mais a internet do que eu, já sabia das fotos, mas não disse "eu te avisei" nem demonstrou raiva; por isso, eu tinha esperança de que ela tivesse me perdoado à sua maneira rabugenta. Ela também se ofereceu para colocar uma placa na porta, dizendo que os atendimentos e as missas dos dias de semana estavam temporariamente suspensos. Assim, com os assuntos da igreja resolvidos por enquanto, eu poderia me concentrar no aqui e agora.

Apesar de não ter conseguido deixar de perguntar, antes de desligarmos, odiando-me por isso:

— Você viu Poppy?

Millie pareceu entender.

— Não. Na verdade, o carro dela não está na garagem desde ontem à noite.

— Ok — respondi, pesaroso e cansado, sem ter certeza de como me sentia a respeito da informação. O que eu sabia era que isso não melhorava a sensação de que havia uma cratera gigante onde meu coração deveria estar.

— Padre, por favor, cuide-se. Não importa o que aconteça, a paróquia ama você — Millie disse, e eu queria tanto que aquelas palavras fossem verdadeiras, mas como poderiam ser depois de eu ter acabado com tudo?

Depois da missa, fiquei com o santuário só para mim. A igreja de Jordan era antiga, com mais de cem anos, e feita quase exclusivamente de pedra e vitrais. Não havia um velho carpete vermelho nem revestimento de madeira falsa ali. Parecia uma igreja de verdade, antiga e ecoante, o tipo de lugar onde o Espírito Santo pairava, como uma névoa invisível, cintilando entre as vigas.

Poppy adoraria estar aqui.

Estava trêmulo e me sentindo vazio depois de chorar na noite anterior, como se a alma tivesse sido arrancada de mim com minhas lágrimas. Deveria me ajoelhar, eu sabia disso; deveria me ajoelhar, fechar os olhos e abaixar a cabeça, mas tudo o que fiz foi me deitar em um dos bancos. Era feito de madeira, duro e frio, mas eu não tinha energia para me sustentar por mais nem um instante, então fiquei ali, piscando para a parte de trás do banco à minha frente com seus missais, cartões de oração e lápis simples e minúsculos.

Diga o que devo fazer, Deus.

Acho que parte de mim esperava que eu acordasse e que tudo aquilo fosse um pesadelo terrível, uma alucinação criada para testar minha fé, mas não, não era. Realmente havia flagrado Poppy e Sterling juntos ontem. Realmente tinha me apaixonado, e fora destruído (pela própria mulher com quem eu queria me casar).

Será que devo deixar o clero e esperar que Poppy me aceite de volta? Devo tentar encontrá-la? Falar com ela? Qual é a melhor coisa para a igreja: que eu fique? A igreja é mais importante que Poppy?

Não ouvi nada. O rugido distante do trem da cidade do lado de fora, a luz fraca reluzindo na madeira do banco.

Não tenho sequer um ar-condicionado agora? Bem agora? De todas as oportunidades, esta é a vez em que não tenho mais nada?

Tinha plena consciência de minha petulância, mas não me importava. Até Jacó tivera de arrancar sua bênção de Deus, portanto, se eu pudesse fazer beicinho para conseguir uma bênção, eu o faria.

Só que estava cansado. E vazio. Não poderia continuar choramingando, mesmo que quisesse; então, em vez disso, meus pensamentos vagaram, as orações perderam o objetivo, perderam até as palavras, conforme apenas contemplava onde me encontrava. Ali, em uma igreja que não era a minha, sozinho e magoado. Havia prejudicado minha paróquia com minhas ações e traído a confiança do meu bispo e dos meus paroquianos — algo que havia tentado ao máximo *não* fazer desde que me tornara padre.

Tinha fracassado.

Tinha falhado como padre, como homem e como amigo.

Fiquei olhando para o chão de pedra, piscando no silêncio. Então, deveria ficar? Permanecer como padre seria a melhor maneira de me redimir? Seria o melhor para a igreja? Para minha alma? Desistir agora, não por vontade própria, parecia um ato insolente de ódio a mim mesmo, um ação do tipo "agora que ferrei tudo, vou dar o fora", mas qualquer decisão que eu tomasse sobre meu futuro teria de vir de algum outro lugar que não fosse esse.

Teria de vir de Deus.

Infelizmente, Ele não parecia estar com vontade de conversar.

Talvez a verdadeira questão fosse: eu ainda conseguia imaginar viver sem o sacerdócio e sem Poppy? Havia decidido renunciar por causa do meu amor por ela, mas, depois de tomar a decisão, senti vários outros e prováveis futuros surgindo à minha frente; futuros inspiradores, inebriantes, revigorantes. Havia tantas maneiras de servir a Deus; e se fosse esse o objetivo de tudo o que estava acontecendo?

Não se tratava de uma união entre mim e Poppy, mas de me tirar da bolha confortável que eu havia criado para mim mesmo? Uma bolha em que haveria limite para o que eu faria, e eu sempre teria uma desculpa para não sonhar mais e melhor; uma bolha na qual era fácil cultivar a estagnação e o marasmo em nome de servir com humildade.

Muitas das coisas que eu queria fazer quando era mais jovem, coisas como Poppy havia feito — longas viagens missionárias, por exemplo —, tornaram-se impossíveis depois que me estabeleci em uma paróquia. Mas, se eu fosse livre, poderia combater a fome na Etiópia ou passar um verão ensinando inglês na Bielorrússia, ou cavar poços no Quênia. Poderia ir a qualquer lugar, a qualquer hora.

Com qualquer pessoa.

Bem, não com *qualquer* uma. Porque, quando eu fechava os olhos e invocava as planícies empoeiradas de Pokot ou as florestas da Bielorrússia e me perdia em fantasias sem palavras sobre o futuro, havia apenas uma pessoa que eu imaginava ao meu lado. Alguém de estatura baixa e esguia, com cabelos escuros e lábios vermelhos. Carregando água comigo, ou talvez fossem cadernos novos para as crianças, ou quem sabe apenas seus óculos escuros enquanto déssemos as mãos para caminharmos juntos até uma reunião comunitária. Talvez estivesse na rede em cima de mim, onde eu poderia ver as marcas em forma de losangos que a rede formasse em sua pele, ou talvez compartilhássemos um dormitório simples e sem aquecimento, aninhados em cima de um colchão duro. Mas, onde quer que estivéssemos, estaríamos ajudando as pessoas. De um modo direto e concreto — às vezes até íntimo —, como Jesus havia feito. Curando os doentes com Suas mãos, curando os cegos com lama e saliva. Sujando as mãos e as sandálias. Essa era uma das verdadeiras diferenças entre Jesus e os fariseus, não era? Um se misturava às pessoas e os outros ficavam em casa, discutindo sobre pergaminhos amarelados enquanto o povo era casualmente brutalizado por um império indiferente.

Lembrei-me do momento em que escolhi ser padre, da empolgação, da expectativa ardente que senti. E eu as sentia agora, como o roçar das asas de uma pomba e um batismo de fogo, tudo ao mesmo tempo, porque estava ficando claro. Não apenas claro, mas óbvio.

E me sentei.

Deus me queria no mundo real e em meio às vidas comuns de Seu povo. Talvez os planos que Ele tinha para Tyler Bell fossem muito mais empolgantes e maravilhosos do que eu jamais imaginara.

É isso que o Senhor quer?, perguntei. *Que eu vá embora; não por Poppy, não pelo bispo, mas por mim? Pelo Senhor?*

E a palavra veio à minha mente com uma autoridade calma e ressonante.

Sim.

Sim.

Era hora de eu parar. Era hora de deixar a vida como sacerdote.

Ali estava a resposta que eu queria, o caminho que eu havia pedido, mas não era de fato o que havia pedido, porque antes fizera a pergunta errada. Desta vez, não havia nada exuberante — nada de arbustos em chamas, sentimentos desequilibrados, nenhum feixe de luz fulgurante. Havia apenas uma paz tranquila e contemplativa, e a consciência de que meus pés estavam agora no caminho certo. Eu só precisava dar o primeiro passo.

E, quando liguei para o bispo mais tarde naquela noite para lhe informar sobre a decisão, minha paz recém-descoberta permaneceu. Ambos sabíamos que era a decisão certa — para mim e para a igreja —, e, assim, minha vida como padre, como padre Tyler Bell, chegava a um fim modesto e solene.

No fim de semana seguinte haveria a Festa Irlandesa, e eu já havia me despedido dos paroquianos e esvaziado a casa paroquial, então não tinha motivo para ir até lá, embora eu odiasse estar perdendo o evento de lançamento da arrecadação de fundos da igreja.

— Tem medo de que eles o apedrejem? — Sean perguntou quando mencionei que não iria. (Estava hospedado na casa dele até encontrar um lugar para mim.)

Balancei a cabeça, indicando que não. Na verdade, apesar da repercussão nacional nas redes sociais, em que fui ao mesmo tempo demonizado e transformado em uma espécie de celebridade por causa da minha aparência, os próprios paroquianos reagiram muito melhor do que eu merecia. Disseram-me que queriam que eu ficasse — alguns chegaram a implorar para que eu ficasse, na verdade, e outros me agradeceram por falar abertamente sobre abuso, enquanto alguns apenas me abraçaram e desejaram que tudo desse certo para mim. Dei respostas honestas a todas as perguntas que fizeram; eles mereciam isso de mim, pelo menos, uma prestação de contas completa e franca de meus pecados, para que não houvesse sombra de dúvida e nenhum boato circulando. Eu não queria que meu pecado manchasse a comunidade mais do que fosse absolutamente necessário.

Mas, ao mesmo tempo, apesar da cordialidade e do amor deles, voltar não seria saudável para mim. Mesmo quando havia empacotado minhas coisas na semana anterior, fui assombrado por Poppy e, depois que meu pai e eu colocamos tudo no caminhão de mudança, inventei uma desculpa dizendo que ia me despedir de algumas pessoas e fui à casa dela. Não tinha planejado nada do que diria; não tinha certeza de se estava furioso com ela ou desesperado por ela, ou ambos, o tipo de traição em que somente o corpo dela seria capaz de me curar, embora fosse exatamente aquilo que havia me ferido.

Mas isso não importava. Ela tinha ido embora, assim como todos os seus pertences — iMac, bebidas, livros. Olhei pelas janelas para a casa vazia, o rosto pressionado contra o vidro como uma criança diante de uma vitrine. Tive a ridícula sensação de que, se pudesse entrar, me sentiria melhor. Ficaria feliz, só por um minuto.

Usando o raciocínio de um viciado como base, fui buscar a chave reserva na varanda dos fundos, mas é claro que ela havia sumido e todas as portas estavam trancadas. Até tentei uma das janelas antes de enfim me controlar. Ela tinha ido morar com Sterling, e eu estava ali, prestes a ser preso por invasão de domicílio.

Pelo menos mantenha a calma até poder ir para casa e tomar um drinque, repreendi a mim mesmo, e consegui fazer isso. Meu pai e eu descarregamos o conteúdo da van em seu porão e depois compartilhamos vários copos de uísque sem dizer uma única palavra. Era mais um luto ao estilo irlandês.

Embora Weston só me trouxesse lembranças dolorosas no momento, eu ainda estava feliz em ver que, após o festival, o projeto estava funcionando exatamente como Poppy havia planejado: até o início de novembro, a St. Margaret havia arrecadado quase dez mil dólares para a reforma.

Foi um pouco doloroso pensar que esse projeto, ao qual eu dedicara tanto tempo e energia, cairia no colo de um outro padre, e também foi um pouco irritante o fato de muitas das doações on-line terem vindo das "Tyleretes", um grupo de fãs da internet que surgira pouco tempo depois do vazamento das fotos.

As Tyleretes pareciam mais interessadas em especular sobre meu status de relacionamento ou desenterrar fotos minhas sem camisa da época da faculdade do que em fazer caridade. Mas eu supunha que, se fosse tudo para o bem maior, estava tudo bem.

— Pelo menos você sabe que pode conseguir uma boceta sempre que quiser — disse Sean enquanto comíamos na sala de estar de sua cobertura certa noite, algumas semanas depois.

— Vá se foder — respondi, sem nem pensar. Aquilo realmente não importava. Havia apenas uma mulher que eu queria, e ela havia desaparecido, e nenhum número de *fangirls* (e *fanboys*) da internet mudaria isso.

— Por favor, não me diga que vai continuar nessa de celibato mesmo agora que foi lateralizado.

— *Laicizado*, e isso não é da sua conta.

Sean jogou um pacote de molho de soja na minha cabeça e pareceu gostar bastante do efeito, então jogou vários outros, aquele babaca, e depois ficou bravo quando joguei um recipiente de molho agridoce em seu peito, fazendo uma gosma rosa escorrer em sua mais recente camisa da Hugo Boss.

— Isso é totalmente desnecessário, *idiota* — ele murmurou, esfregando futilmente o tecido.

E esse era o resumo da minha vida: discutir com meu irmão, comer porcarias, em geral sem ter ideia do que fazer em seguida. Pensava constantemente em Poppy, quer estivesse pesquisando programas de pós-graduação ou com meus pais, que me apoiavam, mas estavam hesitantes, como se tivessem medo de que dizer a palavra errada me faria ter um ataque, um flashback do Vietnã, e eu começaria a rastejar em direção à porta com uma faca entre os dentes.

— Eles têm medo de que você exploda em um surto, por causa de tudo o que está na internet, e acham que talvez esteja reprimindo seus sentimentos em relação a isso ou coisa do tipo — Ryan explicou de forma prestativa quando me ouviu falar sobre isso com Aiden e Sean. — Então, você sabe. Não exploda.

Não exploda. Que engraçado. Na verdade, eu estava pensando que estava implodindo em um surto, reduzido a um homem menor, um homem mais fraco. Sem Poppy, era como se eu tivesse esquecido todas as coisas que haviam me transformado em Tyler Bell. Eu a desejava como uma pessoa desejaria ar, incessantemente, ofegante, e isso deixava pouco espaço para pensar em qualquer outro assunto. Não conseguia nem assistir a *The Walking Dead*, porque isso me fazia lembrar muito dela.

— Estou perdido — admiti a Jordan logo depois do Dia de Ação de Graças. — Sei que fiz a coisa certa ao deixar o clero, mas agora há tantas opções, tantos lugares aos quais eu poderia ir, tantas coisas que eu poderia fazer. Como posso saber qual delas é a certa?

— Será que é porque todas elas parecem estranhas sem ela?

Eu não havia mencionado Poppy para ele, então sua assertividade me irritou, embora eu já devesse saber disso.

— Sim — respondi com honestidade. — Sinto tanta falta dela que chega a doer.

— Ela tentou entrar em contato com você?

Olhei para a mesa.

— Não.

Nenhuma mensagem. Nenhum e-mail. Nenhuma ligação. Nada. Ela havia terminado comigo. Eu supunha que isso significasse que Poppy tinha me visto naquele dia em sua casa, que tinha ciência de que eu sabia sobre Sterling, e isso até piorava as coisas. Nenhuma explicação? Nenhum pedido de desculpas? Nem mesmo a farsa das desculpas esfarrapadas e de votos de felicidade para o futuro?

Eu sabia que ela tinha se mudado de Weston, já que Millie ligava para me dar atualizações semanais sobre a igreja e sobre meus antigos paroquianos, mas eu não tinha ideia de para onde ela tinha ido, embora presumisse que tivesse sido para Nova York, acompanhando Sterling.

— Acho que você deveria tentar encontrá-la — sugeriu Jordan. — Para encerrar o assunto.

Foi assim que fui parar na casa de strip com Sean em dezembro. Ele quase implodiu de empolgação quando lhe pedi que me levasse, e ficava falando sobre me fazer transar, sobre *ele* transar, e que deveríamos levar Aiden, mas não naquela noite, porque ele queria se concentrar no meu lance.

— Não quero ficar com uma stripper — protestei pela milésima vez enquanto subíamos pelo elevador.

— O que foi? Agora elas não prestam para você? Estava transando com uma há apenas dois meses.

Meu Deus, já fazia dois meses? Parecia muito menos do que isso, exceto nas vezes em que parecia muito mais, nas vezes em que eu tinha certeza de que fazia anos desde a última vez que havia provado a doçura do corpo de Poppy, desde que havia sentido sua boceta tão quente e molhada ao redor do meu pau, e nessas vezes eu acabava tão dolorosamente duro que mal conseguia respirar. Felizmente, Sean estava desesperado para subir na empresa e trabalhava até tarde da noite, assim, eu tinha a cobertura só para mim na maior parte do tempo. Não que o fato de me masturbar tivesse ajudado, já que não importava quantas vezes eu me masturbasse pensando nela, isso nunca amenizava a dor de tê-la perdido, nunca amenizava o golpe de sua traição. Mas, com traição ou não, meu corpo ainda a desejava.

Eu ainda a desejava.

— Isso foi diferente — falei para Sean no elevador, e ele deu de ombros. Sabia que nunca conseguiria explicar isso para ele, porque ele nunca havia se apaixonado. *Boceta é boceta*, Sean dizia sempre que eu tentava fazê-lo entender por que não queria ficar com uma garota qualquer que ele conhecia, por que não queria namorar de jeito nenhum. O que havia de tão especial naquela garota?

O lugar estava movimentado — era um sábado à noite —, e bastaram alguns drinques para convencer Sean a ir cuidar dos próprios interesses. Fiquei perto do bar, tomando um martíni de Bombay Sapphire e observando as pessoas que dançavam na pista, lembrando como era ter Poppy dançando para mim e somente para mim.

O que eu não daria para ter alguns daqueles momentos de volta — ela, eu e aquela maldita coisa de seda em seu pescoço. Com um suspiro, coloquei o drinque na mesa. Não tinha ido ali para relembrar. Estava ali para descobrir sobre o paradeiro de Poppy.

A bartender veio em minha direção, limpando o balcão.

— Mais um? — perguntou ela, apontando para o meu martíni.

— Não, obrigado. Na verdade, estou procurando uma pessoa.

Ela levantou uma sobrancelha.

— Uma dançarina? Normalmente não damos informações sobre horários. — *Por motivos de segurança*, eu podia ver que ela queria dizer, mas não disse.

Não consegui sequer ficar ofendido, porque tinha consciência da impressão que eu deveria estar passando.

— Na verdade, não estou procurando informações sobre horários propriamente. Estou procurando Poppy Danforth... Acho que ela trabalhava aqui.

Os olhos da bartender se arregalaram quando ela se deu conta.

— Ai, meu Deus, você é aquele padre, não é?

Pigarreei.

— Hum, sim. Bem, tecnicamente, não sou mais padre, mas eu era.

A bartender sorriu.

— Aquela foto de você jogando frisbee na faculdade é o plano de fundo do computador do trabalho da minha irmã. E você já viu os memes do Padre Gostoso?

Eu tinha, sim, visto os memes do Padre Gostoso. Eles tinham sido feitos usando a imagem que costumava ficar no site da St. Margaret, aquela que Poppy admitiu ter procurado todos aqueles meses atrás.

Pensei que talvez fosse mais fácil se eu soubesse seu nome e visse seu rosto.

E é mais fácil, mesmo?

Não muito.

Agora que havíamos estabelecido que eu não era apenas um cara aleatório assediando dançarinas, tentei de novo.

— Sabe para onde foi a Poppy?

A mulher ficou com pena.

— Não. Ela cumpriu o aviso-prévio bem rápido e não disse a ninguém por que estava se demitindo ou para onde estava indo, embora todos nós soubéssemos das fotos, então achamos que tinha algo a ver com elas. Ela não contou para você?

— Não — falei, pegando meu martíni novamente. Algumas verdades combinam melhor com gim.

Ela pendurou o pano de prato em um gancho próximo e girou em minha direção de novo.

— Sabe, pensando melhor agora, acho que ela deixou algo aqui quando veio arrumar as coisas. Vou pegar.

Tamborilei os dedos no balcão de aço inoxidável, sem querer acreditar que fosse algo tão importante quanto uma carta deixada especialmente para mim, mas ainda assim desejando que fosse. Como ela havia conseguido apenas ir embora? Sem uma palavra? Será que tudo tinha significado tão pouco para ela?

Não foi a primeira vez que senti meu peito pesado, carregado de dor. A dor do amor unilateral, de saber que eu a amava mais do que ela me amava.

Será que é assim que Deus se sente o tempo todo?

Esse pensamento me fez cair na real.

A bartender voltou com um envelope branco grosso. Nele estava escrito meu nome com traços grossos e apressados. Quando o peguei, soube imediatamente do que se tratava, mas abri mesmo assim, com ainda mais dor atravessando minhas entranhas ao encontrar o terço de Lizzy e sentir o peso dele em minha mão.

Eu o segurei por apenas um minuto, observando a cruz girar loucamente sob a luz fraca da pista de dança, e depois agradeci à bartender, tomei o resto do martíni e saí, deixando Sean sozinho em suas aventuras de striptease.

Estava tudo acabado. Na verdade, tinha acabado assim que vi Sterling e Poppy se beijarem, mas, de algum modo, sabia que aquele era o sinal definitivo de que não havia mais nada entre nós. Embora eu tivesse dado o terço porque quis, como presente, e nunca tivesse pensado em recuperá-lo, ela o via como um tipo de vínculo, um tipo de dívida, e estava rejeitando esse vínculo, assim como havia me rejeitado.

Sim. Era hora de aceitar isso.

Estava tudo acabado.

VINTE E QUATRO

ADORARIA DIZER QUE SAÍ DA CASA DE STRIP e usei aquele desfecho para reorganizar minha vida. Adoraria contar a vocês que uma pomba branca veio voando, o céu se abriu e Deus me disse exatamente para onde ir e o que fazer.

Acima de tudo, adoraria contar a vocês que o terço e a mensagem implícita que ele transmitia curaram meu coração partido, e não passei sequer mais uma noite pensando em Poppy, tampouco os próximos dias vasculhando a internet em busca de menções ao nome dela.

Mas levou mais tempo do que isso. Passei as duas semanas seguintes da mesma forma que havia passado as duas anteriores ao dia em que recuperei o terço: ouvindo trilhas sonoras tristes de filmes independentes e preenchendo com apatia inscrições para diferentes cursos universitários, imaginando em detalhes vívidos o que Poppy poderia estar fazendo no momento (e com quem). Ia à igreja de Jordan e murmurava orações durante as missas, me exercitava constantemente e logo em seguida desfazia todo o esforço, comendo porcarias e bebendo ainda mais do que meus irmãos solteiros irlandeses.

Chegou o Natal. Em nossa grande refeição em família, tínhamos uma tradição de dizer qual seria o nosso presente perfeito — uma promoção, um carro novo, férias, esse tipo de coisa. E, quando chegamos à minha vez, percebi o que eu mais queria.

— Eu quero *fazer* alguma coisa — falei, lembrando-me de quando estava deitado no banco da igreja de Jordan sonhando com praias distantes e colinas áridas.

— Então faça — disse Aiden. — Você pode fazer o que quiser. Você tem, tipo... um milhão de diplomas universitários.

Dois. Eu tinha dois.

— Vou fazer — decidi.

— E o que é? — perguntou minha mãe.

— Não faço ideia. Mas não é aqui.

E, duas semanas depois, estava em um avião rumo ao Quênia em uma viagem missionária de duração indeterminada para cavar poços em Pokot, pela primeira vez na vida correndo *em direção a* algo, em vez de estar fugindo.

Sete meses depois

— Então agora você é um lenhador?

— Vá se foder. — Empurrei a mala contra o peito de Sean e apoiei nele enquanto procurava dinheiro para a máquina de venda automática do aeroporto. Dr Pepper, a fonte da juventude. Quase chorei depois de tomar o primeiro gole, a primeira coisa gelada, doce e gaseificada que eu ingeria desde o aeroporto de Nairóbi.

— Então não tem refrigerante na África, hein? — Aiden perguntou, ao mesmo tempo que eu pegava minha mala de volta e saíamos do aeroporto.

— Aparentemente também não tem lâminas de barbear — disse Sean, esticando o braço e puxando minha barba com força.

Dei um soco no bíceps dele. Ele soltou um gritinho agudo.

Era verdade que eu estava com uma barba bem comprida, além de um bronzeado intenso e um corpo drasticamente mais magro.

— Não tem mais músculos de gostosão — meu pai comentou quando entrei e ele me abraçou. — São músculos de trabalho de verdade.

Minha mãe apenas franziu os lábios.

— Você parece Charlton Heston em *Os dez mandamentos*.

Senti-me um pouco como Moisés, um estranho tanto no Egito quanto em Midiã, um estranho em todos os lugares. Mais tarde naquela noite, após o banho mais longo que me lembro de ter tomado (meses de banhos de um minuto com água morna tinham despertado em mim um profundo amor por água quente), deitei-me na cama e pensei em tudo. No rosto das pessoas — trabalhadores e aldeões — que eu havia conhecido com bastante intimidade. Sabia por que seus filhos tinham os nomes que tinham, e sabia que eles adoravam futebol e *Top Gear*, e também quais dos meninos eu queria no meu time quando jogávamos partidas improvisadas de rúgbi à noite. O trabalho tinha sido árduo, pois estavam construindo uma escola de ensino médio, além de uma infraestrutura hídrica melhor; os dias eram longos, e houve momentos em que me senti indesejado ou querido demais, ou nos quais o trabalho era inútil, como se estivesse me salvando do *Titanic* com uma lata de café, como meu pai diria. Depois eu ia dormir com orações tomando minha mente e acordava no dia seguinte revigorado e determinado a fazer melhor que no dia anterior.

Não teria ido embora, sinceramente, se, durante minha ligação mensal via satélite, minha mãe não tivesse me contado sobre a pilha de cartas de aceitação que me esperavam em casa. Eu poderia literalmente escolher qualquer universidade e, depois de pensar muito, decidi voltar para casa e cursar o doutorado em Princeton — não um seminário católico, e estava resignado em relação a isso. Os presbiterianos não eram tão ruins assim.

Tirei o terço de Lizzy do bolso e observei a cruz girar sob as luzes tênues da cidade que se filtravam pela janela. Eu o tinha levado comigo para Pokot, e em muitas noites acabava adormecendo com ele na mão, como se, ao segurá-lo, pudesse abraçar alguém, mas eu não sabia de quem estava tentando me sentir próximo. Lizzy, talvez, ou Deus. Ou Poppy.

Os sonhos começaram na segunda noite lá, lentos, previsíveis no início. Sonhos de suspiros e da carne, sonhos tão reais que eu acordava com o aroma dela nas narinas e o sabor dela na língua. E, então, eles se transformaram em visões estranhas e enigmáticas de tabernáculos e *chupás*, sapatos de dança e pilhas de livros caindo. Olhos castanhos marejados, lábios vermelhos curvados para baixo em uma infelicidade perpétua.

Sonhos do Antigo Testamento, disse Jordan quando liguei para ele, um mês depois. *Os velhos sonharão sonhos, e os jovens terão visões*, ele citou.

— Que tipo de homem sou eu? — eu me perguntava em voz alta.

Por mais que rezasse e por mais que me lançasse ao trabalho árduo e exaustivo durante o dia, os sonhos não desapareciam. E eu não tinha ideia do que significavam, exceto que Poppy ainda estava muito presente no meu coração, por mais que eu me distraísse durante as horas em que estava acordado.

Queria revê-la. E não era mais o apaixonado magoado que queria isso, não era mais a raiva e o desejo exigindo ser satisfeitos. Só queria saber se ela estava bem e queria devolver o terço. Tinha sido um presente; Poppy deveria ficar com ele.

Mesmo que estivesse com Sterling. *Que inferno.*

Depois que esse pensamento me ocorreu, foi impossível tirá-lo da cabeça, e a partir daí a ideia se enraizou por completo em meus planos. Estava me mudando para Nova Jersey, e Nova York não ficava longe. Encontraria Poppy e lhe daria o terço.

Com o seu perdão, um pensamento silencioso me ocorreu do nada. Um pensamento divino. *Ela precisa saber que você a perdoou.*

Eu a havia perdoado? Empurrei um lado do crucifixo para fazê-lo girar de novo. Acho que sim. Doía, doía profundamente pensar nela e em Sterling juntos, mas minha raiva fora vertida na terra africana, derramada e espalhada em forma de suor, lágrimas e sangue no solo.

Sim. Seria bom para nós dois. Um encerramento. E talvez, depois que eu entregasse o terço, os sonhos parassem e eu pudesse seguir em frente com o resto da minha vida.

No dia seguinte, meu último dia em casa, minha mãe pegou uma tesoura e começou a cortar minha barba com uma alegria quase assustadora.

— Não estava tão ruim assim — murmurei enquanto ela continuava.

Ryan estava em cima da bancada, pela primeira vez sem o celular. Agora, segurava um saco de salgadinhos.

— Não, cara, estava ruim, sim. A menos que estivesse tentando parecer o Rick Grimes.

— Por que não? Ele é meu herói.

Minha mãe emitiu um ruído de desaprovação.

— Os alunos de Princeton não se parecem com Paul Bunyan, Tyler. Fica parado. Não, Ryan, ele não pode comer Cheetos enquanto estou fazendo isso.

Ryan me deu o saco de salgadinhos, pois eu estava com a mão estendida, e pulou para pegar o celular.

— Isso é muito legal. Tenho que gravar.

Suspirei e coloquei os Cheetos na mesa.

— Vou sentir sua falta — anunciou minha mãe, do nada.

— É só o doutorado. Voltarei para visitá-los sempre.

Ela terminou de cortar e colocou a tesoura na mesa.

— Eu sei. É que todos vocês ficaram tão perto de casa. Fiquei mal-acostumada por ter todos vocês aqui.

E então ela começou a chorar, porque não estávamos todos ali, não estávamos todos ali desde que Lizzy partira.

— Mãe... — Levantei-me e a abracei com força. — Eu te amo. E isso não é permanente. É só por alguns anos.

Ela acenou com a cabeça contra meu peito, depois sorriu e se afastou.

— Estou triste porque vou sentir sua falta, mas não estou chorando por querer que fique. — Ela me encarou com seus olhos verdes. — Vocês precisam levar a vida de vocês sem ficarem presos a obrigações ou tristezas. Estou feliz que esteja fazendo algo assustador, algo novo. Vá e crie suas lembranças, e não se preocupe com sua mãe boba aqui em Kansas City. Vou ficar bem; além disso, ainda tenho Sean, Aiden e Ryan.

Por mais que eu quisesse emitir um som de desdém, não conseguia. Sean e Aiden eram atenciosos à própria maneira, nunca faltavam a um jantar em família, tomavam o cuidado de ligar e enviar mensagens durante a semana, e meu pai estava ali. Mesmo assim, eu ficava preocupado.

— Certo.

— Sente-se, para que eu possa terminar de aparar esta barba monstruosa.

Eu me sentei, pensando que deixaria minha família para trás. Tinha presenciado tanta dor como padre que sabia que as pessoas nunca seguiam realmente em frente, pelo menos não do modo linear e segmentado que nossa cultura esperava. Na verdade, minha mãe teria dias bons e dias ruins, dias em que voltaria à sua dor e dias em que seria capaz de sorrir e se preocupar com coisas como barbas e o custo do seguro do carro de Ryan.

Acima de tudo, eu sabia que não seria capaz de carregar a dor da minha mãe no lugar dela, mesmo que ficasse em Kansas City. Cada um de nós teria de encontrar a própria maneira de conviver com o fantasma de Lizzy, e faríamos isso, cada um a seu tempo. Eu sentia que já tinha começado, e talvez minha mãe também.

— Agora vá se barbear — ela ordenou, passando em meu rosto uma toalha seca e dando um beijo leve na minha testa. — A menos que tenha esquecido como fazer isso.

Mudar não foi tão difícil. Encontrei um apartamento barato não muito longe do campus e usei minhas economias cada vez mais escassas para fazer o depósito-caução. Seria assistente de professor e estudante, e o auxílio era suficiente para pagar o aluguel, mesmo que tivesse de fazer alguns empréstimos para pagar as mensalidades. Não tinha muito o que levar, na verdade; todos os meus móveis pertenciam à casa paroquial e meus pesos de academia haviam ficado em Kansas City. Roupas e livros, e depois um sofá e uma mesa que comprei usados.

Depois de me instalar, passei um ou dois dias tentando localizar o novo endereço de Poppy na internet, mesmo que fosse apenas o local de trabalho, mas não encontrei nada. Ela era muito cuidadosa ou muito discreta, ou ambos — as últimas menções a ela que achei eram da época da formatura em Dartmouth e de algumas apresentações de dança no campus da Universidade do Kansas, há alguns anos.

Não consegui encontrar vestígios de Poppy, e até cheguei até a ligar para os pais dela, usando números que encontrei nos sites da empresa do pai e da organização sem fins lucrativos da mãe. Mas eles eram bem protegidos por assistentes e recepcionistas, nenhum dos quais parecia disposto a dar qualquer informação sobre Poppy ou me transferir para falar com os pais dela. E estavam certos; eu provavelmente também não daria informações a um estranho, mas ainda assim era extremamente frustrante.

Por que ela tivera de sair de Weston? Por que quisera deixar o terço? Talvez, se não tivesse feito isso, eu não estaria obcecado com a ideia de encontrá-la para devolver o presente...

Havia uma pessoa que eu tinha quase certeza de que estaria disposta a falar comigo sobre Poppy, e pensar em revê-la me enchia de um desgosto imenso, mas eu estava ficando sem opções. O semestre começaria em breve, e eu não teria tempo para ficar vagando pela Costa Leste à procura da minha ex... namorada? Ex-amante? E não podia conceber a ideia de manter esse tipo de busca idealista — e, até agora, desesperançosa — sem resolução até o Natal.

Depois de duas horas em ônibus e trens em vários níveis de superlotação, cheguei ao distrito financeiro de Manhattan, diante da grande estrutura de aço e vidro que pertencia à família Haverford. Entrei e logo fui cercado por mármore, pessoas ocupadas e uma atmosfera corporativa geral, que persistiu mesmo quando um elevador me levou ao escritório central, sessenta andares acima. Não era de admirar que Poppy tivesse escolhido Sterling. Eu nunca seria capaz de lhe oferecer algo assim. Não tinha uma frota de carros pretos e portfólios de investimentos, não tinha um império com piso de mármore. Tudo o que eu tinha era uma clérgima e uma casa que não me pertencia legalmente, e agora nem isso eu tinha mais.

Meu Deus, como eu fora idiota em pensar que poderia ter Poppy Danforth. Aquele era seu mundo de origem, é claro que era para lá que voltaria.

A recepcionista era uma loira bonita e, idiota como eu era, fiquei imaginando se Sterling tinha dormido com ela também, se a vida dele era apenas um show de dinheiro e infidelidade, um show sem consequências, um show sem preocupações além de conseguir o que queria.

— Hum, oi — eu disse ao me aproximar da mesa dela. — Queria saber se poderia falar com o sr. Haverford.

Ela nem tirou os olhos da tela do computador.

— Você tem hora marcada?

— Infelizmente, não — respondi.

— Ninguém que não tenha hora marcada pode entrar... — Sua voz se arrastou enquanto ela olhava para mim, e então seus olhos se arregalaram. — Ai, meu Deus! Você é o cara do meme do Padre Gostoso!

Suspiro.

— Sim, sou eu.

Ela passou a sussurrar.

— Sigo várias contas de Tyleretes. É verdade que você foi morar na África? Estava se escondendo? O *Entertainment Tonight* disse que você estava se escondendo.

— Eu estava em uma viagem missionária — expliquei. — Cavando poços. — Embora a falta de internet em Pokot definitivamente tivesse sido uma vantagem.

Ela emitiu um *óun* agudo de admiração, olhando para mim com seus grandes olhos castanhos, de repente parecendo muito jovem.

— Você foi ajudar as pessoas? Que legal!

Ela mordeu o lábio e correu o olhar pela sala de espera vazia.

— Olha, o sr. Haverford nunca controla os próprios compromissos. Ele não saberia se você estava na agenda ou não. — Ela teclou um pouco. — E agora está oficialmente na agenda.

— Uau, obrigado — eu disse, sentindo-me grato; isto é, até ela me entregar um cartão de visita com um número rabiscado no verso.

— É o meu número de telefone — ela disse, um pouco tímida. — Caso sinta vontade de quebrar seus votos novamente.

Suspiro.

— Obrigado — falei da forma mais educada que consegui. Não parecia fazer muito sentido explicar a ela minha atual posição não clerical, ou dizer que havia apenas uma razão pela qual eu havia quebrado meus votos, e essa razão era o motivo de eu estar ali, no reduto do inimigo, para início de conversa.

— Podemos tirar uma foto? — E, antes que eu pudesse responder, ela já estava do outro lado da mesa, em pé ao meu lado, com o celular estendido à nossa frente. — Sorria — falou ela, pressionando-se contra mim, com a cabeça loira contra meu ombro, e eu abri um sorriso obediente, percebendo ao mesmo tempo quanto Poppy ainda estava presente dentro de mim. Havia uma loira esbelta pressionada contra mim, animada e interessada, e tudo o que eu queria era me afastar. Preferiria estar na sala ao lado brigando com Sterling a aguentar as investidas irritantes daquela garota. Sean ficaria envergonhado de mim.

— Você pode entrar agora, se quiser. Ele está esperando a outra reunião começar — disse a recepcionista, ainda sussurrando, os polegares trabalhando rápido e com agilidade na tela conforme postava sua foto em todos os cantos da internet.

O escritório de Sterling era tão impressionante quanto o restante do prédio: vistas vertiginosas, uma mesa enorme, um barzinho baixo repleto de uísques caros. E então o próprio Sterling, sentado como um rei em seu trono, assinando pilhas de papéis cobertos de texto.

Ele olhou para cima, claramente esperando um de seus funcionários, e, quando me viu, sua boca se abriu. Esperei que ficasse furioso ou agisse de modo triunfante, talvez me pedindo para sair, mas não esperava que Sterling se levantasse, caminhasse na minha direção e depois estendesse a mão para apertar a minha, como se fôssemos velhos parceiros de negócios.

Ignorei a mão estendida. Podia ter sido padre, mas até eu tinha limites. No entanto, minha grosseria não pareceu incomodá-lo.

— Tyler Bell… Desculpe, *padre* Bell — ele se corrigiu, recuando para me olhar no rosto. — Como você está?

Esfreguei a nuca, desconfortável. Havia me preparado para todas as possíveis reações idiotas de Sterling na viagem de trem até ali, mas nem uma vez considerei a possibilidade de que ele pudesse ser… *amigável.*

— Na verdade, não sou mais padre. Deixei o clero.

Sterling sorriu.

— Espero que não tenha sido por causa daquelas fotos. Eu me senti um pouco mal depois de divulgá-las, para ser honesto. Quer beber alguma coisa? Tenho um Lagavulin 21 anos incrível.

Hum…

— Claro.

Sterling foi até o bar, e eu odiava admitir para mim mesmo, mas agora, agora que ele não me considerava mais seu inimigo, podia entender o que Poppy vira nele. Havia um carisma especial em seus modos, aliado a um tipo de sofisticação que fazia as pessoas se sentirem sofisticadas também, só por estarem perto dele.

— Imagino que tenha vindo para se gabar, o que eu mereço, admito. Vou ser homem e aceitar isso. — Ele destampou a garrafa de uísque e serviu uma dose generosa para nós dois. Aproximou-se e me entregou o copo. — Estou surpreso que não tenha vindo antes.

Eu literalmente não tinha ideia do que ele estava falando. Tomei um gole do uísque para esconder a confusão.

Sterling se apoiou na beirada de sua mesa, girando o uísque com destreza.

— Como ela está?

Ele estava falando de Poppy? Não poderia estar, ele estava com Poppy, mas ainda assim ela era a única mulher que havia em comum entre nós.

— Na verdade, vim aqui para te fazer a mesma pergunta.

Sterling ergueu as sobrancelhas.

— Então vocês dois… — Ele usou o copo para apontar para mim. — Vocês não estão juntos?

Estreitei os olhos para Sterling.

— Pensei que *você* estivesse com ela.

Uma pontada de dor, dor de verdade, não decepção ou raiva, tomou conta do rosto dele.

— Não. Nós não estamos… não estávamos. Não éramos o que eu pensava.

De maneira constrangedora, percebi que sentia pena dele. E então suas palavras começaram a fazer sentido de verdade, e uma pequena onda de esperança floresceu em meu peito…

— Mas eu vi vocês dois se beijando.

A testa dele se enrugou.

— Viu? Ah, deve ter sido na casa dela.

— No dia em que você divulgou aquelas fotos.

— Sinto muito por isso, você sabe.

Sim, sim, sim. Aquele assunto não estava exatamente resolvido, mas eu estava bem mais interessado em saber como os dois tinham passado daquele beijo no quarto dela a um distanciamento. Deveria reprimir a esperança naquele momento, antes que ela florescesse de verdade, mas fui incapaz de fazer isso. Só que… se ela não estava com Sterling, por que não tinha tentado entrar em contato comigo?

Uma pergunta de cada vez, disse a mim mesmo.

Sterling deve ter percebido o significado implícito no meu semblante, porque tomou um gole, colocou o copo na mesa e explicou:

— Naquele dia, enfim cansei de esperar, então dirigi até aquela cidadezinha de merda, sem ofensa, e disse a Poppy que divulgaria as fotos se ela não ficasse comigo. Ela estava parada perto da janela e, de repente, me empurrou para dentro do quarto e arrancou minha jaqueta. Eu a beijei, pensando que era isso o que ela queria. Mas não. Depois de um beijo, ela me empurrou e me expulsou de lá. — A maneira como ele esfregou o queixo no momento me fez pensar se a *expulsão* não teria envolvido também ter tomado um soco no queixo. Esperava de coração que sim. — Resolvi divulgar as fotos porque estava irritado… o que era compreensível, acho, dadas as circunstâncias.

Sentei-me na cadeira mais próxima, olhando para o uísque na minha mão, tentando entender o que tudo aquilo significava.

— Você só a beijou uma vez? Ela não saiu do Missouri para ficar com você?

— Obviamente não — respondeu ele. — Imaginei que ela tivesse voltado correndo para você.

— Não. Não, ela não voltou.

— Ah, que azar, meu amigo — falou ele com simpatia.

Digeri aquilo. Poppy havia beijado Sterling uma vez e depois exigira que o homem fosse embora. Ou Sterling beijava muito mal, ou ela não queria mais ficar com ele — mas, se não queria, então por que não havia ficado comigo? E depois daquelas fotos, depois que eu tinha deixado o clero, ela não entrara em contato. Eu tinha presumido que era porque ela estava com Sterling, mas, agora que eu sabia a verdade, isso doía um pouco mais. Ela poderia pelo menos ter dito adeus, se desculpado ou algo assim, qualquer coisa.

Meu coração se contorceu como um pano molhado sendo torcido. O terço, lembrei a mim mesmo. *Tenho de devolver o terço e perdoá-la. E não posso perdoá-la se estiver amargurado com o que aconteceu.* Além disso, pelo menos ela não estava com Sterling. E isso era um pequeno consolo.

— Você sabe onde ela está agora? — perguntei. — Quero falar com ela.

Claro que ele sabia. Sterling voltou para a mesa, pegou seu telefone e, em poucos segundos, segurava um pedaço de papel no qual tinha anotado algo de modo bem legível. Um endereço.

— Parei de acompanhá-la no ano passado, mas essa é uma propriedade que a Fundação Danforth para as Artes comprou pouco depois que voltei para casa. É um estúdio de dança aqui em Nova York.

Li o endereço e encarei Sterling.

— Obrigado. — Falei sério.

Ele deu de ombros e esvaziou o copo.

— De nada.

Por alguma razão, estendi a mão, sentindo-me um pouco mal por ter ignorado seu gesto anterior. Ele a aceitou, e trocamos um aperto de mão breve, mas cortês. Ali estava o homem que arruinara minha carreira, que eu achava que tinha tirado Poppy de mim, mas fui capaz de ir embora sem qualquer ódio ou rancor, e não foi só por causa do uísque de mil e quinhentos dólares.

Foi porque o perdoei. E porque iria sair por aquela porta, encontrar Poppy, devolver o terço e finalmente — finalmente — seguir em frente com minha vida.

VINTE E CINCO

O ESTÚDIO DE DANÇA FICAVA NO QUEENS, em um bairro colorido, mas decadente, do tipo que parecia estar à beira da gentrificação, embora as incorporadoras ainda não houvessem se instalado, apenas comunidades de artistas e hipsters.

O Little Flower Studio, pelo que entendi com a pesquisa que fiz no celular enquanto estava no metrô, era um estúdio sem fins lucrativos dedicado a dar aulas de dança gratuitas para jovens da comunidade, e parecia voltado especialmente para jovens mulheres. Não havia nada sobre Poppy no site, mas o estúdio tinha sido inaugurado apenas dois meses depois de ela deixar Weston, e todo o projeto era financiado pela fundação da família dela.

Era um prédio alto de tijolos, com três andares, e a fachada parecia ter sido reformada recentemente, com janelas altas que davam para o estúdio de dança principal, um espaço com madeira clara e espelhos brilhantes.

Infelizmente, como era o meio do dia, não parecia haver ninguém no estúdio. As luzes estavam apagadas, a porta estava trancada e ninguém atendeu a campainha quando toquei. Tentei ligar para o número do estúdio também, e observei o telefone da recepção acender várias vezes. Ninguém atendia.

Poderia esperar até que alguém voltasse — alguém que eu esperava desesperadamente que fosse Poppy — ou poderia ir para casa e tentar de novo no dia seguinte. Estava um calor escaldante, do tipo que me fazia temer que meus sapatos derretessem se eu permanecesse muito tempo na calçada, e não havia sombra fora do estúdio. Seria mesmo a melhor ideia ficar ali e sofrer uma insolação?

Mas a ideia de deixar Nova York sem ver Poppy e sem falar com ela era algo que eu não conseguia suportar por mais do que meros segundos. Tinha passado os últimos dez meses nesse sofrimento. Não podia passar mais nem um dia sequer.

Deus deve ter me ouvido.

Voltei para a estação de metrô — tinha visto uma loja de conveniência nas proximidades e queria uma garrafa de água — e vislumbrei uma torre entre duas fileiras de casas; era uma igreja. Meus pés se encaminharam para lá sem que eu refletisse sobre o que estava fazendo; acho que esperava encontrar ar-condicionado lá dentro e talvez um lugar para rezar até que o estúdio de dança reabrisse, mas também desejava (muito) encontrar algo mais lá dentro.

E encontrei.

As portas da frente se abriam para um amplo saguão repleto de vasilhas de água benta, e as portas do santuário estavam abertas, deixando entrar um ar fresco e abençoado, mas não foi a primeira coisa que notei.

A primeira coisa que notei foi a mulher perto do santuário, ajoelhada com a cabeça baixa. Seu cabelo escuro estava preso em um coque apertado, um coque de bailarina, e o pescoço longo e os ombros delgados estavam expostos com a veste preta que ela usava. Roupas de dança, percebi ao me aproximar, tentando não fazer barulho, mas isso não parecia importar. Ela estava tão absorta em sua oração que nem se moveu quando me sentei no banco atrás dela.

Eu me lembrava de cor e salteado de cada centímetro de suas costas, mesmo depois de todos aqueles meses. Cada sarda, cada contorno dos músculos, cada curva de sua omoplata. E da cor de seu cabelo, escuro como café e farto, eu também me lembrava com perfeição. Agora que ela estava tão perto, todas as minhas boas intenções e pensamentos puros estavam sendo substituídos por outros muito, muito mais sombrios. Queria soltar aquele coque e agarrar aquele cabelo sedoso. Queria puxar a blusa dela e acariciar seus seios. Queria esfregar a carne macia entre suas pernas através do elastano da calça de dança até que ela ficasse encharcada.

Não, mesmo naquele momento, eu não estava sendo honesto comigo mesmo, porque o que eu realmente queria era muito pior. Queria ouvir o som do meu tapa em sua bunda. Queria fazê-la rastejar, fazê-la implorar, queria raspar a pele da parte interna das coxas dela com minha barba por fazer. Queria fazê-la apagar cada minuto de dor que eu havia sentido por causa dela, apagar aqueles minutos com sua boca, seus dedos e sua boceta quente e deliciosa.

Fiquei tentado a fazer exatamente isso: pegá-la no colo, jogá-la sobre o ombro e, em algum lugar tranquilo, o estúdio dela, um motel, um beco, não me importava onde, mostrar a ela exatamente o que dez meses de distância tinham feito comigo.

Só porque ela não está com Sterling não significa que ela queira estar com você, lembrei a mim mesmo. *Você está aqui para dar o terço a ela, só isso.*

Mas talvez apenas um toque, um toque antes de entregar o terço e se despedir para sempre…

Eu me ajoelhei no banco e estendi o braço, esticando um dedo, e, quando estava a poucos centímetros dela, murmurei o apelido que havia lhe dado.

— Cordeirinho — falei. — Meu cordeirinho.

Ela ficou rígida assim que o meu dedo roçou a pele macia de seu pescoço e virou-se, a boca entreaberta em uma expressão de descrença.

— Tyler — ela sussurrou.

— Poppy — eu disse.

E então seus olhos se encheram de lágrimas.

Eu deveria ter esperado para ver como ela se sentia em relação a mim, deveria ter pedido permissão para tocá-la, sei de tudo isso. Mas ela estava chorando agora, chorando muito, e o único lugar onde ela deveria estar era nos meus braços, então me aproximei dela e a puxei para mim. Poppy deslizou os braços pela minha cintura, enterrando o rosto no meu peito, o corpo todo trêmulo.

— Como me encontrou? — ela conseguiu indagar.

— Sterling.

— Você falou com ele? — ela perguntou, afastando-se e enxugando os olhos.

Abaixei o olhar para encontrar o dela.

— Sim. E ele me contou o que aconteceu naquele dia. O dia em que você o beijou... — E minha determinação falhou naquele momento, porque, apesar das mudanças de emprego e de morar em um continente diferente, vê-la agora e recordar o buraco que se abrira no meu peito quando testemunhara seu beijo com Sterling foi demais para eu conseguir dizer em voz alta.

Ela chorou com ainda mais força.

— Você deve ter me odiado.

— Não. Na verdade, vim até você para dizer que não te odeio.

— Achei que precisava fazer aquilo, Tyler — ela murmurou, fitando o chão.

— Precisava fazer o quê?

— Achei que precisava obrigá-lo a me deixar — ela sussurrou.

Até minha pulsação parou para ouvir.

— O quê?

Seus olhos estavam vermelhos de dor e culpa.

— Sabia que superaríamos qualquer coisa que Sterling nos fizesse enfrentar, mas não conseguia lidar com a ideia de você deixar o clero... deixar por *minha* causa. — Ela olhou para mim, o rosto suplicante. — Não seria capaz de viver comigo mesma se você tivesse feito isso. Saber que eu havia destruído sua vocação, e toda a sua vida, tudo porque não consegui controlar meus sentimentos por você...

— Não, Poppy, não foi assim. Eu também estava lá, lembra? Estava escolhendo as mesmas coisas que você; esse fardo da culpa não era só seu, se é que havia culpa nisso.

Ela balançou a cabeça em um sinal de negação, ainda chorando.

— Mas, se nunca tivesse me conhecido, jamais teria pensado em ir embora.

— Se eu nunca tivesse te conhecido, nunca teria realmente vivido.

— Ai, meu Deus, Tyler. — Poppy enterrou o rosto nas mãos. — Saber o que você deve ter pensado de mim durante todos esses meses. Eu odiava isso. Eu me odiava. Quando os lábios de Sterling tocaram os meus, eu quis morrer, porque vi você passando pelo parque, sabia que estava lá e sabia que estava sofrendo, mas precisava fazer aquilo. Queria que você me esquecesse e continuasse levando sua vida da maneira que Deus queria que você vivesse.

— Doeu — admiti. — Doeu muito.

— Eu odiei tanto Sterling — ela disse com as mãos no rosto. — Odiei-o tanto quanto amei você. Eu nunca o quis, Tyler, eu queria você, mas como poderia tê-lo sem perder tudo? Disse a mim mesma que era melhor afastar você do que vê-lo definhar.

Afastei os dedos dela do rosto.

— Estou definhando agora? Porque eu fui embora, Poppy, não por sua causa e não por causa das fotos que Sterling divulgou, mas porque percebi que Deus queria que eu estivesse em outro lugar, levando uma vida diferente.

— Você foi embora? — ela sussurrou. — Pensei que eles tivessem tirado você dali quando as fotos vazaram.

— Eu fui. Pensei... Achava que você saberia disso.

— Mas os rumores... Todo mundo dizia... — Poppy respirou fundo, os olhos fixos em mim. — Achei que as fotos tinham arruinado sua vida. E quis morrer por saber que era em parte por minha culpa, porque, se não fosse por mim, Sterling nunca o teria escolhido como alvo. Saber daquilo partiu meu coração em dois, e eu não aguentava mais. Não tinha mais coração para partir. Senti tanta saudade de você.

— E eu senti saudades. — Peguei o terço e o depositei na palma da mão dela. — Trouxe isso para você — falei, ajeitando-o na mão dela. — Quero que fique com ele. Porque eu te perdoo.

Essa não é toda a verdade, Tyler.

Respirei fundo.

— E tem mais. Fiquei muito magoado... destruído com o que você fez. E agora estou com raiva de você, por ter feito algo que só trouxe dor para nós dois. Você deveria ter conversado comigo, Poppy, deveria ter me dito como se sentia.

— Eu tentei — respondeu ela. — Tentei tantas vezes, mas parecia que você não me ouvia, parecia que não me entendia. Eu precisava que me esquecesse para não arruinar sua vida.

Suspirei. Poppy estava certa. Ela tinha tentado me dizer. E eu estava tão envolvido em nosso amor, tão envolvido em minhas próprias lutas e minhas próprias escolhas, que não tinha ouvido de verdade o que ela tentara me dizer.

— Sinto muito — falei, sendo mais verdadeiro do que qualquer outra pessoa já tinha sido. — Sinto muito. Eu deveria ter ouvido. Deveria ter dito que não importava o que acontecesse com meu trabalho, conosco, porque, no final, acredito que Deus está cuidando de você e de mim. Acredito que Deus tem um plano para nós. Aonde quer que eu vá, onde quer que estejamos, e não importa o que aconteça, seremos consolados pelo Seu amor.

Ela assentiu, com lágrimas escorrendo pelo rosto. Então algo aconteceu, uma infusão ou um despertar, porque me dei conta de algo.

Eu ainda a quero.

Eu ainda a amo.

Ainda preciso estar com ela pelo resto da minha vida.

E, mesmo que não fizesse sentido, mesmo que houvesse descoberto há pouco tempo que ela e Sterling não estavam juntos, que os dois nunca tinham estado juntos depois daquele beijo, ainda assim me ajoelhei diante dela.

— Naquele dia, eu estava indo pedi-la em casamento. E, se aceitar, ainda quero me casar com você, Poppy. Não tenho anel. Não tenho dinheiro. Não tenho nem um emprego de verdade no momento. Mas tudo o que sei é que você é a pessoa mais incrível que Deus já colocou no meu caminho, e a ideia de levar uma vida sem você parte meu coração.

— Tyler... — ela sussurrou.

— Case-se comigo, cordeirinho. Diga sim.

Ela olhou para o terço e depois tornou a olhar para mim. O seu "sim", claro e cheio de lágrimas, chegou aos meus ouvidos no mesmo momento que seus lábios alcançaram os meus, sua boca ávida, deliciosa e desesperada, e não me importei com o lugar onde estávamos ou com quem poderia nos ver; abri o zíper da calça, desci a calça dela até os joelhos e coloquei o seu calor úmido contra o meu pau, esfregando-me contra ela, lutando para nos encaixar no espaço estreito entre os bancos até conseguir separar suas pernas com os joelhos e penetrá-la. Foi rápido, intenso e barulhento, mas foi perfeito, apenas eu, Poppy e Deus em Sua casa, observando nós dois. Queria aquela mulher para toda a eternidade, e queria que a eternidade começasse o mais rápido possível.

EPÍLOGO

Poppy

SUA MÃO TAPA MINHA BOCA enquanto a outra escava camadas de renda e tule para encontrar minha boceta — nua, a seu pedido. Nua precisamente para este momento.

Lá fora, os convidados começam a entrar na igreja, uma igreja católica, apesar dos protestos bem-humorados dos meus pais, e, para compensar o fato de que teríamos um casamento católico, eles nos fizeram concordar, relutantes, em deixá-los dar a festa luxuosa que queriam dar para sua princesa, com fogos de artifício, litros de champanhe e luzinhas sob o céu estrelado de Rhode Island.

Mas agora não sou a princesa de ninguém. Sou um cordeirinho ofegante, contorcendo-me enquanto seus dedos encontram meu clitóris, já duro e inchado, e o beliscam com gentileza. Há milhares de dólares de renda e seda de grife acumulados em volta da minha cintura, e quero que você rasgue tudo, expondo a cinta-liga, as meias e minha boceta nua. Mas você não faz isso.

Você murmura em meu ouvido:

— Você fez o que eu mandei. Cordeirinho obediente. — Você tira a mão da minha boca e a coloca em volta do meu seio. Eu me inclino para trás contra você e pergunto:

— Não existe uma superstição sobre não ver a noiva antes do casamento?

— Dizem que dá azar, mas acho que começar a vida de casado com uma transa é sorte pura, não acha?

Estamos em uma capelinha, longe do salão principal, com uma janela telada que se abre para o santuário. É difícil ver o interior, e trancamos a frágil porta de madeira, mas isso não impede que nos ouçam e, por mais silenciosa que eu seja, não há como confundir o farfalhar do meu vestido e minha respiração ofegante enquanto seus dedos passam pelo meu clitóris até as dobras molhadas da minha boceta.

Então, você me vira, me devorando com seus olhos verdes e famintos. Você se barbeou hoje cedo, seu queixo quadrado está liso e sem pelos, e, mesmo sabendo que sua mãe cuidou de seu cabelo mais cedo, algumas mechas soltas caem sobre sua testa. Estendo a mão para puxá-las, mas você segura meu pulso antes que eu consiga fazê-lo. Não necessariamente para me impedir, mas para me puxar para mais perto de si, fazendo a pele delicada da minha vagina se esfregar contra sua calça do terno. Sinto sua ereção, um volume quente e rígido, e solto um gemido.

A mão cobre minha boca de novo, e seu rosto normalmente sorridente está sério.

— Mais um ruído, sra. Bell — você sussurra no meu ouvido —, e será sua bunda que vou querer comer.

Isso é para ser um castigo?

— Ainda não sou a sra. Bell — provoco.

— Mas você me pertence mesmo assim.

Não há como discutir. Pertenço a você desde a primeira vez que me sentei no seu confessionário.

O vestido, um vestido com decote em V, marcado na cintura e com uma saia com uma camada de tule fino e transparente, forma uma nuvem ao redor dos meus quadris e bloqueia minha visão da sua mão, que está trabalhando para libertar seu pau. Depois, seu braço desliza de minha cintura até as pernas, e sou um pouco levantada, outro tanto empurrada contra a parede.

Sinto a cabeça larga do seu pau entre minhas dobras, e você não me dá nem um momento para recuperar o fôlego; simplesmente me penetra sem preâmbulos, e tento com todas as forças não gemer, mas está tão *gostoso, você de terno e o meu vestido de noiva levantado como o vestido de uma jovem em um baile de formatura em um hotel, e sua mão tão firme e insistente contra minha boca enquanto você me penetra com movimentos bruscos e imprudentes.*

— Todas as pessoas que estão lá fora — você diz — não têm ideia de que você está sendo fodida com tanta força tão perto delas. Fodida com seu vestido de noiva, como uma putinha que não consegue se controlar.

Meu coração está batendo como um pássaro preso em uma gaiola, bem rápido, e a parte interna das minhas coxas está se tensionando contra o tecido áspero da calça do terno. Há muito tempo parei de tentar descobrir por que gosto tanto quando você me chama desses nomes, especialmente porque, fora de quatro paredes, você é absurdamente respeitoso e adorável. Talvez seja a energia de padre safado que a sua nova carreira acadêmica não conseguiu tirar de você, ou talvez seja por você ser uma pessoa muito boa *e por ser excitante vê-lo perder o controle e agir mais como pecador do que como santo. Seja o que for, isso me deixa louca, e você sabe disso, e sussurra todo tipo de coisas horríveis no meu ouvido, do tipo* aguenta o meu pau, putinha safada *e* goza para mim, é bom mesmo você gozar para mim.

Eu gozo, meus gemidos abafados pela sua mão à medida que você continua me penetrando, cada estocada me prensando com mais força contra a parede, e cada estocada prolongando meu orgasmo cada vez mais, e então você olha para cima e encontra meus olhos. Está tão perto, e penso em todas as vezes que transamos, em todas as vezes que acordei com a sua boca, quente e molhada, entre as minhas pernas, todas as vezes em que parecia que tínhamos saído do mundo real e entrado em um lugar novo, cintilante e mágico. Sinto-me assim agora, na verdade, enquanto procuro o seu olhar e o vejo mordendo os lábios, tentando se conter.

— Si vis amari, ama — *você me diz. Se deseja ser amado, ame. Palavras que trocamos há muito tempo, talvez um milhão de anos atrás.*

Foi o seu amor que nos reuniu outra vez, o seu amor eterno que resistiu à minha mentira e ao meu isolamento. Eu achava que estava fazendo os sacrifícios certos para você permanecer com Deus, mas estava errada. Agora estamos os dois com Deus e estamos juntos, desistindo de nossas vidas individuais hoje para nos fundirmos em uma alma eterna.

Não há amor maior do que este..., *penso, perdida em sensações, enquanto você perde todo o controle, sua mão agora se afastando da minha boca e agarrando minha perna, para que possa me segurar e abrir caminho para buscar seu orgasmo, sua cabeça de cabelos escuros aninhada no meu pescoço, beijando-me e me mordendo.*

— Te amo — você diz no meu ouvido. — Te amo, te amo, te amo.

Meu Deus, eu também te amo, e então você goza com tanta força, seu corpo inteiro treme e suas mãos se enterram nas minhas coxas com meias-calças, e seu clímax provoca outro orgasmo que percorre meu corpo. Juntos, pulsamos, como um batimento cardíaco compartilhado, como as ondas poderosas de um único oceano, até terminarmos com um suspiro.

Em algum lugar da igreja, um órgão começa a tocar uma melodia bonita e leve, a música para os convidados se acomodarem. Minhas madrinhas e minha mãe provavelmente estão em pânico.

Você me coloca no chão e usa o lenço de seda no bolso do terno para limpar seus vestígios das minhas pernas. Então você o dobra e o coloca de volta no bolso. Por fora, tudo perfeitamente limpo e arrumado, mas nós dois sabemos o que está escondido ali dentro.

— É só uma lembrancinha — você me diz com um sorriso que forma covinhas, dando um tapinha no bolso.

— Um troféu, você quer dizer.

Você não refuta, ainda exibindo seu adorável sorriso irlandês enquanto me ajuda a arrumar o vestido e ajeitar o longo véu.

Você olha para a palma da mão, manchada com meu batom, e entreabre os lábios, os olhos assumindo seriedade. Juro que consigo perceber você se excitando de novo.

— Talvez seja bom conferir a maquiagem — você sugere, os olhos fixos na minha boca. Tenho de afastá-lo, porque, se me beijar de novo, não vou conseguir dizer não, e vamos nos atrasar para o nosso próprio casamento.

— O que vamos alegar que estávamos fazendo?

Você agora está todo arrumado e refeito, totalmente recomposto, com os olhos brilhantes.

— É uma capela. Vamos dizer que estávamos rezando.

— Acha que eles vão acreditar?

O sorriso irlandês novamente.

— Bem, eu já fui padre, você sabe.

Penso nisso enquanto o resto do dia se desenrola, enquanto meu batom é retocado e meu pai me conduz até o altar, e quando o vejo piscando para conter as lágrimas no momento que meu pai coloca minha mão na sua. Enquanto tomamos a eucaristia, ambos nos lembrando de um tipo muito diferente de comunhão que compartilhamos. E penso nisso até quando você me beija, profunda, longa e intensamente, um beijo que deixa minha boceta molhada e meus mamilos duros, mesmo na casa de Deus.

Você já foi padre.

Ainda lamento isso às vezes, mas agora percebo que o que temos juntos é igualmente sagrado e profundo. Um dia, vamos começar uma família. Vamos criar uma vida juntos, que talvez seja a coisa mais divina que qualquer ser humano possa fazer, e me pergunto, enquanto dançamos sob o céu suave de maio, se teremos um filho.

Talvez ele também se torne padre.

SUA OPINIÃO É MUITO IMPORTANTE
Mande um e-mail para **opiniao@vreditoras.com.br**
com o título deste livro no campo "Assunto".

1ª edição, out. 2025

FONTES DIN 2014 9/10,5, 12/21pt;
Adobe Caslon Pro Regular 9/12pt;
Adobe Caslon Pro Italic 9/12pt;
Bodoni Ornaments Regular 10pt

PAPEL Pólen Bold 70g/m²

IMPRESSÃO Gráfica Santa Marta

LOTE GSM030925